新潮文庫

銀齢の果て

筒井康隆著

新潮社版

8482

銀齢の果て

【宮脇町五丁目地区】

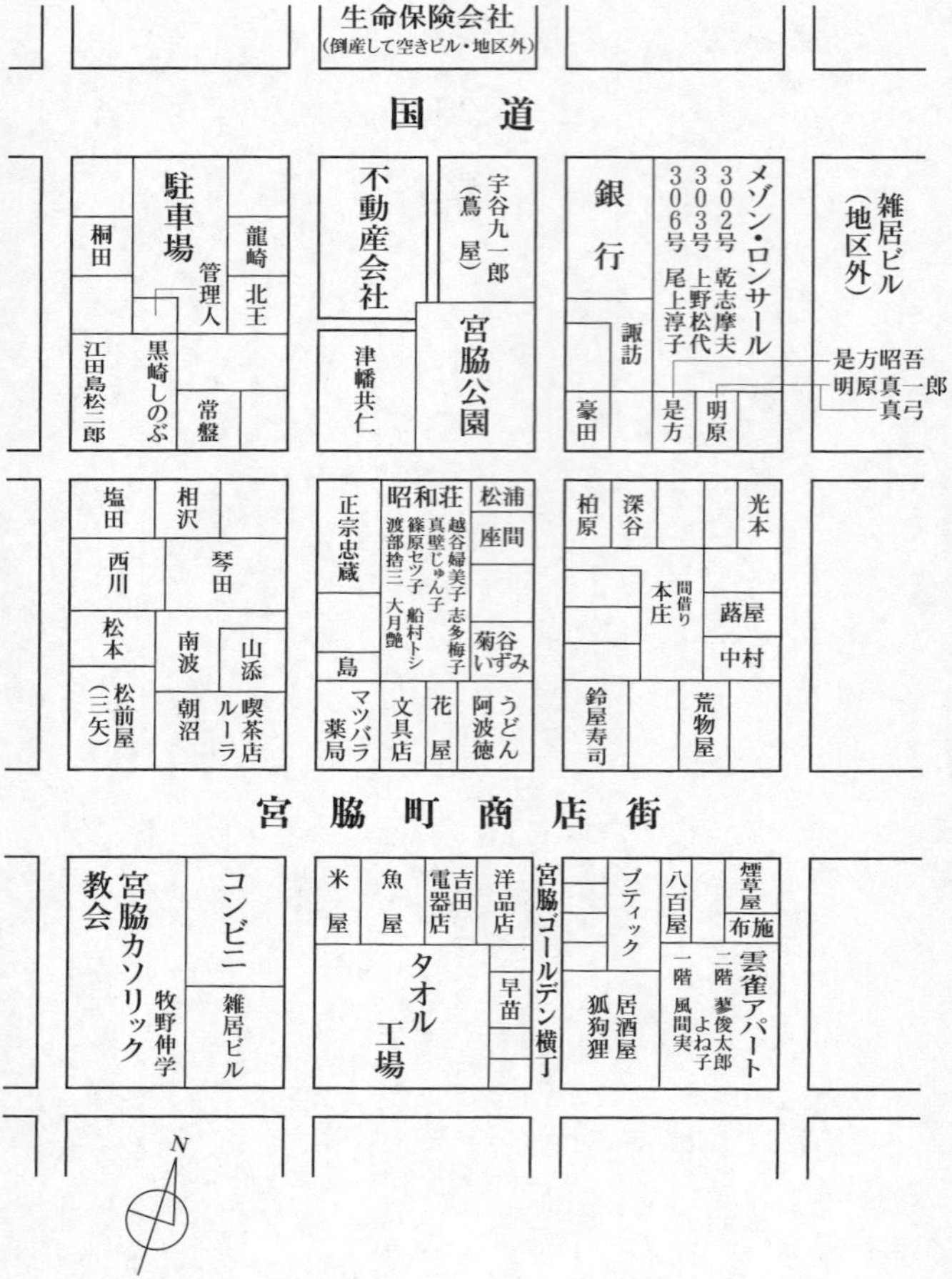

生命保険会社
(倒産して空きビル・地区外)
国道
駐車場
桐田
龍崎
北王
管理人
江田島松二郎
黒崎しのぶ
常盤
不動産会社
宇谷九一郎
(蔦屋)
宮脇公園
津幡共仁
銀行
メゾン・ロンサール
302号 乾志摩夫
303号 上野松代
306号 尾上淳子
諏訪
豪田
是方
明原
是方昭吾
明原真一郎
真弓
雑居ビル
(地区外)
塩田
相沢
西川
琴田
松本
南波
山添
松前屋
(三矢)
朝沼
喫茶店
ルーラ
正宗忠蔵
昭和荘
越谷婦美子
真壁じゅん子
篠原セツ子
渡部捨三
志多梅子
船村トシ
大月艶
松浦
座間
菊谷いずみ
島
マツバラ薬局
文具店
花屋
阿波徳
うどん
柏原
深谷
光本
本庄
間借り
蕗屋
中村
鈴屋寿司
荒物屋
宮脇町商店街
宮脇カソリック教会
牧野伸学
コンビニ
雑居ビル
米屋
魚屋
吉田電器店
洋品店
タオル工場
早苗
宮脇ゴールデン横丁
ブティック
八百屋
煙草屋
布施
狐狗狸
居酒屋
一階 風間実
二階 蓼俊太郎 よね子
雲雀アパート
N

老舗《しにせ》の和菓子司《づかさ》三代目、蔦屋《つたや》のご隠居と呼ばれている宇谷九一郎《くいちろう》は今年七十七歳、同じ町内に住む正宗《まさむね》忠蔵とは囲碁友達である。ざる蕎麦《そば》の簡単な昼食のあと九一郎は、羽織なしの着流し姿のまま、国道に面した店を出て、住宅街に入り、宮脇《みやわき》公園の角を折れ、次の角にある正宗の家までやってきた。

門のボタンを押すと、玄関のドアを開けて正宗家の嫁の高子が顔を出した。今日に限って彼女は九一郎を見るなり緊張した面持ちになり、いつもの笑顔は見せず、しばらく躊躇《ちゅうちょ》してから言った。

「あ。どうぞ。義父《ちち》はお待ちしておりますので」

「そうですか。じゃあ、お邪魔しますよ」

九一郎は胸までの鉄格子《てつごうし》の門を押し開け、ほんの二メートルの石だたみを歩いて正宗家の玄関に入った。

「奥の間におりますので」高子はそう言ってから、問いかけるように九一郎を見た。

彼女はサラリーマンをしている正宗家のひとり息子の妻で三十六歳、中一と小五の男の子がいる。小肥《こぶと》りで色白のなかなか色っぽい奥様だが、舅《しゅうと》との仲はあまりうまくいっていないらしい。

「今日はすぐに失礼しますので」

九一郎が雪駄《せった》を脱ぎながらそう言うと、高子はやっぱりという表情をした。

「そうですか」

溜息《ためいき》をつき、顔を伏せたので、九一郎は宥《なだ》めるように陳腐な科白《せりふ》を言わねばならない。

「まあ、いずれは誰かが。ですから友人のわたしが」

「はい。それは、わかっております」高子は顔をあげてきっぱりとそう言った。

和室の襖《ふすま》に両側を挟まれた短い廊下を通って奥の間に入ると、和服姿の正宗忠蔵が

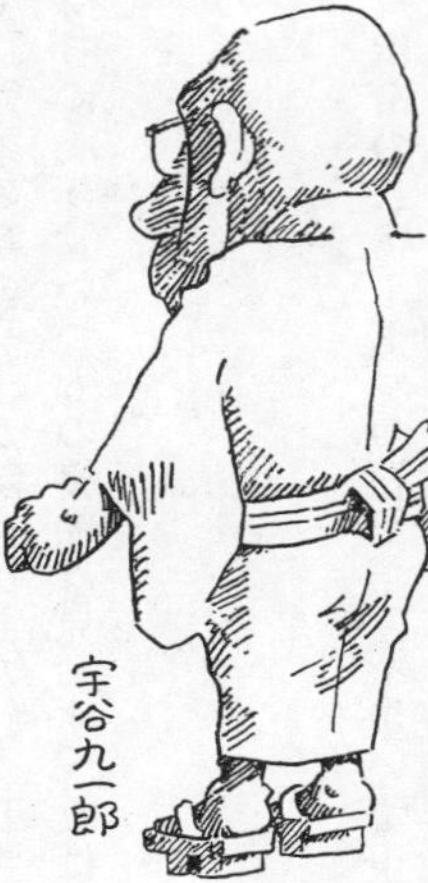
宇谷九一郎

いつもの座敷ではなく縁側の椅子《いす》に掛けていた。座敷には囲碁の道具も出ていなかった。高子はついてこなかった。

忠蔵はもと会社重役で、退職後十三年めの現在は、九一郎よりひとつ年上の七十八歳である。町内の世話役もしている礼儀正しい温厚な人物だが、それだけにがさつな人間を嫌うところがある。嫁との不仲もその辺にあるのだろうと九一郎は想像している。

「やあ」忠蔵は真剣な顔で九一郎に頷《うなず》きかけた。

「やあ」と九一郎も頷き返し、向きあった椅子に掛けた。

ガラス越しに縁側から見える正宗家の庭は都心部のことゆえ当然ながらひどく狭いが、植えられている草木は丹念に手入れされている。

「だいぶ暖かくなってきたね」庭を見ながら忠蔵が言った。

日常会話に逃げられると困る、といったように九一郎はちょっとあわてた。「ああ。そうだね」

忠蔵は九一郎の気持がわかったのか、それきり黙ってしまった。しばしの沈黙があり、やがて九一郎はゆっくりと、懐《ふところ》の左側に右手を差し込み、帯に銃身を突っ込んでいたワルサーを取り出した。

「覚悟、できてるかい」

そう訊《たず》ねると忠蔵は泣き顔になった。「いやあ」九一郎の顔を見つめた。「覚悟なんてできるもんじゃないよ宇谷さん。やっぱり死にたくはないよ」

「そりゃ、おれだってそうだ。だから生き残ろうと思って懸命なんだけどね」九一郎は気の毒そうに忠蔵を見た。

「死にたかねえなあ。だけど、しかたがないなあ」庭の薔薇《ばら》の木を見ながらそう慨嘆した忠蔵は、九一郎に感謝の眼を向けた。「息子が出勤していて、孫たちの登校中に来てくれたことは感謝してるよ」

「そんなことは、いいよ」

「わたしを殺すのが、あんたでよかった。あんたもそう思って、いの一番にここへ来てくれたんだろう」

「あんたに殺しあいなんて、させたくなかったからな」

「煙草《たばこ》、一服喫《す》わせてくれるかい」

「時間はたっぷりあるさ」

忠蔵は缶入りピースから一本抜き取って銜《くわ》えた。

「そう言やあ、あんた、わし以上のヘビー・スモーカーだったなあ」

九一郎がそう言うと、忠蔵はやや饒舌《じょうぜつ》に喋《しゃべ》りはじめた。「健康に悪い、なんていうのは結局、お為《ため》ごかしだな。そんなに健康に悪いのなら、年寄りにはもっとどんどん喫わせたらよかったんだ。子供にだけ喫わせないようにするのが一番だ。そしたら自然と老人が減って、相対的に少子化なんてものはなくなる筈《はず》だろ。ところが政府はそんなこととしなかったし、したところで、見なさい、わたしみたいに長生きする者はいくらでもいる。結局こんな事態になっちまった」

「ああ。そうだな。わしだってずいぶん喫ったが、この通り健康だしな」そう言いながら九一郎はワルサーの安全装置をはずした。

拳銃《けんじゅう》のことに疎《うと》い忠蔵は気がつかずに、旨《うま》そうに煙を吐き出して喋り続ける。「確かに健康には悪いだろうさ。よくはない。だから老人には喫煙をやめさせるべきじゃない。ついこの間まで、健康診断に行くたびに、かかりつけの女医が『あなたにはまだまだ活躍して戴《いただ》かないと。だから煙草はやめて』なんてことを言っていた。活躍させるのか禁煙させるのか、どっちかにして貰《もら》いたいもんだ、とわたしは思ったね。わたしのこの健康状態で禁煙したら恐らく百歳はいくよ。そんなに生きてどうすると言いたいね」

笑いながら忠蔵は、灰皿の縁で煙草を揉《も》み消した。時間をかけて覚悟させるに忍びなかったので、九一郎は自分の方に向けられている忠蔵の頭頂に拳銃を発射した。閉め切られていた室内に、銃声は大きく響いた。白髪の分け目に赤い穴があいただけで血は出ず、忠蔵はそのままテーブルに顔を伏せて動かなくなった。初めての人殺しだったので九一郎は激しく嘔吐感《おうとかん》を催した。

「お義父《とう》さん」高子が走り出てきて、座敷の入り口で佇立《ちょりつ》した。さすがに顔が蒼《あお》ざめていた。「ああ。終ったんですか。終ったんですね」

「あっという間だったから、死んだことにも気づかなかったでしょう。苦痛はありませんでしたよ」

九一郎は懐中にワルサーをおさめて立ちあがった。それから、信心などしていない癖に忠蔵に手を合わせた。

高子は玄関まで九一郎についてきた。黙って去ろうとする彼に、彼女はささやくように言った。「ご苦労様でした」

九一郎は極限にまで達した屈託の面持ちで店に戻った。途中、近所の者には会わなかったが、三人のテレビのクルーに会った。シルバー・バトル開始地区にマスコミが取材に入ることは原則として禁じられているのだが、何しろ皆がニュースに期待しているものだから、時おり小人数のクルーがやってくる。九一郎を見て、あきらかにバトルに加わっている老人と判断したらしく、カメラマンがテレビカメラのレンズを向けた。九一郎にはカメラというものは凶器であるという認識があるので、それならこちらもとばかり懐中からワルサーを出して銃口をカメラに向けた。三人は驚愕《きようがく》して走り去った。

「鉄敷《かなしき》町のご隠居さんが来ておられます」

間口二間の玄関から、石畳の店の間に入ると、帳場の横にいた妻の静絵が言った。彼女はまだ六十八歳なので、シルバー・バトルとは無関係である。

家族も店の者も、昨日からバトルが始まったことを当然知っているので、九一郎の一挙手一投足に注目しているが、今九一郎がどこへ行き何をしてきたのかは知らない。そのことを話題にするなという九一郎の強い戒めに従っているのである。

店の間の横から暖簾《のれん》をくぐって入る細長い土間は、いくつかの座敷の横を通って裏庭にまで通じている。裏庭の手前の洋間が九一郎のための居室でもあり応接室でもある。庭に面した窓があるので、室内は明るい。ジャンパー姿のもと刑事、猿谷甚一は肘掛《ひじかけ》椅子にすわり、出された珈琲《コーヒー》を飲みながら九一郎の帰りを待っていた。

「やあご隠居さん。昨日から始まったそうですな」

鉄敷町二丁目地区生き残りの猿谷は、もと刑事というよりは大工の棟梁《とうりよう》のように見える角刈りの白髪頭をあげて眼を細めた。九一郎よりひとつ年下の彼は小学校から高校まで九一郎と同じ学校に通った学友で、十年前までは九一郎を「先輩」と呼んでいたのだが今では「ご隠居さん」になっている。

「一昨日《おととい》、この区域の七十歳以上の動ける老人が全員公民館に集められてな」九一郎は隅の書斎机から巻紙二本をとり、猿谷の正面の肘掛椅子に腰をおろしながらも、眼は猿谷が肘掛けに立てかけているライフルのケースを見逃していない。「その席でCJCKの係官から『明日から』という宣告があった」

「じゃ、昨日から始まって、期限はやっぱり一カ月先の、ええと、五月三日ということですか」

「そうだよ」九一郎は巻紙の一本をテーブルに拡《ひろ》げた。「これが今回のバトルの対象老人のリストだ。CJKがくれたリストを、昨日一日かかって、わしが大きな紙に書き改めたものだが、外国人は除外されて、五十九人だ」

猿谷はのけぞった。「えっ。この地区、そんなにいるんですか。わたしんとこなんか三十八人でしたよ」

「この宮脇町五丁目には、老舗の多い商店街もあるし、独居老人のアパートもあるしな」

「そうかあ。鉄敷町は住宅地ばかりだもんなあ」猿谷はリストに眼を落して舐《な》めるように見ながら言った。「男二十二人、女三十七人ですか。男が少ないからいいようなものの、でもやっぱり、殺すの大変ですね」

「婆《ばあ》さんを殺すのは、気が進まんなあ」九一郎は嫌な顔をして天井を仰いだ。

「婆さんはだいたい、亭主に殺してもらうようです。苦しまないようにね。中には奥さんに殺してもらう、だらしのない男もいます」猿谷はくすくす笑った。「でもまあ婆さんはだいたい亭主に死に別れて一人暮らしというのが多いですからね。自殺するんでなきゃ、やっぱり誰かが殺してやらなきゃ。今までの統計だとだいたい、男女合わせて四分の一が自殺するみたいですね。おや。この、知力3とか、武力2とか、財力3とかいうのは何のしるしです」

九一郎はリストの中の一人物を指して説明した。「例えばこの是方《これかた》昭吾七十四歳という人物だが、もと自衛官だったから武力5、三佐だったらしいので頭はいいだろうから知力4、金はあまりなさそうなので財力1だ。この財力というのがなかなか莫迦《ばか》にならぬ要素でな、金さえあれば武器が買える」

「こいつは強敵だなあ」猿谷は大声をはりあげた。「生き残り候補ナンバーワンじゃないですかあ」

「拳銃の価格が暴騰《ぼうとう》していても、なんとかして買うだろうからなあ」九一郎は渋い顔をした。「そいつの存在あればこそだよ。あんたに助《すけ》っ人《と》に来てもらったのは」

「この牧野伸学という人は武力0になってますね。知力4、財力3なのに」

「その人はカソリックの神父さんだ。人は殺すまいが自殺もできない。誰かが殺してあげるだろう」

「わっ。これは凄《すご》いなあ。この津幡共仁《つばたともひと》という男は何者ですか。武力5、知力5、財力5になってますが」

「もと大学の理学部教授だけど、町内では白髪鬼という綽名《あだな》で通ってる、気ちがいじみたところのある変わり者なんだ。教授時代にはよく学生に噛《か》みついたと言われていて、嚙みついたというのは文字通り、歯でもって学生の肩の肉をむしり取ったり、ということをしたらしい。伝説だがね。そのくせ名誉教授にまでなって、何か大発明でもしたのかな、宮脇公園の裏の大邸宅に住んでいる。だからおそらく金持ちだろうと思うんだ。夜な夜なタキシード姿で、ハイヤーに乗って遊びに出かけている」

「ちょっと待ってください」猿谷は視線を宙にさまよわせながら訊ねた。「その人、背が高くて、細面で、白い眉毛《まゆげ》を長く伸ばしていて、乱杭歯《らんぐいば》じゃありませんか」

「そうだよ。なんで知ってるんだ」

「今、見てきましたよ。婆さんをひとり、殺すところを」

　独居老人のアパートに住んでいる八十二歳の越谷婦美子は、いずれは誰かに殺されるものと覚悟はしていたものの、やはり最後近くまで生き延びて、あわよくば最後に誰かをひとりだけ殺すことによって生き残りたいと願っていた。そのため部屋で籠城《ろうじょう》する必要に迫られ、バトルが始まったばかりの今なら、少くともバトルたけなわの終了期限ぎりぎりよりはまだしも危険は少な

越谷婦美子

い筈と思い、宮脇町商店街へと買出しに出かけた。途中、あきらかに八十歳は越している鈴屋寿司店の主人に出会ったが、びくびくしながら丁寧に挨拶《あいさつ》すると、あっちもにこやかに礼を返してきたので、これならまだまだみんな殺意を昂揚《こうよう》させてはいないのだろうとすっかり安心し、まず八百屋に立ち寄り、野菜を買い込み、次に魚屋の店先に立った。

魚屋の若い女房があたりを見まわして何やら気もそぞろなので、彼女は訊ねた。

「どうしたの」

「いえ、その。さっきからこのあたりを、あの白髪鬼の、いえあの津幡先生が、ピストルを持って」女房の眼が越谷婦美子の背後を見て点になった。

「げっ」と叫んで、越谷婦美子は背後を振り返った。

満面のにやにや笑いが不気味この上もない津幡共仁は、通りの向かいの文房具店の中からガラス戸を開けて、白いざんばら髪で出現し、悪魔の如《ごと》く彼女に真っすぐ拳銃を向けて近づいてきた。

哀れな老女はたちどころに腰を抜かし、魚が並んだ平台に倒れ込み、買い物袋を抛《ほう》り投げて通りに野菜を撒《ま》き散らし、わなわな顫《ふる》える両手を合わせて彼を拝んだ。「わあっ。お慈悲じゃあ。お慈悲じゃあ」

「無慈悲じゃあ」

津幡共仁は狂笑しながら彼女の腹に旧式のコルトを三発発射した。銃弾に貫かれて彼女は三回、魚の台で魚と共に躍りあがり、仰向けになったまま動かなくなった。

「バトルだぞう」

銃声に驚いて付近の通行人たちは逃げまどい、立ちすくんだ。通りがかりの猿谷甚一は電柱の蔭《かげ》に身をひそめて事態を見守り、津幡が去るのを見届けてから、魚屋に行って老女の死を確認した。テレビのクルーがあたふたと駈《か》けつけてきた。

「死んだのは越谷婦美子という婆さんだそうですが、あの魚屋は迷惑でしたろうな」猿谷甚一はかぶりを振りながら言った。「バトルで撃たれた者を救急車を呼んで助けたりしてはいけないことになっている上、死体はＣＪＣＫが確認に来るまで動かせず、同じ台の上の魚は婆さんの血でべったりと染まって売りものにならず」

「恐ろしいやつじゃなあ。津幡教授というのは。このバトルを楽しんでやがるのか」

おや、と意外そうな顔を猿谷は九一郎に向けた。「もしかして、ご隠居は楽しんでらっしゃらない」

「やめてくれ」九一郎は渋い顔をした。「こんなリストを作ったりして、楽しんでいるように見えるかもしれんが、今は泥水を腹一杯飲んだ気分だ。実は今、長年の親友をひとり射殺してきた。この人だ」

「それはそれは。素早いことで」名簿の正宗忠蔵という名前をじっと見ながら、猿谷は言った。「じゃあ、これで二人減りましたな。名前、消していきますか」

「ああ。消していこう」九一郎は赤の筆ペンを出してふたりの名前を消した。「あと五十七人か」

「この知力4、武力2、財力3の乾志摩夫《いぬいしまお》という人は、もとプロレスラーと書かれていますが、なんでプロレスラーが武力2なんですか」

「ああ。その男はプロレスラーといってもミニエストレージャー、つまりコビトのプロレスなんだ。外観は子供とまったく変らない下垂体性小人症で」

「なるほど、俳優の白木みのると同じタイプですね」

「そう。だから厄介なんだ。いざバトルという時に、小学生の中にまぎれ込まれてしまうとまったく見分けがつかない。頭のいい男なので、どんな機会にどんな手でくるか、さっぱり予測できんのだ」

「あと、自分の住まいで籠城して、人数が減るのを待つというのが、いつもだいたい四分の一くらいいるそうです」猿谷甚一はちょっと鼻息を荒くした。「こいつらをどうやっつけるか」

九一郎は驚きの眼で猿谷を見た。「あんたはほんとに、殺戮《さつりく》が好きなんだなあ」

猿谷は恥じる様子を見せた。「地区で生き残ってから、面白さが忘れられなくなっちゃって。それに、人を殺すことは奨励され、それが国策に沿っておるわけですから、こんないいことはない」

何がいいものか、と九一郎は思う。「だからそっちから望んで助っ人に来てくれたわけか。まあ、殺人の快楽というものは、快楽中の快楽だというらしいから、わからんことはないが」危惧《きぐ》の眼で、九一郎は猿谷を見た。「でも、あんたも物好きだな。他の地区から来た老人を誤って射殺しても罰せられないんだからね。この地区へ来ることがそもそも危険なんだよ」九一郎はもうひとつの巻紙を拡げながら言った。「とにかく、わたしとしては他の人間が殺してくれることを勘定に入れて、あまり自分の手を汚したくはないんだがね。これがこの地区全体の図面で、バトル対象老人の名前をそれぞれの住まいに書き込んである。これも昨日、町内の住宅地図を見ながらわしが作った。赤丸を貼《は》っているのは危険なやつで、青丸は立て籠《こ》もりをやるか、自殺をしそうなやつ」

「この家には七人もおりますな」

「そこは昭和荘という、独居老人の多いアパートだ。あんたが死ぬのを見た越谷婦美子もそこの住人だった」

「では、青丸をひとつ、剝《は》がしておきましょう。この、正宗家の青丸も」

「せっかくライフルを持ってきてくれたが、当分は使ってもらえないと思うよ。あんたにはここで待機していてもらって、ここぞという時に助けてもらう」

「そうですかあ」猿谷はつまらなさそうにライフルのケースを撫《な》で、自分を宥《なだ》めるように言った。「まあ、あんまり早く終ってしまうよりは、一カ月たっぷり楽しめる方がいいのかな」

何がいいのか九一郎にはよくわからない。「でも、あんたはよくライフルを持っていたねえ」

「はい。こうなることをまったく予測していなかった頃に趣味で買いましたから、安い値で買えました。今ならとてもとても」

「一千万円以上らしいな。このワルサーも、CJCKができてすぐ、やくざが売りにきたんだが、なんと二百五十万円もふんだくっていった。他にも自動小銃を二千万円で買えなんて言っていたが、あんなものは必要ない。あれを撃ちまくって若い人を巻き添えにしたりしたら、普通の殺人罪になってしまうからな」

「お買いになればよかったですな」自分にはとても買えない銃に恋い焦《こ》がれる眼を宙

にさまよわせて、猿谷は言った。「バトル・ロイヤルの基本としては、まず強い者ひとりを弱い者多数が、寄ってたかってやっつけるという戦法があります。ご隠居も多数に襲われる危険は充分ありますから」

「わしは皆からマークされてると思うかい」

「思います」猿谷は大きく頷《うなず》いた。「ご隠居とわたしが仲がいいのは、なぜだと思いますか。悪人同士だからです。ご隠居が悪人だということは、悪人にはわかるんです。そして老人の大半は本質的に悪人です」

「たまったものではないな」九一郎は嘆息してうなだれた。

猿谷はまた、地図と人名リストに眼を落した。「この人はまた、大きな邸《やしき》にお住まいですなあ。ははあ。黒崎しのぶ八十六歳。もと女優さんですか。武力0は当然としても、知力も1ですか」

「うん。どうも少し惚《ぼ》けかかっているらしいんでね」

「財力は不明と。で、この同居している江田島松二郎七十九歳というのは、ご主人ではないんですか」

「それは黒崎しのぶの、実業家だったご主人のもと運転手で、今では黒崎家の執事をやっている。黒崎しのぶの崇拝者で、ご主人亡《な》きあとずっと彼女と同居して、彼女の世話をしている。武力、知力、共によくわからない」

「富島松五郎ではなくて、江田島松二郎ですか。とんだ無法松ですなあ。いや。『サンセット大通り』のエリッヒ・フォン・シュトロハイムといったところかな」

「ご心配いりませんよ。しのぶ様。どんなことがあっても、ずっとあなたをお護《まも》りしますから」

江田島松二郎はサンルームで寝椅子《ねいす》に横たわっている黒崎しのぶに、ささやくように言う。しのぶはうっとりとした表情で、ガラス張りの天井を見あげたままだ。彼女の銀髪は美しく、老女になってもふっくらとした頰《ほお》はロングドレスの色に映えて薄く薔薇色《ばらいろ》だ。おそろしく長い顔の松二郎は、おそろしく長い手足をもてあまし気味に動かして、部屋の隅のテーブルから食前酒のシャンパン・グラスをとり、しのぶのもとへ運ぶ。その間も彼の芝居じみた独り言はやむことがない。彼はしのぶがほとんど何も聞いていないことを知っていて、だからこそ思う存分自分の思いを口にすることができるのだ。

「あなたの銀髪の美しさは何ものにも替えられません。しかしわたしも歳《とし》をとって、この通りあなたの執事として相応《ふさわ》しい白銀となりました。ああ。しかし頭に銀嶺を戴《いただ》くこの歳になって、人を殺さねばならぬとは。それもしのぶ様、こともあろうにあなた様を殺しにくるやつと戦わねばならぬとは。でもしのぶ様。ご心配はいりません。わたしは戦い抜きます。愛するしのぶ様のためであれば、命がけで戦います」

「ラララ、ランララ、ランララ、ランラ」黒崎しのぶが突然、「白銀は招くよ」のメロディを歌いはじめた。「ラララ、ランララ、ランララ、ラ」

「そうです。あなたの白銀はわたしを招いております。わたしも白髪。共に歌うは銀嶺セレナーデ。尊敬申し上げ、崇拝申し上げておるしのぶ様に、誰が襲いかかろうと江田島松二郎、指一本触れさせることではございません。この通り、武器も用意してございます」腰にさげたオートマチックを叩《たた》いてから、彼は顎《あご》をサンルームの隅に向けた。「あそこには喜久雄さまが満州よりお持ち帰りになった機関銃もございます。何十人来ようが大丈夫、すべて私が撃ち殺します。容赦することではございません」

「夕焼けこやけの赤とんぼ」黒崎しのぶが歌いはじめた。

「おお。陽《ひ》が傾いてまいりましたな」江田島はサンルームの彼方《かなた》の、羊歯《しだ》類が繁茂した、あまり手入れされていない密林の如き庭園を眺めた。「殺人者の喜ぶ黄昏《たそがれ》どきでございましょうか。そしていよいよ夜がやってまいります。魔物の跳梁《ちょうりょう》する夜でございます。そろそろ食堂へまいりましょう。今夜はしのぶ様のお好きな鴨《かも》の胸肉でございます」

「わたしはかもめ」と、もと女優が言った。

「いいえ。鷗《かもめ》ではなく鴨でございまして。柔らかく焼いてございます」

江田島はしのぶを立たせ、彼女の腕を肩にまわし、サンルームを出て食堂に入る。

「それにしても、なぜ国家はしのぶ様のような名女優を、シルバー・バトルに加えたのでございましょうなあ。わたしには理解できません。しのぶ様であれば当然、国民栄誉賞を受けておられてもおかしくはない。なんでも国民栄誉賞を受けた人や、文化勲章を受けた人や、人間国宝、芸術院会員、そういう人たちはバトルを免除されるというではありませんか。しのぶ様は紫綬《しじゅ》褒章《ほうしょう》を受けておられますが、あんなものでは駄目なのだそうでございますなあ。それはもう、千人以上いるわけでございますからなあ。しのぶ様のような美しい、たおやかな、薔薇の花のような方に、殺しあいをさせるなどとは、なんとむごいことでございましょう。でもそんなことをしのぶ様におさせ申しあげるわけにはまいりません。

まいりませんとも」

チーク材で葡萄色《ぶどういろ》をした広い食堂には長いテーブルがあり、松二郎は一方の端にしのぶを掛けさせた。それから急いでサンルームへとって返し、機関銃を持って戻り、厨房《ちゅうぼう》から料理を持って出てきて食卓に並べる。

「お召しあがりください。護衛かたがた私めもここでお相伴《しょうばん》させていただきます」彼はテーブルのもう一方の端に掛け、遠くからしのぶと向かいあう。「わたしも白ワインをいただきます。ああ。これは少し冷やし方が足りませんでしたな」

「おいしい」

「そうですか。たくさんお召しあがりください。たくさんお飲みください。ああ。私めは幸せでございます。こうしてしのぶ様と戦いを共にし、生活を共にし、食事を共にし、寝室を共に、これはしておりませんが、無論してはならぬことでございまして、あはははは。失礼申しあげました。ああ、しのぶ様、このような事態になって、わたしは嘆いてはおりますが、実際はいささか嬉《うれ》しくもあるのですよ。し

のぶ様と生死を共にするわけでございますからなあ。もしかすると、ご一緒に死ねるかもしれぬわけですからなあ」

「嬉しいわ、喜久雄さん」

「あっ。それは亡くなられたご主人のお名前です。ああ。悲しいなあ。もはやわたしの名をお忘れですか。わたしの名は松二郎、江田島松二郎でございます」

「松二郎。ありがとう。松二郎」

「おお。名を呼んでくださった。ありがとうございます。この上はあなたを護って戦い、機関銃をばりべりぼりばりと撃ちまくり、何百人も殺して、自分も死んでしまいます。悔いはございません。ございませんしのぶ様。死にます。わたしは死にます。ああ。なんという幸せでしょう。あなたの前で死ねる、またはあなたと共に死ねる。これ以上の幸せはございません。セックス以上の幸福です。なんとおいしい鴨でしょう。あなたの主演なさった『軍事探偵』の将校のように、あなたと共に死ねる死ねる」

「忘れられない、あの面影よ」と、しのぶは歌った。「灯し火揺れるこの霧の中」

「おお『何日君再来《ホーリーチユンツアイライ》』。懐《なつ》かしい歌でございますなあ。あの歌には複雑な悲劇が隠されております。共に死んで天国で会いましょうという歌でしょうか。一緒に死ぬ時はふたりともババババババと銃弾の穴だらけで『俺たちに明日はない』と洒落《しゃれ》るのでしょうかな。さぞかしいい心持ちでしょうなあ。でも死ぬ前に殺しましょう。たくさん、たくさん殺しましょう。わたしどもとは違う下層の爺《じい》さん婆《ばあ》さんをたくさん殺して、貴族的な絶頂感を共に味わいましょう。なぜかといえばこれは喧嘩《けんか》、ではなかった、政府公認の殺しあいなのですから。そうです。いよいよこれから壮絶で面白くて、快感で大興奮の殺しあいが始まるのです」

「皆さんにはこれから、殺しあいをしてもらいます」金髪のトサカを老人たちに向けて、CJCKの職員、まだ三十歳前後で、薄いサングラスの奥のぎらぎら輝く眼が不気味な斉木《さいき》又三が言った。

「うおう」という声を発して、老人ホーム、ベルテ若葉台の三十八人の入居者がどよめいた。

老人たちは女二十一人、男十七人、うち車椅子に乗った介護の必要な者が、女四人と男ひとりである。そこは食堂として使われている広く明るい部屋で、ベランダに面した大きなガラス戸越しに都心部が望める。ベルテ若葉台は高台にある広い敷地の中の建物で、都内でも最高級の老人ホームだった。

「わたくし、厚生労働省直属の中央人口調節機構つまりCJCKの都内処刑担当官で斉木又三と申します。ご承知のように、二年前から全国で実施されております老人相互処刑制度、つまり俗にシルバー・バトルと言われておりますこの殺しあいは、今回は日本全国九十カ所の地区、都内では三カ所で一斉に開始され、そのひとつがこのベルテ若葉台なのであります。ひひひひ。いや失礼。この制度は言うまでもなく、今や爆発的に増大した老人人口を調節し、ひとりが平均七人の老人を養わねばならぬという若者の負担を軽減し、それによって破綻《はたん》寸前の国民年金制度を維持し、同時に、少子化を相対的解消に至らしめるためのものです」

「わしゃ若い者の厄介になどなってはおらんぞ」もと運輸会社社長の前田信鉄八十五歳が叫んだ。「財産がある」

「それそれ。その財産を老人が持ち続けるということも、子供たちの苦労の原因なのですよ。つまりこの制度の根本思想は、老人は老人であることそのものが罪であるという思想なんです。それはさておき、バトルは一応明日からということになっておりますが、別段今すぐであってもかまいません。期限は明日から一カ月あとの五月三日、木曜日。この日まで殺しあっていただきますが、終了当日まではこの地区つまりこのホームから、他の地区、例えばご実家や家族の家に避難されることは禁じられております。どんな重要な用事があろうと国内、海外への旅行も禁じられています。それから、もし複数の人が生き残った場合は、その人たち全員がＣＪＣＫの処刑担当官によって処刑されてしまうことになります」

「ぎゃあ」と車椅子の婆さん、青木知佳《ちか》八十三歳が、全身をがくがくと顫《ふる》わせながらわめいた。「あんたが殺すんだねっ」

「そうです。あっ。でも、だからといって、やけくそになってわたしを殺そうなどとはなさらないように。わたしは処刑対象外ですから、もし殺したら通常の殺人罪が適用されますし、殺されそうになればわたしは反撃してただちにその者を射殺します。その他、バトルに無関係の、このホームの職員さんや出入りの人を殺してもなりません。あくまで他に迷惑を及ぼさないように。例えばこのホームに火をつけて全員焼き殺そうなんてことをした人は、たちどころに処刑されます。ですから、私に殺されたくなければ、ひとりだけ生き残ってください。生き残ったひとりは以後バトルを免除され、それどころか、バトルをやっている他の地区に行ってバトルに参加できるというすばらしい特典まであります」

「何がすばらしい特典か」霜田稔《みのる》八十四歳もと哲学教授が、吐き捨てるように白髯《はくぜん》を顫わせて言う。「人殺しじゃないか」

斉木又三はかまわずに続けた。「皆さんがたは全部で三十八人、三十八人めのかたが生き残るわけです。これは確率で言うならずいぶん有利なんですよ。例えば、今同時にバトルが開始された都内の宮脇町五丁目地区なんてものは、なんと五十九人、生き残る人は五十八人殺さなきゃならない。でも当地区の場合は、地域がこのホーム内だけに限定されていますから、広い町内をあちこち殺しに走りまわる苦労もなく、比較的楽に殺せるのです」

「楽に殺される身にもなってよ」もと服飾デザイナーの松田絵威子七十六歳は、血の気のひいた泣き顔でわめいた。「殺されるのいや。殺されるのいや。殺されるのいや」

「ですから」うんざりした顔で斉木又三は言う。「殺されるのがいやなら殺すのです。殺すのです。ああ。もちろん自殺は許されますから、自殺という手段もお忘れなく」

落ちついた表情で、鶴《つる》のように痩《や》せた上品な老人が立ちあがった。「あー君に訊《たず》ねたいのだが、実はわたしはこの老人ホームの出資者のひとりで、砂原仙太郎という者だがね。ここの老人が一人を残してすべて死んでしまえば、このホームはどうなるのかね。新たに入居者を募っても誰も来ないだろうし、政府は老人ホームをすべてなく

砂原仙太郎

すつもりなんじゃろうが、すべての老人ホームが経営不能になって破綻《はたん》すれば、わたしは子供たちに残すべき財産の大半を失ってしまうし、大勢の従業員が失業してしまう。わたしは彼らに対して責任のある立場だからね。政府はそのあたりをどう考えておるのかな」

「ご心配なく」斉木は砂原に向かい、うってかわって丁寧に一礼した。「現在直接運営に当っておられる皆さんには、すでにご相談申しあげて、ホテルまたは病院への転身をお計りしております。ですから皆さんは、バトルの際にも、できるだけこの施設の、建物そのものや什器《じゅうき》備品などを破壊することのないようお気をつけください。まあ、素手や刃物で乱闘の際、多少ものが壊れるなどのことはしかたありませんが、例えばご自身のお部屋に鍵《かぎ》をかけて立て籠《こ》もりをされたりしますと、殺すためにドアを破壊して闖入《ちんにゅう》しなければなりません。そのような損害を避けるために、皆さんがここにお集りになっておられる今現在、職員たちは全室のドアの鍵の撤去作業中であろうかと思います」

「わっ」全員が身を浮かした。「もうやってるのか」

「ですから、ハンデのある方にはお気の毒ですが、人殺しはいやだけど、自殺をする気はない、またはできないという方も、やっぱり全員が部屋を出てバトルに加わっていただくしかありません。武器は火炎放射器やバズーカ砲など、建物にあまりにも大きな被害を与えるもの以外なら、何を使われてもご自由です。あるいは今日あるを見越して、すでに拳銃《けんじゅう》などを購入されている方もおられるかもしれませんが」

斉木又三はじろりと全員を見渡し、老人たちの様子を窺《うかが》ったが、彼らは一様に悲しそうな顔でかぶりを振った。

突然、前田信鉄が立ちあがって、全員の注視の中、できるだけさりげない素振りで部屋を出て行った。

「おやおや。気の早いことで」斉木は前田を見送り、にやにや笑いながら言った。「まあお話はほとんど終りましたので、席を立たれてもかまいませんがね。今の方はおそらく隣の炊事場へ包丁を確保しに行かれたのでしょうね。あるいは薬局へ毒薬を」

それっ、と、四、五人の男性がわれ勝ちに部屋から駈《か》け出ていった。

あとに残された瞬発力のない虚弱な老人たちや頭の血のめぐりの悪い老人たちは呆《ぼう》然《ぜん》とし、うつけた顔で互いを眺めあうばかりである。すでに排尿している老人もいるらしく、アンモニアの臭《にお》いが立ち込めはじめた。

彼らを気の毒そうに見ていた斉木は、嘆息しながら弱き者たちに示唆《しさ》した。「今出ていった人たちはおそらく、みな生き残り候補者の資格を持とうとしておられるのでしょう。しかし皆さんはテレビなどで、プロレスのバトル・ロイヤルをご覧になっている筈《はず》です。バトル・ロイヤルというのは通常、最初の段階では強い者が多数の弱い者にやっつけられる、という展開になります。この場合、事前の相談というのがたいへん重要になってくるわけでして」

「田畑さん。功刀《くぬぎ》さん。来てください」みなまで聞かず、渋谷という小柄な老人が、いかにも虚弱そうな老人たちを呼び集めた。「菅原《すがわら》、お前も来い。篠原《しのはら》さん、あなたも来てもらえますか」

男たちに混り、でっぷり肥《ふと》った大女の篠原千《ち》鶴子《づこ》も、部屋の隅でテーブルを囲んでの陰謀に加わった。

「わたしは御用済みのようですな」

立ち去ろうとした斉木又三の服の袖《そで》をしっかりと摑《つか》み、腰が抜けて車椅子《くるまいす》に腰掛けたままの松田絵威子が言った。「斉木さんっておっしゃったわね。お願い。わたしを護《まも》って。護ってください。ピストルお持ちなんでしょ。お金、あげます。全財産あげて、

篠原千鶴子

わたしの相続人にもします。だからお願い」

そうはさせじとばかり、車椅子に乗った女三人が全速力でふたりの方へ突っ走った。二台の車椅子がぶつかって転倒し、ふたりの老女が床を転がった。

「痛い痛い痛い」

「わたしの養子にします」青木知佳が斉木に取りすがって泣きわめく。「あなたにその気があるなら情夫でもいいわ。だから護って。護って」

「誰がイボイノシシみたいなあんたの情夫になんか。ねえ」松田絵威子は斉木に同意を求めて、色目で頷《うなず》きかける。

砂原仙太郎が斉木に近づき、冷静な表情で言った。「君。すまんが、わたしを射殺してくれないか。わたしには自殺する勇気がないんだ。自殺を幇助《ほうじょ》するのも君たちの役目じゃないのかね」

「処刑担当官との金銭の授受、特別待遇の強要、養子縁組、男女関係、自殺幇助などの強要はすべて禁止されています。いずれマスコミが取材にやってくるでしょうが、彼らに助力を強要することも禁止です。バトル相手とならば何をしてもいいんですがね」

斉木が直立不動の姿勢をとり、厳しい声でそう言うと女たちは、頼りになりそうな者を求めて室内にあわただしく視線をさまよわせ始める。

「よし。行け」

渋谷老人の号令一下、田畑、功刀、菅原、篠原千鶴子が彼に続き、一団となって部屋を駈け出ていった。それに加わろうとする男も何人か駈け出ていった。また、何か企《たくら》みを胸に抱いた様子の老女も何人か、ゆっくりと部屋を出た。

「いよいよ始まりましたな」斉木はにやりとしながら、まだ部屋に残っている老人たちを見まわし、名優気取りで捨て科白《ぜりふ》を吐いた。「これは案外、早く片がつきそうだわ。ひっひっひっひっひっひ」

「誰もいないわ」三坪足らずの狭い薬局に入ってきながら、もと薬剤師だった美濃部《みのべ》敏子が言った。

「バトルが始まったんじゃゃ、薬局なんてほとんど無用になるから、みんな逃げ出したんでしょ。巻添えを食わないうちに」さっそく薬棚を点検しながら随筆家の秋山のり子が、おっとりとした口調で言った。「いい薬、ないわねえ」

「睡眠薬もみんな持ち出されてますわ」敏子は溜息《ためいき》をついた。「今、あの大女の篠原さんがここから出ていったから、きっと彼女がみんな持っていったんだわ」

鍵のかかったガラス戸棚のガラスが破られて、中の薬もなくなっていた。

「なんで知ってたのかしら。ここに劇薬が保管されていたこと。みんな薬の知識なんてない筈なのに」のり子は言った。「やっぱり、自分で調合しなきゃ駄目だわ」

「秋山先生の毒薬の知識は凄《すご》いんだそうですね。毒薬の本もお書きになった毒薬評論家だとか。そのへんの薬を調合して毒薬をお作りになれるんですものね」敏子は阿《おもね》るように甘ったるい声でのり子に言う。

「ろくな薬は作れないけどね」のり子は笑った。「まあ、いざとなれば嗅《か》ぎ煙草《たばこ》や嚙《か》み煙草から抽出したヒドラジンを少し持ってるから、あれで何人かは」

「当分、おっかなくて何も食べられないわ」敏子が引き攣《つ》った笑いを洩《も》らす。「でも秋山先生。先生はこれから殺しあいになるというのに、とても落ちついて、平然としてらっしゃいますね。やっぱり最後まで生き延びる自信がおありなんですか」

「とんでもない。そんな自信なんかありませんよ」のり子は微笑した。「わたしはもう八十九歳で、この歳《とし》になると死ぬのは怖くなくなるのよ。あなただってそうでしょう」

「あら、じゃあわたしは先生よりふたつ年下だったんだわ」

その時、天井の隅のスピーカーから館内放送で男のだみ声が響きはじめた。

「入居者の皆さん。料理長の天田です。先ほど厨房《ちゅうぼう》に無断で入室し、刺身包丁と出刃包丁を持ち出した人は、すぐにこちらまでご返却ください。ただちにお返しください。料理ができません。もうすぐ夕食ですが、コックたちが困っております。われわれにとって包丁は神聖なもので、あれで人を刺したり切ったりされては困るのであります。あと、使いものになりません」

「だいぶ怒ってるわ」事務室の隅の放送ブースでマイクに怒鳴っている天田のいかつい顔を思い浮かべながら、のり子はくすくす笑った。

「なお、わたしどもが皆さんに提供する食事は、今夜の夕食が最後となります。バトルが開始された以上、わたくしども、のんびり料理を作っているような精神的な余裕もなく、だいたいにおいて危険でありますから、ここを退去いたします。ただし皆さんがたのために、食材だけは冷蔵庫などに充分補充しておきましたので、皆さんがたで、またはご自分で、どうぞ自由に調理して召しあがってください。よろしくお願いします」

「でも、結局缶詰くらいしか食べられませんよね。だって、何が入っているかわかりませんもの」自分でも毒を混入する気でありながら、敏子がまたそう言う。

天田はこれが最後の機会とばかり別れの挨拶《あいさつ》をはじめた。「皆さんがたには今まで、いろいろとお世話になりました。ありがとうございました。皆さんがたのご冥福《めいふく》をお祈り。もとえ。ご健闘をお祈りします。わたしたちも皆さんのことは忘れません。忘れられません。忘れられるもんですか。こんな口やかましい面倒な人たちは滅多に。失礼いたしました。それではこれでわたしからの館内放送を終ります。さようなら」

その夜、みなが寝静まったかにも思え、息をひそめて自室にいるかにも思える午前二時の静寂の中で、三階の316号室、前田信鉄の部屋の前の廊下で、渋谷、田畑、功刀、菅原、それに大女の篠原千鶴子、五人の老人がひっそりと室内の様子を窺っていた。中からは前田の大きな鼾《いびき》が聞こえた。

「ぐっすり眠ってるらしいぜ」と、ロープを手にした田畑が声をひそめて言う。

篠原千鶴子はやや自慢げである。「ワゴンの配膳《はいぜん》台に乗っていた前田の夕食に、睡眠薬たっぷり盛ったからね。意地汚く、なんの用心もせずに晩ごはん食べたのよ」

地下の倉庫から持ち出した柄の長いハンマーを手にして功刀が言う。「自分は厨房から包丁持ち出したもんで、それで安心してるんだ。馬鹿《ばか》が」

「油断大敵でげすな」登山ナイフを手にした菅原がくすくす笑って言う。「この鼾ならやりやすうござんすぜ」

「よし。やろう」

カッターナイフを手にしてリーダーの渋谷が先頭に立ち、鍵のかかっていないドアを開けて室内に忍び込む。常夜灯と月明りで室内はよく見渡せた。前田は服を着たままの巨体をベッドに仰臥《ぎょうが》させていた。渋谷は彼の枕《まくら》もとに置かれている刺身包丁と出刃包丁各一本を、念のため出窓に移した。打合せ通り、功刀がベッドの横に進み、ハンマーを大きく振りあげ、前田の頭部めがけて振りおろす。

どさ。

ハンマーの重さによろめいて虚弱な功刀の狙《ねら》いははずれ、それは前田の頭のすぐ横、柔らかな枕の上にめり込んだ。

「ん。誰だ」

驚いて起きあがろうとした前田を、起しては面倒とばかり、ベッドの裾《すそ》の方からひと飛びして篠原千鶴子が彼の全身に覆《おお》いかぶさった。

「ふぎゅ」

大女の重みでいったんはベッドに沈み込んだ前田が、すぐに彼女を跳ね飛ばした。若い頃にはやくざとの出入りもあって百戦錬磨と自賛していただけのことはあ

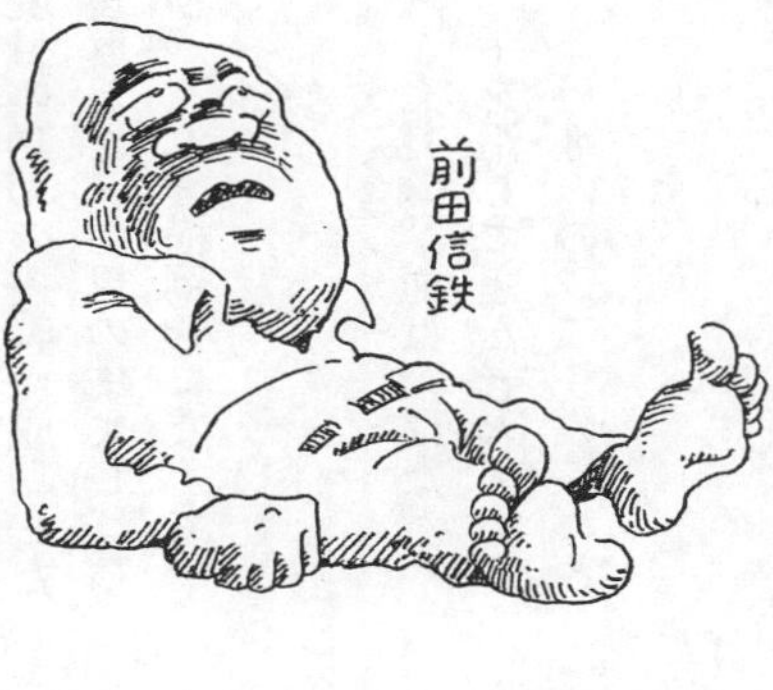

り、いったん眼を醒《さ》ますと馬鹿力を発揮する。しかし二度目の功刀の挑戦は成功した。ハンマーは前田の頭頂を直撃した。彼はくるりと眼球を裏返した。白目のまましばらくベッドの上に起きあがった姿勢のままの彼は、やがてゆっくりと横倒しになって、ベッドから転落した。

「一応、とどめを刺しておきやすぜ」

菅原が枕を前田の胸に押し当て、登山ナイフで彼の心臓をえぐる。血は飛ばなかった。現在でこそ虚弱だが、いずれも曾《かつ》ては何らかの状況で手を汚してきた老人ばかりの、言わばホーム内不良グループであり、頭はあまりよくないものの、こういうことにはなかなか手際《てぎわ》がよい。

「やあれやれ。一番面倒なやつを片づけたわね」

死体を見おろしながら安心した篠原千鶴子が大声を出した途端、彼女の咽喉《のど》から鮮血が噴出した。彼女の背後にいた渋谷がカッターナイフで掻《か》き切ったのである。

「や」男三人が驚いて後じさる。

どん、と大きな音を立てて、一瞬で死体となった篠原千鶴子が俯《うつぶ》せに倒れ臥《ふ》した。大量の血が驚くべき速度で床に拡《ひろ》がって行く。

「次に面倒なのはこの女だもんな」渋谷は卑怯《ひきょう》なやり方で女を殺したうしろめたさに、

歪《ゆが》んだ笑いを浮かべていた。「早いうちにやっといた方が、な。そうだろ」

男たちはうっそりと頷いたものの、考えてみれば篠原千鶴子の次に殺されるのはこの中の誰かではないか。早いうちにやっといた方がというので、早いうちに殺されてはたまらない。誰ともなしにあっ、おっ、と声をあげて、次の瞬間、四人の男は部屋の四隅に飛び退《の》き、それぞれの武器を構えて睨《にら》みあっていた。

「あっ。始まりました。始まりました。この老人ホーム、ベルテ若葉台地区におけるシルバー・バトル、まだ一日目だというのに、もはや開始された気配であります。お年寄りは気が短いというのは本当のようであります」翌日の正午前にはすでに、ベルテ若葉台の広い庭先で建物を背にして立ち、カメラに向って若い男性レポーターが叫んでいた。「お聞きになれるでしょうか。さきほどから『きゃー』という叫び声や、『助けて』という悲鳴や、『殺してやる』という罵《のの》り声が、連続して聞こえてまいります。通常は一日目、二日目などは周囲の出方を窺ってそれぞれが身をひそめ、バトルに突入することはないのでありますが、何しろ老人ホームという外部と隔絶された空間では、もう早速、こういう状態になるしかなかったのではないかと思われます。あっ。今、三階の窓から誰か飛び降りました。赤いネグリジェだか、ロングドレスだかを着た、恐らくお婆《ばあ》さん、いや、女性のかたであろうと思われます。われわれ、建物の中に入ることはCJCKの条例で禁じられているのでありますが、でも、もう少しだけ近づいてみましょう。突き落とされたのでしょうか。それとも殺される前に自身でご自分を始末なさった、つまり自殺なのでありましょうか。あっ。また悲鳴です。『死ぬ』と言っています。それから『殺さないで』とも言っています。どちらもどういう状況なのかはっきりせず、皆さんにも、わたしどもにとっても、はなはだ歯痒《はがゆ》いことであります」

「何しとんねん。さっさと殺《や》らんかい。心臓はここや、ここや。急所はずして、浅い浅い傷仰山つけやがって。せっかく殺されたろ思うて、こないして車椅子におとなしう座っとるんやないか。覚悟できとんねん。お前まだ七十何歳かやろ。わしはもう九十二歳やぞ。簡単に殺せるやろが。弱あい力でからだのあっちこっちぶすぶす刺しやがって、痛《いと》うて仕様ないわ。早《はよ》うせんかい早う。ええいもう。心臓がわからへんのやったら、首切れ、首。喉首《のどくび》掻っ切ってくれ。ここを横に切ったらええねん。ここや。ここや。そこは胸やがな。胸切ってどないすんねん。もっと上や。もっと上。顎《あご》やがな。顎やがな。顎切ってどないすんねん。ええい。もうええわ。痛うてかなわんけど、しばらくこのままで痛いのん我慢しとったら、そのうち出血多量で死ぬやろ。ご苦労さん。静かに死なしてや。ほな、さいなら」

ベルテ若葉台の老人たちが互いに追いまわし、逃げ、隠れ、殺しあうことに疲れ果てて眠り込んでしまったバトル一日目の夜、CJKの都内処刑担当官、斉木又三は、しんとしたロビーでひとり深夜のテレビ・ニュースを見ていた。アナウンサーは都内各地区のシルバー・バトルの進行状況を報じていた。

「ベルテ若葉台地区は」と、アナウンサーは老人ホーム全景の映像の前で言った。「ひとつの建物内でバトルが行われているため、他に比べて特に早い展開を示しております。この地区内に留まって死者の確認作業を行っておりますCJCK担当官からの電話での報告によりますと、現在のところ男性七名、女性十三名、つまり半数強の死亡が確認されております」

もう何度めかの同じニュースに斉木が欠伸《あくび》していると、足音も立てずに砂原仙太郎が近づいてきた。人の気配に思わず身構えて振り返った斉木は、それが昨日自分に射殺を頼んだ臆病《おくびよう》者の砂原であると知って安心し、またテレビに眼をやった。砂原はソファに掛けている斉木のすぐ横に腰をおろした。

「どうしました。眠れませんか」馬鹿にしたような笑いとともに、テレビから眼をはなさぬまま斉木は訊《たず》ねた。

「殺されもせず、殺すこともできません」砂原は悲しげに言った。「いったいどうしたらいいのか、さっき哲学の霜田教授のお部屋に伺って、教えを乞《こ》うてきました」

「ほほう。で、哲学の先生は何と」うすら笑いで斉木は面倒臭そうに訊ねる。

「すでに全員が死に被投された状態にあるのだから、今から死を先駆的に了解するのは不可能だ。しかし死の到来と同時に既在の自分を見て、現成化によって自分を解放することは不可能ではない。そんなことをおっしゃってました」

「なんですかそれは」斉木は苦笑した。「あなた、そんな話で、救われるのですか」

「ええ。学生時代、少しは哲学を学んでいましたので、霜田教授のおことばで、少くとも自分の本来的な行動が開示されました。つまり、どうしても自殺できずに、誰かを殺さねばならないとすれば、誰を殺すべきかということです。その殺すべき人物が自分に先駆けて自分を殺すのであれば、それでもかまわない」そう言いながら砂原はポケットからカッターナイフを出した。

そんな砂原に眼を向けることなく、あいかわらず退屈そうにテレビを見たままの斉木が訊ねる。「で、それは誰ですか。あなたが殺す人は」

「あなたですよ」

砂原のことばに驚いて彼を見た斉木は、砂原の手に小さな刃物が握られていることを知り、あわててホルスターに手をやった。意外なほど決然として砂原は手を振るい、斉木の左耳の下を切り裂いた。扇状に噴き出た鮮血で砂原の上半身、前半分が真っ赤になった。眼を真ん丸に見開いたままの斉木に、砂原は言った。

「なぜ自分を殺したのか、と質問なさりたい眼をしておられるからお答えしますが、ひとつは、あなたから逆に殺される場合、拳銃《けんじゅう》によって楽に死ねるからです。ふたつめの理由は」砂原は床に落ちている斉木の拳銃を拾いあげた。「これを頂戴《ちょうだい》して、共現存在を多数殺すことができるためです」

斉木が床に倒れ臥すと、砂原は彼のポケットを探って予備の弾丸を取り出し、ゆっくり立ちあがり、次になすべきことをしばらく考えてから、もと哲学教授、霜田稔の部屋へ報告に戻った。霜田稔はすでに首を吊《つ》って死んでいた。

不良老人グループの他の三人と渡りあって生き残った功刀は、他にも何人か殺して今や血に餓《う》えていた。効果の乏しい劇薬が混入されていた食物を不用意に食べてしまって苦しんでいた何人かも、前田の部屋から持ってきた刺身包丁で心臓を刺し、楽にしてやった。疲れていたものの、自室に戻って血まみれの服を着替えたあとも、まだ興奮はおさまらなかった。

そうだ。車椅子《くるまいす》の女四人はどこへ行ったのだろう。どこかにまとまって隠れているに違いない。あいつらなら殺しやすい筈《はず》だ。ようし。見つけ出してやろう。功刀はまた自室を出て、まず屋上にあがってみた。月明かりで見渡しても、誰もいなかった。次に事務室を隅隅まで捜したが、やはり誰もいなかった。功刀は地下室に降りた。倉庫の重いドアを開け、スイッチをひねり、奥の隅に積みあげたダンボール箱のうしろにまわると、寄り添うようにして車椅子の四人がいた。女たちは功刀を見て恐慌《きょうこう》に襲われた。

「ひい」「ぎゃあ」「あーんいやー」「来ないでー」

そんな可愛《かわい》い声を出しても無駄だ。功刀はそう思いながら無言で彼女たちに近づいた。

青木知佳が媚《こび》を含んだ眼で身をくねらせ、近づいてくる功刀に甘えてみせた。「お遊びしましょ。お遊びしましょ。わたしはお馬ちゃん」

何がお馬ちゃんだ。功刀は無表情のままで彼女の胸を刺した。間歇《かんけつ》的に血が溢《あふ》れて、功刀の服に飛び散った。青木知佳は激しく痙攣《けいれん》して車椅子から落ちた。

さらにぎゃあ、ぎゃあと喚《わめ》くふたりの老婆《ろうば》を興奮の極に達して殺害した功刀は、二十年ぶりの勃起《ぼっき》を自覚していた。功刀は松田絵威子に向きなおった。死に装束のつもりか、深紅のドレスで派手に着飾った絵威子はとうに車椅子から転落し、スカートをまくりあげてメリヤスのショーツを丸出しにし、逃げようとしていた。七十六歳の絵威子はもと服飾デザイナーだけあって、若く見えた。今生の名残りにとばかり、功刀はあわただしくズボンをパッチごと脱いで絵威子に覆いかぶさっていった。

「あれ。何するの。いやらしい」

「まあ、いいじゃあ、ねえか」

絵威子の下穿《したば》きを脱がせようと苦心する功刀に隙《すき》があった。絵威子はカッターナイフを振るって功刀の咽喉を切り裂いた。ぴいっという音が彼の悲鳴なのか咽喉そのものが発した音なのかはわからない。功刀は二、三度エビのように床でのたうつと、すぐに動かなくなった。

血まみれになった絵威子が車椅子によじ登ろうとしている時、初めて拳銃の発射音が、一発だけ階上から聞こえた。

「拳銃だわ」絵威子は眼を丸くした。「誰か拳銃を持ってたのね」もう駄目だわ。もう色仕掛けの企《たくら》みは通用しないだろう。絵威子はやっと死を覚悟した。

翌朝からまたバトルは開始されたものの、昨夜の拳銃の発射音が誰によるものか、誰にもわからなかった。だが、ＣＪＣＫの斉木担当官の死体から拳銃を奪い去った者の仕業であることは確かだった。いつ射殺されるかわからぬ恐怖に狂い、殺しあう老人たちは時に狂笑し時に咆哮《ほうこう》し、什器《じゅうき》を破壊し大小便を垂れ流した。冷静に身を潜めていた者が生き残った。

砂原仙太郎も自室でじっとしていた。テレビでは斉木担当官が殺害されたニュースを報じていて、代りの担当官が派遣され、奪われた拳銃を捜す予定ということだったが、まだやってきていない。自室へ戻る途中、廊下で襲いかかってきた男ひとりだけしか射殺していない彼は、風呂《ふろ》に入って全身に浴びた斉木の血を洗い流し、着替えをした後、拳銃を自室の天井裏に隠して静かにしていたが、夕刻になり、ほとんどのバトル対象者が殺されたと思える静寂の中で、やっと拳銃をポケットに入れ、自室を出た。

丹念に館内を見てまわり、傷を負ったり毒を盛られたりして苦しんでいる者はそのままにしておき、もと薬剤師の美濃部敏子の部屋では眠りこけていた彼女を射殺し、地下室へ行って三人の女性の死体の傍らで静かに祈っていた松田絵威子も射殺した。彼は最後に、このホームに来て以来の良きガールフレンドだった随筆家、秋山のり子の部屋を訪れた。彼女は白いネグリジェ姿で、落ちつきはらって椅子に掛けていた。

「じゃあ、あなたが拳銃を奪ったのね」こころもち眼を丸くして、意外そうに彼女は言った。「で、わたしを殺しに来たのね」

「さあ、それなんだけど」砂原はベッドに腰をおろした。「もう、あなたとわたし以外には誰もいなくなっちまった。だからあなたかわたし、どちらかが死んでどちらかが生き残るわけだよ」

のり子は窓の外を見て言った。「美濃部さんはどうしたの。あなたが殺したの」

ゆっくりと砂原はベッドに仰臥《ぎょうが》した。「わたしが射殺した。眠っているところを頭に一発」

「じゃあ、苦しまないで死んだのね。よかった」のり子は微笑した。

「わたしは自分で死ぬ勇気がどうしても湧《わ》かないので、死ぬとすればあなたに殺してもらうしかない」と、砂原は言った。「あなたの調合した毒薬が入っている食物をもらうか、でもそれは苦しむだろうしね。あるいはこいつで撃ち殺してもらうか」

のり子は熱心な口調で言った。「わたし、あなたが好きだから、あなたに生き残ってもらいたいわ。でもあなた、生き残って何かする予定はあるの」

「もし生き残ったとしたら、そうだね、考えていることなら、ある」

「じゃあ、それを実行なさい。何だか知らないけど、あなたが考えたことならきっと、正しいことだと思うの。だって老人にこんなことをさせるなんて、あきらかにおかしいんですもの」

「そうだね。わたしがこんなことをしなきゃならないなんて、夢にも思わなかった」

「砂原さん」

「何だい」

「頭はいや。顔が血まみれになるから。ここを撃って頂戴」彼女は自分の心臓を指し、乞い願う眼で砂原を見た。

砂原は起きあがった。のり子の額に軽くキスをしながら、同時にのり子の胸に銃口を押し当て、引き金をひいた。のり子は椅子の背凭《せもた》れに頭を乗せて息絶えた。砂原は彼女の部屋を出て、不良老人グループのリーダー格だった渋谷の死体を捜し出し、その手に拳銃を握らせた。

「このベルテ若葉台という地区は、えらい早く終ったな」宇谷九一郎は自室のソファでテレビを見ながら、隣りにいる猿谷甚一に言った。「たった二日で終っちまった」

窓の外はもう暗く、奥まった場所にある書斎兼応接室には国道からの騒音も入ってこなくて静かである。机の上には握り寿司《ずし》にウイスキーというおかしな取りあわせの夕食が置かれていた。

「立て籠《こ》もりをする場所がなくて逃げ隠れできないからでしょう。でも不思議ですね。鍵《かぎ》のかからない自分の部屋でじっとしていた人が生き残っている。この人、このホームの出資者のひとりなんですよね」猿谷も画面の砂原を見ながら言う。「気の弱い、おとなしそうな人なんだがなあ」

「このホームに比べたら、この地区は広いから、だいぶ時間がかかるな」九一郎は渋い顔をした。「手っ取り早く終ってほしいもんだが、そのためには自分が殺しに走りまわらにゃならん」

「その方がわたしは楽しいけどね」猿谷はちょっと浮き浮きした。「さっそく、出かけますかい」

九一郎はあきれ顔で後輩を見る。「まったくあんたって人は、血に餓えとるんだなあ。だけどあんたの存在は、できるだけ周囲には隠しておきたいんだ。いよいよという時まで外には出ないでもらいたい。窮屈だが、この部屋で待機していてもらう」

「へえ。わかりました」ちょっとしょげて猿谷はうなだれたものの、すぐに気分がかわって顔をあげる。「だけどね、ご隠居。こんな町なかなんかよりも、もっと広い地区がありますぜ。広島県の熊谷《くまがや》地区なんてのは過疎《かそ》の村と山林だ。地図で見たら、この十倍はあります」猿谷が眼を丸くして言う。「ほんとは過疎の村では老人が働き手だから、最初のうち厚生労働省もあそこはバトルの対象外にしていたんです。そしたら老人たちが、バトルをやらなくてすむっていうんで、どっと村に引っ越してきた。あそこがバトル地区になったのは、人口が八倍に膨《ふく》れあがったからです」

「しかし、山林のあるそんな広い場所で、どうやってバトルをやるんだ」

九一郎がそう言ったとき、電話がかかってきた。

「ああ。九一っちゃん」

小学校、中学校でずっと同学年だった菊谷いずみだった。もちろん彼女もバトル対象者である。サラリーマンだった伴侶《はんりょ》に死なれて今は独身だ。

「いずみ。どうした」

いずみはいかにも親しげに、九一郎を案じている口調をあからさまにして言う。

「あなたの家を襲撃しようって男たちに誘われたんだけどさ。わたしがあんたの友達で、あんたの家の間取りやなんか、よく知ってるもんだから誘ったんだと思うんだけどね」

「誰だ、そいつは」

「『阿波徳《あわとく》』ってうどん屋があるでしょ。あそこの主人が音頭《おんど》取りで、あと、化粧品と薬売ってる『マツバラ薬局』の主人と、『鈴屋寿司』の主人よ」

「商店街の連中か」毒殺を警戒して鈴屋から握りを取らず、地区外の寿司屋の出前にしたのは正しかった、と九一郎は思う。「で、あんたはなんで、わしにそれを教えてくれるんだい」

九一郎が聞くと、いずみはちょっと絶句した。「なんでって、そんなこと、あんたに訊《き》かれるとは思わなかったわ。だって、友達だもん。あんたが殺されるの、いやだから」どうせいつかは殺しあわねばならないバトル仲間であるという事実を忘れたふりで、彼女はそう言った。

「そうか。すまん、すまん」とりあえず、九一郎は詫《わ》びた。まだ聞き出さねばならぬことがある。「で、いつ決行すると言ってた」

「まだ、決まってない。今夜や明日の晩でないことは確かよ。あの子たちがいつやるか決めるまで、わたし、仲間のふりしていようと思うの」いずみにとってたいていの男は『あの子』なのである。「どう思う」

「そいつは助かる」九一郎はいずみの思惑に探りを入れた。「で、あんたはわしに、どうしてほしいんだい」

「ああ。交換条件だなんて思わないで」いずみはあわてて言った。「でも、あなたがわたしを殺したりはしないってことくらい、信じてもいいでしょ」

菊谷いずみ

「それは約束しよう。ただし、だ」九一郎は声を強めた。「あんたとわしが最後の二人になった時、つまり、あんたがわしを殺す恐れが出てきた時は容赦なく殺す。いいかね」

「あらあ。そうなのお」がっくりと気落ちした様子で、いずみは吐息をついた。「でも、しかたないわねえ」

「何かわかったら、また電話してくれ」命令口調でそう言って電話を切り、九一郎は猿谷を振り返って言った。「わしを殺しにここへやって来る。商店街の連中三人だ。薬局の主人は猟友会に入っているから猟銃を持っているだろうし、彼から借りて他の二人もおそらく持ってくるだろう」

「いつですか」

「わからん」

「やあれやれ」猿谷が大声を出した。「やっと活躍できる。さっそくこっちも作戦を立てましょう」

「その前に、ちょっと待ってくれ」

九一郎は時計を見た。八時だった。彼は部屋を出て土間へおりた。九一郎の部屋の隣は九一郎と静絵の老夫婦が寝る座敷で、その向こうが二階への階段のある、家でいちばん大きい八畳の茶の間であり、障子越しに家族の声がしている。九一郎はいったん店の間に出て、二人の和菓子職人がもう帰宅したのを確かめてから茶の間に戻った。障子を開けると、孫の茂一が滅多に茶の間に来ない九一郎を見て、嬉《うれ》しそうな大声で言った。「わあ。おじいちゃんだ」

「晩飯はすんだか」

「うん。すんだ」当主で長男の寛三が九一郎に答えて、席をずらせた。「父さん。こっちへ」

「ああ」九一郎は階段を背にした場所で食卓についた。「みんなに話がある。ああ。酒はいい。奥で猿谷とウイスキーを飲んできた」彼は家族を見まわした。

妻と息子と嫁と孫ひとり、これが彼の家族だった。九一郎は彼らを愛していた。だからこそ彼らとの間に一定の距離を置いてきた。だから彼は家族からも愛されていた。

「実はな、もうすぐこの家が襲われる」

九一郎が言うと、ああ、と妻の静絵は天井を仰ぎ、嫁の華子は夫に身を寄せ、寛三は沈鬱《ちんうつ》に顔を伏せた。

「いつ来るの」喜びと興奮で眼をきらきら光らせ、六歳の茂一が言った。

「まだわからん。それでな、皆にこの家を出てほしい」九一郎は家族を見まわした。

「静絵は実家の義兄《にい》さんのところへ帰りなさい。寛三たちは金杉のところへ行け」金杉は九一郎の姉の嫁ぎ先である。

「ぼくはここにいる」

　叫んだ孫に、息子と嫁が同時に言った。

「やめろ」

「茂一」

「わたしは残ります」

　美しい幽霊、とでも言うべき風情《ふぜい》の静絵が決然として言ったので、全員がえっ、と彼女を凝視する。

「俊則《としのり》の家にいたって、この家のことが心配で、どうせ帰ってきてしまいます」

「お前さんなあ」九一郎はいつもの妻の心配性にうんざりした表情で言う。「わしの足手まといになって、ふたりとも殺されるぞ。お前さんさえ生き延びてくれたら、お前さんはまだ六十八歳、このバトルが全国一巡したあとは、四十年間バトルはないんだ。百八歳まで生きられるというのに、なんで死にたがるんだい」

「だってあなた」静絵は泣き出した。「あんたがいないのに、生きていたって」

「わからんぞ」九一郎はにやりとした。「わしを襲う連中がいるってことは、わしが生き残り候補だからで、知っての通りバトル・ロイヤルって奴《やつ》は、一番の生き残り候補が最初に襲われるんだ。で、生き残るのはだいたい三番手か四番手」

「じゃあ父さんは、皆からマークされてるのかい。生き残り候補の何番手くらいなの」

九一郎は座を明るくしようとしているかのように、笑って息子に向き直った。「そうさなあ。凄《すご》いのが何人かいるから、四番手か五番手だろうな」

「なんでこんなことに」嫁の華子も泣き出した。「みんながお義父《とう》さんみたいな人ばかりだったら、ここまでご老人が嫌われて、邪魔にされることもなかったのに」

「今そんなこと言ったってしかたがないよ、華子さん」眼を細くして九一郎は嫁を見た。「たしかに、心がけの悪い老人が多過ぎたのかもしれんがね」

「ねえねえ。そいつら、二階の僕の部屋にも入ってくるの」

二階には茂一の子供部屋と、息子夫婦の寝室がある。

「入っては来ないと思うが、一応、二階も目茶苦茶になるという覚悟は、しといた方がいい」九一郎は息子と嫁に言った。「この家が危険なのは、店が国道に面していて、しかも角地で、商店街へ行く道に沿って奥に延びているし、裏庭へのくぐり戸もあるし、どこからでも入ってこられるということだ。安全な部屋は二階と地下の物置くらいだが、大勢で来られた日にはちっとも安全じゃなくて、防ぎようがない」

「ぼくは自分の部屋を守ります」茂一が立ちあがり、大声で宣言した。

寛三も大声を出す。「茂一。やめろと言っただろ」

「つまんないなあ。せっかく撃ちあいがあるのに、見られないなんて」

「やめなさい。遊びじゃないのよ。死ぬんですよ」

華子がヒステリックな大声を出したとき、正面入口のドア・チャイムが鳴った。

とびあがるように立ちあがり、壁につけたモニターの画像を見ながら寛三が大声で訊《たず》ねる。「どなた」

のんびりした声が返ってきた。「CJCKの地区担当官の山際《やまぎわ》です。九一郎さまはご在宅でしょうか」

九一郎が見ると確かに三日前、公民館で老人たちにバトルの説明と開始宣言をした山際という中年の担当官である。そのうしろにひとり、若い男の姿も見えた。老人ホームで担当官が殺されたばかりだから、警戒して二人づれでやってきたのだろう、と、九一郎は想像した。

「わしが出る」

九一郎はひとり店の間を出ると、シャッターの隅のくぐり戸を開けてふたりを土間に入れ、また戸を閉めた。

「や。お邪魔します。お手間はとらせませんので、ここで結構です」

山際は立ったままでそう言い、若い方の担当官は鷹《たか》の眼で油断なく店内を見まわしてから、ワルサーで膨らんだ九一郎の脇腹《わきばら》を注視した。

「ご用件をどうぞ」ぶっきらぼうに九一郎は訊ねた。

「いやいや用件というほどのことじゃないんです。ご様子をうかがいにお邪魔しただけでして」山際はいかつい顔にも状況にもひどく不似合いな愛想笑いで喋《しゃべ》りはじめた。

「ええと。宇谷さんは昨日、ご近所の正宗忠蔵さんを処刑なさいましたね。なんでも仲の良いご友人だったとか。温厚な正宗さんに殺しあいなどさせるに忍びず、射殺されたとか。いやあ。美談ですなあ」九一郎の心情を理解しようとする繊細さもなく、彼は無神経な大声でそう言った。

「つまりあんたは」九一郎は怒鳴りたいのをこらえて、ゆっくりと言った。「現状の把握をしに巡回されとるわけですか」

「あっ。そうです。そうです。余計なことを言って申し訳ありませんでした」

山際は急に早口になった。鼻下に汗を掻《か》いていた。上司から何か言われたのかもしれない、と九一郎は想像する。

「実はこの地区、ご存じでしょうが、バトルの展開が極めて緩慢で。いやいや。そりゃあまあ、開始宣言以来まだ三日目ではあるのですが、あなたはひとり処刑なさっただけ。あの大学教授だった津幡先生もひとり処刑なさっただけ。あと、もと女医さんの深谷という九十二歳のかたがひとりガス自殺なさっただけで、死者はまだ三人。これはそのう、他地区と比べてずいぶんゆっくりした展開であるわけです。わたしどもの知りたいことはつまり、これはどういうことなのか、たとえばあなたは、どのようにお考えになっておられるのか」

「もっと頑張って殺してまわれとおっしゃるわけですかな」九一郎は声を顫《ふる》わせた。

「早く決着をつけて、あんたたちに安心させろとおっしゃる」

絶句した山際にかわって、若い担当官が眼をいからせ、けんめいに声を低くしようと努めながら言った。「わたしたちだって、たくさん生き残ったお年寄りを処刑してまわりたくはないですからね。あの、あなたがたにはこの状況、よく認識してほしいんですよね。なぜこういう事態になり、なぜこういうことをやっているのかという認識を」

政府の見解を鵜《う》呑《の》みにして、老人を罪人としか見ていない口調だった。

此《こ》の若い役人をただちにワルサーで射殺したい衝動に堪えながら、九一郎もまたけんめいの努力で彼を無視し、山際に訊ねた。「ほかの連中の動静は、まったくつかめてないのですか」

「ですから、現在までの死者は三人、ということがつかめております」山際はちょっと不審げな表情をした。「ひとり、おかしな女性がおりましてな。あの昭和荘というアパートに住んでいる、独居老人ばかり七人いて、今はひとり減って六人になったうちのひとりのお婆《ばあ》さんなんですがね、志多梅子という、もと家政婦さんの。それがですね、皆から白髪鬼と言われて恐れられているあの津幡教授の家へ、つい先ほど、つまり夕方ですが、ひとりで入って行ったんです。わざわざ殺されに出向いたような不思議な行動です。これについて何か、お心当りはありませんかな。あるいはまた、どのように想像なさいますかな。いやなに、わたしどもがお訪ねしたのも、宇谷さんがこの町内のことにいちばんお詳しいと思うからなんですよ。そのほかにも、いろんなことをお教えいただけるのではないかと思いましてね」

こいつら、津幡教授が怖いのだ、そう思って九一郎は内心で冷笑した。自分で訊きに行きゃあいいんじゃねえか。

志多梅子は昭和荘から誰《た》そ彼《がれ》どきの住宅地の道路に出た。眼はながく続いた恐怖でうつろになり、瞳孔《どうこう》は小さくなってしまっていた。粗末なワンピース姿の彼女は小さな物音のひとつにも全身をわななかせ、ぎくしゃくした歩きかたで津幡共仁の豪邸の前に立った。ドア・チャイムらしきものは見あたらず、大きな門は閉じられたままだったが、横のくぐり戸を押すと軽く開いたので、梅子は一瞬立ちすくんだ。ぎくぎくと身を揺すりながらも、やがて彼女は津幡邸の広い前栽《せんざい》に入った。羊歯《しだ》や棕櫚《しゅろ》の間の石畳を歩いて玄関にたどりつくなり、両開きのドアが開いた。白髪鬼、津幡共仁が傲然《ごうぜん》と立っていた。

津幡共仁

「ひい」梅子はポーチにへたへたとしゃがみこんで、恨めしげにタキシード姿の津幡を見あげる。

「何の用かね」津幡は不審げに梅子を見おろし、首を傾《かし》げた。「自分からわざわざ、わしに殺されにやってきたとでも」

「わたしはまあ、先生のお宅へ、自分から押しかけるなど、なんてまあ、馬鹿《ばか》なことを」志多梅子はうずくまったまま、おろおろ声で言った。「わたしは馬鹿な女でございます。馬鹿でございます」彼女はそれだけ断言するように言ってしまうと、あとはやや開きなおった様子で語りはじめた。「あの、まあ、お聞きください先生。わたしは怖かったのでございます。先生の恐ろしい噂《うわさ》はさんざ聞かされました。怖いこわいお人だと、ずっと思っておりましたのですが、いよいよこの殺しあいが始まって、そして同じアパートに住んでいる越谷婦美子さんがあなたに殺されて。いえいえわたしはその場を見てはおりません。見てはおりませんが、だからこそ人づてに聞くその場の恐ろしげな様子でその恐ろしさは倍にも三倍にも、十倍にも二十倍にも膨《ふく》れあがるのでございます。家にじっとしておりましても、いつあなたの姿がすぐそこの入口のドアを開けてあらわれるかと怯《おび》えて、それはもう、わずかな物音にもおしっこをちびるのでございます。なぜか他のお年寄りではなくて、ただただ恐ろしさの最高のお姿として先生のことしか頭に浮かびません。夢にまで先生があらわれてわたしを殺そうとなさるのです。越谷さんを殺されたときは恐ろしい笑いかたで笑いながら殺されたとうかがいましたが、その笑いかたで笑いながらわたしを殺そうとなさるのです。眼醒《めざ》めますともう、あまりの恐ろしさにとてもじっとしてはいられません。

それで先生、それでわたしは考えました。この恐ろしさに堪えられずに発狂してしまうまで、じっと先生を待っているよりは、いっそのこと先生のもとに自分からでかけて行って先生のおそばにいた方が楽なのではあるまいか。たちどころに殺されましてもそれはそれでしかたのないことではあるまいか。いいえ。いずれは先生から殺されてしまう運命だってことはよく存じておりますが、あわよくば先生のおそばに置いていただいて先生のお姿を常に眼にしている方が、そしていつ殺されるかを先生のお気持次第で決めていただいた方が、いつ殺されましても、それまでは楽な気分でいられるのではないかと、そう考えましたようなわけでございます」

奇妙な動物を見るような眼で梅子を見おろしていた津幡は、やがてゆっくりとかぶりを振りながら言った。「臆病《おくびょう》な、ひたすら殺されるためにのみ存在する哀れな小動物の、まことに理解不可能な、まことに不可思議な心情の推移」突然、口髭《くちひげ》を顫わせて津幡は呵呵《かか》大笑した。

「わ」梅子は茶色い木綿の五分丈ズロースの大股《おおまた》開きで仰向けにひっくり返った。

「よろしい。置いてやろう。この家に住まわせ、家政婦がわりに使ってやろう。その気になったら殺してやろう。いつでも殺せる生きものが傍《かたわ》らにいるというのも面白い。そのかわり、生きている間は思う存分にいたぶってやるが、それでもよいか。どうだ」

「ありがとうございます。それも覚悟の上でございます」彼女は土下座して何度も頭を下げた。「たとえどのようにいたぶられましても、ひとりで死を待つよりはどれほど楽かわかりません」

津幡を見あげる梅子の眼に憧憬《しょうけい》の色が宿った。自分をいたぶり、ついには殺す存在を、恐怖のあまり恋い慕う、被虐《ひぎゃく》と死への衝動に裏打ちされたエロチックな願望が、今、彼女を包みこんでいた。

翌日、バトル四日目の昼過ぎ、店を閉めた蔦屋ではガレージの乗用車に家族の身のまわりの品を積み終え、妻と息子を乗せた宇谷寛三が静絵と共に、九一郎と猿谷のいる応接室へ別れを告げに入ってきた。家族の別れに自分がいては邪魔と判断して猿谷は便所に立った。

「先に母さんを、伯父さんちまで送ります」と、寛三は言った。「それからぼくたちは金杉さんの方へ」

「作田《さくた》と前原には休暇をやったか」

「さっき、事情を話して家へ帰しました」寛三はそう報告してから、しばらくためらった後に、涙を浮かべた眼で父親を見た。「ぼくは父さんが生き残ると信じてます」

「あたしだって」堰《せき》を切ったように涙をあふれさせて静絵も言った。「あなたが死ぬなんて、信じられません。猿谷さんもいることだし、あなたは死なないんです。だって、あなたがいなくなったら、あたし寂しいわ」

「死なんようにする」九一郎はそう言うしかない。

「憶《おぼ》えてるかなあ。ぼくが子供のころ、父さんは、昔、屑《くず》集めは朝鮮人がやっていたんだと言って、屑屋が、集めてきた屑を選《よ》りわける様子を、ぼくに演《や》って見せてくれたよね。『白紙は白紙、カラスはカラス、ちんぴはちんぴ』って。あれが面白くて、ぼくは涙が出るほど笑いころげた」寛三はおいおい泣き出した。「その父さんが死ぬなんて、ぼくにはどうしても思えないんだよ」号泣した。

「もういい。ふたりとも、泣くな。泣くな」辟易《へきえき》して、九一郎は立ちあがった。「早く出かけた方がいい。こんな世の中だから、夜になってしまうと物騒だ」

家族四人の乗った車を送り出したあと、九一郎は町内の様子を見まわってくると猿谷に告げ、彼を留守居に残してひとり家を出た。むろん着流しの懐中、左の腰にはワルサーを突っ込んでいる。

裏庭からくぐり戸を出て、商店街への道を南へ歩きながら、どこかの家の窓からライフルで狙撃《そげき》されたらそれきりだ、などと思い、もと陸上自衛隊三佐、是方昭吾の精《せい》悍《かん》な顔をちらと頭に浮かべたが、撃たれた時は撃たれた時、どうせ決闘ということになればとても敵《かな》う相手ではないのだからと、町内視察を中止する気などさらさらない。それどころか突然のように精神の昂揚《こうよう》による若返りを自覚して、九一郎はなんとなくわくわくしはじめていた。おお。この気分はまるで、西部劇の主人公のようではないか。

商店街の手前で、バトル地区外の小学校から下校してくる六、七人の児童に遭遇した九一郎は、この中に乾志摩夫がひそんでいるのではないかと思って一瞬ひやりとし、思わずワルサーに手をのばしかけたものの、いやいやたとえ乾がいたとしても、こんな連中に銃口を向けてもしひとりでも子供を殺したら一大事だ。それくらいならわしが殺された方がよいと思い直した。児童の中に乾はいなかった。

商店街はいつもよりひっそりしていた。九一郎を狙《ねら》っていると菊谷いずみが教えてくれたあの三人の店、うどんの阿波徳とマツバラ薬局と鈴屋寿司店は店を閉めていて、鈴屋寿司の入口には「出前のみ致します」という貼紙《はりがみ》がしてあった。人通りも少く、バトル対象の七十歳以上の老人の姿はまったく見られない。たまに出会う対象外の初老の男女は九一郎を見るなり、間違えて撃ち殺されてはたまらぬとばかりすっ飛んで逃げた。九一郎はまた思う。おお。この気分はまるで西部劇の悪漢ではないか。九一郎を見た母親が、行く手の道路で遊ぶ幼児を抱きあげて家に駈《か》け戻る姿などは、まさに決闘直前の光景だ。

商店街のはずれ、宮脇《みやわき》町五丁目地区の南西端には宮脇カソリック教会がある。石段の上の荘重な建物を見あげた九一郎は、神父の牧野伸学の、でっぷり肥《ふと》った体軀《たいく》を思い浮かべた。いかにも偽善者的風貌《ふうぼう》の赤ら顔だが、彼の本質は何しろつきあいがないのでよくわからない。石段の上り口の横の掲示板を九一郎は見た。そうか。明日は日曜日だったな。牧野神父、明日の日曜はいったいどんな説教をするのだろう。

牧野伸学

「本日のミサにはまたいつになく大勢の皆様がお集りくださいました。プログラムも売り切れで、まことに喜ばしい限りであります。これも皆様よくご存じの、あの忌《いま》わしいシルバー・バトルとやらが始まったためでありましょう。いつもお越しになる信徒の皆様以外にも、本日は特に神に救いを求めてお出《い》でになった七十歳以上のご老人の姿が多いようです。おお。神はなぜまたこのような試練を私も含めた善良な一般の老人たちに与え給《たも》うたのか。この老人相互処刑制度、このような無茶な殺しあいを、神が許される筈《はず》はありません。いかに国策とは言え、このような暴虐には、少くとも本日ここに来られた信者の皆様は加担なさるべきでないと、はっきり申しあげます。人間は過《あやま》ちを犯します。宗教指導者でさえ、過ちを犯すのです。皆様。このようなことがありました。東西ドイツがひとつになる前、東ドイツの国境警備隊は法律によって、西ドイツへの逃亡者は銃殺せよという命令を受けました。しかし東西ドイツが統一されると、銃殺に加わった者、それは法律と命令に忠実だった警官や軍人だったのですが、裁判にかけられました。西ドイツに行きたいだけだった普通の市民を殺すことは、人間として、してはいけないことだったからです。いかに国家命令であろうと、老人同士が互いに処刑しあうなど、絶対にしてはならぬことです。人間には、そのために生き、そのために死んでもいいという、生きる目的、死ぬ目的が絶対に必要です。キリスト教はどう教えているでしょうか。それは神を知り、神や人を愛し、神と隣人に仕えて、永遠の幸福、永遠の生命を得るためだと教えているのです。ですから、お爺《じい》さんがお婆さんを殺し、お婆さんがお爺さんを殺すことは、神の教えに背くことです。まして神に仕える者を、つまりこの私を殺すなどは、絶対にしてはならぬことである。それを私はくれぐれも申しあげておきます。また、神は自殺もお許しにはなりません。人を殺したくないからといって自殺することは、殺せと命じた者への批判でもあり、またこれは、人を殺さずしてバトルに勝つための最後の手段ということにもなるのです。なぜ人間はそうまでして誰かに勝ちたいのでしょうか。勝ちたいという本能と、自殺の衝動が合致すれば、それは自爆テロになります。イスラム教の言うジハードです。聖戦なんてものはありません。そんなことをしても、行けるところはイスラム教の天国です。皆さんはそんなところへ行きたいのですか。キリスト教の天国には決して行けません。あーっ。だからといって、わたしと一緒に死ねばキリスト教の天国に行けるなどという勘違いをなさってもなりません。そんなことは神が許しません。ですから、この教会に自爆テロを仕掛けるなどのことは決して決して、してはならないことです。では、ではいったいわたしたちは、ど、どうすればいいのでしょうか。ただ神に祈っているだけでよいのでしょうか。殺されるのを待つだけでよいのでしょうか。善良な一般の老人にわたしを殺させることは罪にならないのでしょうか。人に自分の殺害を許すなんてことを神は許されるのでしょうか。ひーっ。これも許されません。絶対に許されません。では、ではどうすればいいか。殺すなと説いてまわればよいのでしょうか。ひーっ。もし誰もが誰もを殺さなければ、なんと皆が処刑されるのです。全員が殺される。では、では、全員が殺されるよりも、ひとりだけでもいい、誰かを生き残らせるべきではないでしょうか。あっ。そ、そうです。そうです。わたしたちはその人を選ぶべきなのです。では誰を生き残らせるか。おお。これはもはや自明の理であります。この地区で生き残るべきは、そうです。聖職者であるこのわたくし、神の使徒であるこのわたくしを措《お》いてほかにあるでしょうか。ありません。生き残るのはただひとり、このわたくしだけなのであります。厚かましいなどという批判は、神はお許しになりません。お許しにならないのであります。わたしを殺してはならない。わわわ、わたしを殺すなーっ。わたしを殺すなーっ。わたしを殺すなーっ」

是方昭吾は七十四歳になってもまだ、若い妻の肉体に溺《おぼ》れていた。いや。その執着は年をとるにつれてむしろ激しくなったと言ってよい。何しろ妻の真由《まゆ》はまだ四十八歳、是方が自衛隊を退官して後に迎えた妻だ。年齢よりも十歳は若く見え、からだも若わかしかった。

七十歳を過ぎれば性欲が衰えるのではないかと、その若い妻のためにも心配していたのだが杞憂《きゆう》であった。若い頃はただ闇雲《やみくも》に、勢いよく放出していたものが、歳《とし》をとるにつれて輸精管を通過する精液の速度が弱まったためか、絶頂の時間が長く続くようになり、その甘美さはたとえようもなく、夢のようであった。若い頃には想像もしていなかったような、老いたればこその、天から与えられた快美感とも言え、そのため是方はますます妻との営みに、その官能にのめり込んでいった。たいていの男はさほど歳のかわらぬ妻と老後を共にする。妊娠する能力を失った女は性交渉にほとんど興味を失ってしまい、夫との性行為を避けるようになるから、若い娘との交際など望むべくもない真面目《まじめ》な男性は性の対象を見失う。可哀想《かわいそう》だ、といつも是方は思うのだ。

この妻のためにも死んではならない。生き残らなければ。それにおれはまだ七十四歳。他の連中に比べて体力は優れている。そうは思うものの、悲しいかな是方は武器を持たなかった。登山ナイフなら一挺《ちよう》持っている。しかしこのバトル地区の何人かが銃を持っていることは、商店街の井戸端会議で妻が聞いてきているので是方も知っていた。今まで人を殺す道具とは思っていなかった登山ナイフでは、銃に立ち向かえるわけもない。彼は切実にライフルを求めた。ライフル射撃の腕は在官中、他を圧倒

是方昭吾

していた。しかし、老後のための僅《わず》かな貯金以外に購入する金はなく、退官して以後は免許も持っていない。まさか陸上自衛隊本部に侵入して盗み出すこともできず、現役の友人に頼んだって借り出せる筈がない。銃砲店を襲うということも考えたが、とても成功するとは思えなかった。

「ご用の際には、いつでもここへどうぞ」一度、ハンティング・ライフルを売りに来た暴力団と思える男が、電話番号を記したメモを置いていった。是方のキャリアを畏《い》怖《ふ》しているように見えるその男は、陸自ＯＢのあなたには特にお安くしますと言ってはいたものの、千三百万円という法外な値段である。一戸建３ＬＤＫの家を担保にして金を借りたはいいが、もし自分が殺されたら真由はどうなるのか。バトルのさなかにいるとわかっている老人に、無担保で金を貸してくれるところなど、どこにもない。

現金を自宅に持っていて、しかも虚弱な老人を襲い、金を奪えば、と、是方は考えた。ＣＪＣＫがくれたリストと町内の地図を眺め、さらには昨夜、バトルの展開が遅いことを心配してやってきた地区担当官が渡していったもっと詳細な写真入りのリストも検討したが、金持ちかどうか、身体虚弱かどうかまでは記載されていない。昔から この町内に住んでいたわけではないし近所とのつきあいもないので、是方には誰が金持ちなのかさっぱりわからなかったし、真由に訊《たず》ねても知らなかった。

朝がた、地区内を見てまわり、豪邸が二軒あることを是方は確認した。一軒はもと大学理学部教授の津幡共仁という男の邸宅で、これはひとり住まい。もう一軒は八十六歳の黒崎しのぶというもと女優の屋敷であるが、ここには江田島松二郎というもと運転手だった執事がいる。虚弱かどうかは年齢から推測するしかないし、豪邸に住んでいるからといって現金を持っているとは限らない。

津幡が拳銃《けんじゅう》を持っていて、すでに老女をひとり殺害していることを、是方はテレビで知っていた。また昨夜来た担当官は、地区内の老女がひとり、何のつもりか津幡邸に入って行ったことを教えてくれた。なんとなく不気味な存在だし拳銃所持者なので是方はこの男を避け、まずはもと女優の屋敷を襲うことに決めた。もと運転手という男の存在が気になったが、年齢はすでに七十九歳。格闘になれば勝てる筈だった。是方は登山ナイフを砥《と》いで使い勝手を調べ、バトル開始直前に陸自本部の図書館から借り出してきた「米陸軍省編サバイバル全書」と「SASサバイバル・マニュアル」を参考に、使い方を研究した。

午後十一時、就寝が早い筈の老人の寝込みを襲おうと、是方は準備にとりかかった。すでにぐっすり眠り込んでいる可愛《かわい》い妻の寝顔にしばらく見惚《みと》れてから、彼は戦闘服風の作業着を着てスニーカーをはき、登山ナイフをベルトに装着した。自宅を出れば月の光であたりは明るく、もはや人通りはない。時おり国道の方から車のエンジン音が聞こえてくるだけである。明るいうちに調べておき、南に面した鉄格子《てつごうし》の門がある正面入口から入ることは、前栽《せんざい》に植込みなどの隠れ場所がないため避けねばならぬと判断していた。だが西側の裏庭の塀は低く、助走すれば是方でも乗り越えることができた。ベルトのナイフが塀に当ったり、地面に飛びおりた時の靴音など、多少の物音でも静寂の中では大きく響く。植込みに身をひそめ、呼吸を整えながら是方は屋敷の様子を窺《うかが》った。洋館のテラスの東端から長く突き出て、彼方《かなた》にサンルームがあった。手入れのされていない庭はさながらジャングルであり、身を隠す場所はいくらでもあるように思え、是方はちょっと安心した。

だが、かすかな金属音がした。

窓の掛け金をはずす音か。まさか銃の安全装置を解除する音とか、撃鉄を起す音とかではあるまいな。是方は緊張した。やはり、侵入を察知されたと考えた方がいいだろう。是方は小石を拾い、サンルームに向かって投げた。小石はガラスに当って、かちり、と、音を立てた。

だしぬけに機関銃の音がばりべりぼりばりとあたりに響き渡り、洋館の窓で続けさまに火花が踊り、サンルームのガラスが次つぎと破れ散った。是方は仰天して身を伏せた。くそ。この音は重機関銃か。どえらい時代物の機関銃だ。まさかガトリング機銃ではあるまいな。どこの博物館から持ってきやがった。だいたい、ばりべりぼりばりとは何ごとだ。人を馬鹿《ばか》にしやがって。

　敵の注意がサンルームに向かっている間に是方は横の槙《まき》の木に足をかけ、ふたたび塀を乗り越えて路上に転げ落ちた。すぐに立ちあがり、歩きはじめた。銃声はやみ、近所の犬が吠《ほ》えはじめていた。ちくしょう畜生。なんてことだ。命拾いをしちまったぞ。まさかあんなものを持っているとは思わなかった。桑原桑原。まったくもう、この町内、油断のならぬ奴《やつ》ばかりだ。用心の上にも用心をしなくちゃなあ。

　自宅まで一ブロック半の路上へ来たところで、かすかに悲鳴が聞こえた。老婆《ろうば》の悲鳴だった。近くの婆《ばあ》さんが殺されようとしているらしいな。また声がした。これは断末魔だ。殺されたようだ。電柱の蔭《かげ》に身をひそめ、是方は行く手の数軒を注視した。また犬が吠えはじめた。誰がやったのか、見定めておいてやろう。銃声はしなかったから、きっと刃物で殺したのだろう。

　五分ほどが経過した。

　同年輩と思える男が道路に出てきた。たしか昭和荘とか言った、独居老人ばかりのアパートからだ。男は小柄で、人が殺せるとはとても思えぬ臆病《おくびよう》そうな物腰であたりを見まわしながら是方に近づいてきた。是方は登山ナイフを構えてずいと蔭から出ると、男の行く手を遮《さえぎ》った。

「らっしゃあももんが」わけのわからぬ裏声の悲鳴をあげて、男は尻餅《しりもち》をついた。それから街灯の明りで是方を見て眼を丸くし、泣き顔になった。「是方さん」

おれを知っている。誰だ。しかし、思い出せなかった。

「吉田です。吉田です。電器屋です」

「ああ」是方はやっと思い出した。商店街の魚屋の隣、電球だの電池だのをよく買いに行く店の主人だ。

「こ、殺さないでください。お願いです。後生です」吉田は登山ナイフを持って立ちはだかる是方を伏し拝んだ。陸自OBという彼の経歴を知っていればこその怯《おび》えであるに違いなかった。

「あんた、そこのアパートの婆さんを殺してきたのか」こんな弱虫が、なんで、と思いながら是方は訊ねた。

「はい。だけど、わたしは殺さないでください」吉田はあわただしくポケットから札束を出した。「あの、あの、これ、あげます。これをあげます。だから殺さないでください」

大枚の一万円札だった。何百枚もありそうだった。是方は札束をひったくった。

「これ、殺した婆さんから奪ったのか」

「はい。はい。はい。でも、あなたにあげます。だから殺さないで。殺さないで」泣き出した。

「その婆さんが現金を持っていることを、あんた、知ってたんだな」

「はいあの、町内の、そういう噂《うわさ》で」吉田は恐怖に押し潰《つぶ》され、歪《ゆが》んだ顔になってしまっていた。「わたしは町内で電器屋をもう六十年もやっていて、妻とは五十年で、だけど息子がぐうたらで」

「そんなことはどうでもいい」是方は昔、部下を畏怖させた声で吼《ほ》えた。「この金をどうするつもりだったんだ」

「いえあの、あの、決してあなたを殺すためじゃありませんので。はい」

「何のことだ」問い返した是方は、この吉田も自分と同じ意図であったかと悟った。

「そうか。武器を買うつもりだったか」

「わは。はい。はい」

「何を買うつもりだった」

「あの、ピストルを」そう言ってから、吉田はまたわっと叫び、地べたにうしろ手で身を支え、のけぞった。「でも、もう、買うのはあきらめます。あきらめました。だから殺さないでください」

是方は彼を睨《にら》みつけた。「この金のことを人に言わないのなら、今夜は見逃す」

「はい。言いません。言いません。ありが、ありがとうござい」四《よ》つん這《ば》いになり、逃げようとした。

「待てぇ」

「わ」吉田は尻をあげ、地べたに顔面をこすりつけた。「こ、殺さないでくれ」

「婆さんを、どうやって殺した」

「出刃出刃出刃出刃出刃包丁」

「どこにある」

「忘れてきた。婆さんの金を捜しているうちに忘れた」

こいつはおれが婆さんを殺して金を奪ったと触れてまわるに違いない。是方はそう確信した。たとえ生き残ったとしても、窃盗罪で逮捕されたのではなんにもならない。

彼は吉田に手をさしのべて笑いかけた。「なんて情けないやつだ。さあ。立て」

「へえ。すみません」

是方の左腕にとりすがって立ちあがった吉田の脇腹《わきばら》に、右手に持った登山ナイフを是方は深ぶかと突き刺した。サバイバル教本によれば、その部分にナイフを突き刺せば、相手はあまりの痛さに声も出ず、倒れてひたすらのたうちまわり、やがて多量の出血で死ぬということであった。その通り、吉田は眼球を突き出させ、大きく開いた口からだらりと長く赤黒い舌を出した。激痛で呼吸することすらできないようだ。ひとえぐりしてからナイフを引っこ抜くと吉田は横倒しになり、遠くを見る眼をして全身を小きざみにいつまでも引き攣《つ》らせ続けた。

吉田をそのまま放置して、是方は家に戻った。作業服に、血はついていなかった。吉田が持っていた一万円札を数えると千百三十五枚あった。少し値切った上で貯金を少し足せば、ライフルが買える金額だった。

「九時のニュースです。バトル六日目を迎えた都内宮脇町五丁目地区では、昨夜十一時ごろ、地区の西側で機関銃と思える銃声が突然大きく響き渡り、住民を不安のどん底にたたき込みました。誰もが恐れて外へ出なかったため、どこで発射されたものかは未《いま》だに不明であり、現在地区の担当官が調査しております。またこの地区では、昨夜で死者は男性二人、女性三人の計五名となり、残るは男性二十人、女性三十四人の計五十四名となりました。昨夜新たにバトルの犠牲になったのは女性一名、男性一名で、このうち女性の方は昭和荘という独居老人ばかりのアパートに住んでいた真壁じゅん子さん九十歳で、凶器の出刃包丁はアパートの殺害現場、つまり彼女の部屋に落ちていました。そのなまくらな出刃包丁でからだのあちこちを刺され、切られたじゅん子さんは、痛さで七転八倒、相当に苦しんだものと思われる、という、これは地区担当官の証言であります。もうひとりの犠牲者は、宮脇町商店街の吉田電器店主人、吉田貝八郎さん七十九歳で、この男性がじゅん子さんを処刑したらしいことは、同アパートに住んでいるご老人たちの証言で判明しております。昨夜午後十一時ごろ、命《いのち》乞《ご》いをするじゅん子さんに、くどくどと許しを乞い、殺す言い訳をしていた吉田さんの声をはっきりと、それぞれ自室で顫《ふる》えていた隣室のふたりのご老人が聞いていたということを、地区担当官が報告しております。この吉田さんの方は、昭和荘前の路上で殺害されていましたが、誰による処刑なのかはまだわかっておりません。地区担当官によれば、『優れたナイフ使いのみがなし得るみごとな技術』による殺害であったということです」

「あの吉田のやつ、せっかくアパートに押し入っておきながら、他の老人たちを殺さなかったというのはどうも解《げ》せんな」テレビを見ながら、宇谷九一郎は首を傾《かし》げた。

「まあ、一度に何人も殺せるほど図太い男でないことは確かなんだが」

「何か他に目的があったんじゃないですか」猿谷甚一は朝食のトースト、ハムエッグ、コーヒーなどを腹におさめて、ややたるんだ眼をしていた。「ご隠居。あたしゃ昨晩、襲撃を警戒してずっと起きておりましたので、眠くてかないません。少しこのソファでうとうとさせてもらっても、よろしゅうござんすか」

「ああいいとも。お前さんが起きていてくれたから、わしは安心してぐっすり眠れた。商店街の連中が今夜あたり襲ってくるかもしれんので、今のうちに寝といてくれ」

ソファに横臥《おうが》した猿谷は、たちまち鼾《いびき》をかきはじめた。昼間侵入してくるやつはいないだろうと思いながら九一郎は一応戸締まりをし、最近の日課になってしまった町内の見まわりに出かける。危険ではあるが、なんとなく楽しいし、家にいては身をもてあますのである。

例によって裏庭のくぐり戸から出ると、国道の方から地区外にある天徳寺の住職の羅吞《らどん》がバイクに乗ってやってきた。この住職は脂《あぶら》ぎった五十二歳の精力漢で天衣無縫、名僧知識なのやら生臭《なまぐさ》の破戒坊主《ぼうず》なのやらさっぱりわからない。

「よう住職。景気はどうだい」

九一郎が声をかけると、羅呑は破顔した。

「や。これはご隠居。いやもう大忙しじゃ。今日は葬式がふたつ、通夜《つや》がふたつ、葬式の打合せがひとつ。日を追ってほとけが大量に出るもんで、これからますます忙しくなるわい。いやもう、坊主丸儲《もう》けじゃあ。ぎゃはははははははははは」

高笑いをしながら、彼はバイクで走り去った。

九一郎は西側に宮脇公園の入口がある次の角を、今日は左折した。そのあたりには小さな一戸建住宅が並んでいる。昔は文化住宅といった家家で、門から玄関までが一メートルもなく、前栽も植込みもない貧弱な古い家ばかりである。北側には是方昭吾の家があり、九一郎は立ちどまって二階を見あげた。窓は閉め切られ、緑色のカーテンも閉じられていて、上から道路を銃で狙《ねら》ったりしている様子はない。昨夜吉田電器店の主人を殺した人物は、その殺害方法がみごとであったという担当官の証言から、是方ではなかったかと九一郎は思っている。さらにまた、あの虚弱な体軀《たいく》の吉田が真壁じゅん子を殺したのは、彼女の蓄えている金を奪うためであったのだろうということも推理していた。真壁じゅん子が自宅に巨額の財産を置いているという噂は、町内に古くから住んでいる者の間では衆知のことである。吉田がその金を狙ったのは、当然銃器欲しさであったのだろうし、その金を吉田から奪った筈《はず》の是方昭吾もやはり、銃器を求めるつもりなのであろうと想像できた。昨夜の今日だからまだ手に入れてはいないだろうが、そろそろこの男を警戒しなくてはなるまい。

是方昭吾の家の隣の、ひときわ汚く家屋の傷《いた》みもはげしい二階建の家の前で、また九一郎は立ちどまった。木の表札には「明原」と書かれている。明原のお婆ちゃんはまだ生きていたっけ。もし生きていれば百歳以上の筈だ。子供のころ、可愛《かわい》がってもらった記憶がある。息子の真一郎は九一郎より九歳上であった。真面目《まじめ》なサラリーマンで、同僚だった女性と結婚したが、会社が倒産し、その後すぐ不況になって再就職もできず、生活はずいぶん苦しかった筈だ。たしか子供もいたが、幼くして死んでしまったと聞いている。そして老後にこのバトルがやってきた。なんてことだ。踏んだり蹴《け》ったりの人生だったのだなあ。わしがひと思いに、夫婦とも楽にしてやりたい気もするが、正宗忠蔵ほど親しい間柄でもない

し、もし一日でも長く生きていたいという気持でいるのなら、余計なお世話ということになるしなあ。

明原真一郎は母親のいる奥の四畳半から茶の間に戻り、腰を抜かしたようにちゃぶ台の前へへたり込んだ。しばらくは眼を閉じて荒い息をついていた。

茶の間の隅で正座して眼を瞋《いか》らせ、じっとしていた妻の真弓がおそるおそる夫に訊《たず》ねる。「あんた。ちゃんと、やったの」

「ああ。ちゃんと成仏《じょうぶつ》させた」真一郎はうなだれ、深い吐息をついた。「眼も醒《さ》まさなかったし、だいたいが惚《ぼ》けているから、恐怖も苦痛もなかっただろう。紐《ひも》が咽喉《のど》に食い込んでいるから、息を吹き返すこともまず、ないと思う」

「ああ」ほっとしたように真弓も溜息《ためいき》をついた。「あんたには、できないんじゃないかと思っていたわ」

「おれだって、母親を殺すなんてことが自分にできるとは、今日まで思っていなかった。だけど、やらなきゃしかたがなかったんだもんな。そうだろう」真一郎は鋭い眼で妻を睨みつけた。

「ええ。そうよ。その通りよ」真弓は立ちあがった。「お線香、あげてくるわ。そしてお義母《かあ》さんを拝んでくる」

「ああ。そうしてやってくれ」

妻が奥の間に立つと、真一郎は嗚咽《おえつ》を洩《も》らして顔に両手を当てた。彼はしばらく泣いていた。それからのろのろと立ちあがり、台所から特級純米酒の一升瓶と湯飲み茶碗《ぢゃわん》をとって戻った。さっき酒屋から届いたばかりの酒だった。

「お義母さん、お漏らしなさってるわ」真弓が戻ってきてそう言った。

「もう少ししたら、紐をはずして、ちゃんと布団《ふとん》に寝かせてやろう。そして顔を白布で覆《おお》ってやろう」

「ええ」うなずいてから真弓は、突然泣き出した。「だけど、わたしたちには、誰もそんなこと、してくれないのよね。真太郎は死んでしまったし」

真一郎は俯《うつむ》いたままで酒の蓋《ふた》を取り、茶碗に注いだ。「お前も飲め」

「もう飲むの」真弓はちらと柱時計を見あげた。「そうね。じゃあ、お夕食の用意をするわね」

台所に入った真弓はすぐに握り寿司《ずし》の入った大きな桶《おけ》を持って出てきて、ちゃぶ台に置くとまた引き返し、酢の物の小鉢だの醬油《しょうゆ》だの小皿だのを次つぎに運び、小さなちゃぶ台の上をいっぱいにした。

「こんなご馳走《ちそう》、もう十年以上も食べたことがなかったなあ」真一郎は慨嘆して天井を仰いだ。

「お金、全部使っちまったわ」真弓は虚無的な笑い方をして言った。「バトル開始で、年金も打ち切られたし、貯金も、退職金に利息がつかなくなってから、あっという間になくなっちまった。利息だけで食べていけるなんて、大昔の、それも大金持ちだけの話だったのよねえ。日本なんて、こんな国、年寄りの生きていける国じゃないわ。お義母さんやわたしたちのお葬式の費用として残しといたお金まで全部使っちまって、今日銀行から引き出した残額は、あははは、笑っちまうわね。二百三十円よ」

「葬式なんて出さんでもいいとわしらがいくら言っといたところで、従兄妹《いとこ》たちにしてみれば世間体もあるだろうし、どうせ出すだろうなあ。気の毒に」ぐいと酒を飲み干し、真一郎は妻に茶碗をつきつけた。「さあ。飲もう。飲もう」

「ええ。飲みましょう」真弓も一升瓶の酒を茶碗に注いで呷《あお》った。「こんないいお酒、久しぶりで飲むわね」

トロを小皿にとってから、真一郎は妻に訊ねた。「おい。この寿司、まさか鈴屋から出前したんじゃないだろうな」

「よしてよ。毒盛られちゃうわよ。だってうちは二人ともバトル対象だもの。間違えて若い人を殺す心配ないんだものね」真弓も鯛《たい》の握りを小皿にとった。「二丁目の松前寿司からとったのよ」

「そりゃあ、あの店の方がずっと上等だ」真一郎は眼を丸くした。「奮発したなあ。いくらだった」

「もう、そんなこと、どうだっていいじゃないの」涙目になって真弓が言う。

「おお。そうだった。そうだった」真一郎は黙りこんだ。

ふたりはしばらくの間、もくもくと寿司を食い、酒を飲み続けた。

「うまいなあ」

「おいしいわねえ」

「死ぬ前にいくら旨《うま》いもの食べたって、味などわからんだろうと思っていたが、こんなに旨いとはなあ」

「今まで不味《まず》いものばかり食べていたお蔭《かげ》でしょ」

「おれたち、生きていて、何もいいことなかったなあ」

「ううん。いいこともあったわ。あんたが優しかったこと」

「お前、そういうこと、今になって言うなよな」真一郎は泣き出しそうな声で言った。

「あんた」

「真弓」

ふたりは抱きあい、しばらく泣いた。

「もっと飲もう」真一郎はまた一升瓶に手をのばした。

「ねえ。あまり飲むと、酔っぱらってしまって、うまく死ねないんじゃないの」

「だって、これ、残したらもったいないよ」

「それもそうね。じゃ、わたしも飲むわ」

夫婦はさらに酒を飲み、寿司を食べた。時計が七時を打った。ふたりは顔を見あわせてから無言で立ち、隣室へ行って老母の首から紐をとり、からだを拭《ふ》いてやり、布団に寝かせ、顔を白布で覆った。枕《まくら》もとには新たに線香を立てた。拝んでから、また茶の間に戻って、さらに酒を飲み、寿司を食べた。

桶が空っぽになり、一升瓶が空になると、夫婦は顔を見あわせた。

「そんなら、そろそろ、やるか」

真一郎が言うと、真弓は顔を伏せた。

「もう、死ぬのをやめることはできん。そうだろう」

「ええ。そうだけど」

「用意はできてるのか」

「新しいのを買ってきたわ。二本」

真弓は台所へ行き、細身の刺身包丁を二本持って戻ってきた。鈍く光る包丁はそれゆえに鋭く見えた。

「痛そ」と、真弓が言った。

「できるだけ深く突き刺すんだ。やり損なうと、痛いぞ」ビニールの布を敷きながら、真一郎は言った。

その上にべったりと座りこみ、真弓は不安そうに言った。「刺し違えるなんてこと、わたしたちに、できるかしら」

「昔の人はよく、夫婦刺し違えて死んだもんだ」真一郎は真弓に向かいあって座った。

「だって、心得があったんでしょ。昔の人たち」真弓は刺身包丁を握った。

真一郎も刺身包丁を握った。「できるさ、おれたちにだって」

「どうやるの。せーの、で、突くの。それとも、用意、どん、かしら」

「せーの、でもないし、用意どんでもないなあ。やっぱり一、二の、三だろう」真一郎の眼からまた涙があふれた。「お前にこんなことさせるなんてなあ。お前。可哀想《かわいそう》だなあ」

「あんたも、可哀想ねえ」

「ま、真弓」

「あんた」

夫婦は包丁を投げ捨て、また抱きあっておいおい泣いた。

「泣き疲れて、泣き寝入りに寝てしまっちゃ大変だ」二分後、夫は妻のからだをひっぺがした。「さあ、やろう」真一郎は包丁をとって自分の心臓を指した。「ここだぞ、ここ。間違えるな」

真弓も自分の心臓を指した。「ここね」

「そこだ。一、二の三だぞ。わかってるか」

「わかったわ」

夫婦は互いの肩を左手で引き寄せるようにして、一、二の三で、互いの心臓めがけて包丁を突き刺した。しかし、タイミングがわずかにずれた。真一郎は「三」と言ってからひと呼吸おいて突くつもりだったのだが、真弓は「三」と同時に突いた。真一郎はあわてて突いたものの、痛みでのけぞっていたため真弓の右の胸を突いてしまった。どちらも力が弱かったため、致命傷にはならなかった。しかし、ひどい痛みであった。

「あいたたたたたたたた」

「痛い痛い痛い痛い痛い痛い」

ふたりはのたうちまわった。

「あんたっ。痛いわっ。痛いわっ。早くもう一度刺してーっ」

「痛くて駄目だ。痛い痛い痛い痛い」

「いたたたた。いたたたた。もうっ。あんたっ。下手糞《へたくそ》っ」

酒を飲んでいるため、血だけは大量に流れ出た。ビニール布の上からはみ出して畳の上まで転げ出て、鮮血にまみれて夫婦は部屋中を転げまわった。

「やっぱり、お酒、飲み過ぎたのがいけなかったのよう。いたたたた。あああいたたたた」

「痛い痛い痛い痛い。なんて痛さだ。こりゃあ地獄行きだぜえっ」

「何言ってるのよ。わたしたち、天国に行くのよっ。あいたたたたた」

「痛い痛い痛い痛い。天国かっ」

「イタイイタイ天国なんかじゃないわっ。ほんとの天国よっ。いたたたたた。あああいたたたたた。あんたっ。なんとかしてっ。もっと突いてっ」

「駄目だあっ。もうそんな気力がない」

「頑張って、突いてっ。突いてっ」

「もう駄目だ」

失血で、夫婦は次第に転げまわる力を失いはじめていた。

「あんた。寒いわ」

「寒いなあ。このまま意識を失ったら楽なんだけど、痛さで気絶もできん」

「痛ああああい。痛ああああい」

「すまんなあ。お前。悪かったなあ」

「あんた。あんた。ご免なさいね」

「お前。可哀想だなあ。痛いだろ」

「あんたも可哀想ねえ。ああ。痛ああい」

「痛いよう。痛いよう」

「痛ああああい。痛ああああい」

地獄の苦痛がえんえんと続き、夫婦が息を引きとったのは深夜を過ぎてからだった。

お熊《ゆう》はいつものように野良《のら》着の帯に出刃包丁と鎌《かま》をさし、シャベルを担《かつ》いで家を出た。お熊は七十四歳、このあたりではまだまだ働き盛りである。畑や田圃《たんぼ》や雑木林などの間の曲りくねった熊谷駅への道を歩き、駅周辺の村の中心部に向かう。そのあたりには空き家となった農家に都会からきた老人たちが住みついているのである。

「あがあなあらあを殺して、生き残らんにゃあ」

お熊には、広島市内で働いている息子と、岡山へ嫁に行った娘がいる。どちらも貧困に苦しんでいて、だからお熊は彼らのためにもまだ働いてやらねばならない。可愛《かわい》い孫たちにも、畑で採れた果物や野菜を送ってやらねばならぬのだ。

「なんで働き盛りのわしが、殺されんにゃあいけんのじゃ」

子供たちよりも働きのある老人に殺しあいをさせるなど、お熊にはどう考えても不合理に思えてならなかった。しかし生き残らぬ限り処刑されるとなれば、他の老人をすべて殺すしかない。

右手はるかの津保《ツボ》山で、銃声が三発、四発と轟《とどろ》いた。ふだんは熊《くま》や猪《いのしし》を撃っている猟友会の連中が、山の中で撃ちあっているのだった。お熊はにやりと笑った。

「あがあなあらあ、勝手に殺しあっとりゃあよい」

そして生き残ったひとりを、お熊は殺すつもりでいた。頭の中には自分の子供や孫のことしかない。他の老人にも子供や孫がいるという想像はできるのだが、その老人

八木熊

は逆に子供たちの負担になっているのだから、自分がその子たちに代って殺してやるのだという考えなのだ。

古い農家が畑の中に点在しているあたりまできて、お熊は近くの小高い山の麓《ふもと》、雑木林の中に身をひそめて、近くの二軒の農家の様子を窺《うかが》った。それぞれの農家には五人、六人と、都会からきた老人たちが、近くの畑で野菜や果物を作ったりしながら共同生活を送っている。彼ら同士でも殺しあいを始めているのかどうか、お熊は知らない。このあたりにはマスコミも取材にはこないし、地区担当官も滅多に姿を見せない。テレビでは、もっと人口の密集した、報道して面白い地区ばかりを取りあげている。だから村の住民には、地区全体のバトルが現在どういう状況になっているのか、さっぱりわからないのだ。

しばらく観察してから、特に危険がないと判断できた上で、どれかの家に侵入するつもりだった。彼女には、気配を察知できる動物的な勘があった。お熊はこのところ、毎日のように村のあちこちで老人をひとり、二人と殺害している。それでも、何しろ三十五、六人だった昔に比べて、今は三百人近くもいるのだ。その半数が誰かに殺されたり自殺したりするとしても、一日五人ほどは殺さなければならないのである。とてもひとり二人では追いつかない。そんな思いでいる彼女自身は知らなかったのだが、実はそのあたりでお熊の姿を見た者もいて、お熊は彼女を知る村人たちから「処刑の熊」と呼ばれ、恐れられていたのだった。だがお熊は、もとから村にいた老人ならともかく、新たにやってきた連中のほとんどは自分の顔を知らない筈《はず》だと思っていた。出遭っても、野良へ出かける格好をしているから、その背の低い小肥《こぶと》りの女が最近その付近の老人を処刑してまわっている殺人者だと特定することはできない筈だと思っていた。しかし彼らにしても侵入者に対しては警戒している筈なので、罠《わな》や待ち伏せなどには気をつけねばならない。

一軒の農家から、夫婦者らしい老齢の男女が出てきた。ふたりとも山歩きの服装と装備で、リュックサックを背負っている。彼らは周囲を警戒しながらもお熊の方へ近づいてきた。お熊は灌木《かんぼく》の茂みに身を隠し、斜面を登りはじめた彼らをわずかにやり過ごした。男女ともに上品な顔立ちで、虚弱そうなからだつきだった。バトルに耐え切れず、夫婦で山奥へ逃げこもうとしているに違いない、と、お熊は思った。

「われら、逃げさえすりゃあいいゆうって思うとるんか」

雑木林のさらに奥へ行こうとした彼らにそう怒鳴りながら、お熊は躍り出て、振り向いた男の頭頂めがけてシャベルを縦に振りおろした。男の頭が額まで割れた。彼は地べたに正座する格好となり、幾筋もの流れとなって流れ落ちる鮮血の彼方《かなた》から見開いた眼でお熊を眺めつつ横倒しに倒れた。

「あんたあ」おそらく男の妻であろう老婆《ろうば》がそう叫んで尻餅《しりもち》をつき、お熊を見あげて眼を丸くし、わなわな顫《ふる》えながらも覚悟をしたらしく、十字を切った。「アーメン」

伴天連《バテレン》か。では念仏唱えてやらずにすむわいとお熊は思い、老婆の背後にまわって髪をつかんだ。

「おどりゃあ」

のけぞらせ、鎌で首を掻《か》き切った。鮮血が彼方へ飛び、お熊の野良着は汚れなかった。老婆はひどい老臭をお熊の鼻先に残して、草の上に倒れ臥《ふ》した。

お熊は夫婦者が出てきた農家をちょっと窺ってから、畑の中を走って横切り、裏口に到達した。土間に入ると、激しく老臭がした。さっきの老婆のからだに纏《まと》いついていたのと同じ臭気だった。老人が大勢生活しているために、家中に老臭が染《し》みついたのであろうと思えた。しかし家の中に人がいる様子はなかった。あの夫婦は、他の老人がいない時を見はからって逃げ出したに違いない、と、お熊は想像した。何人いるかわからぬその老人たちは、あの夫婦にとっていつ殺されるかわからぬ脅威だったのであろう。

「じゃあ、わしも警戒せんにゃあ」

お熊は家の中を静かに歩きまわって様子を見た。少なくとも六人ほど、生活していた痕跡《こんせき》があった。その連中がどこへ行ったか、または殺されたか、まったくわからない。土間の竈《かまど》の蔭《かげ》に身をひそめ、誰かが戻ってくるのをお熊は一時間以上、辛抱強く待った。

「こがあなところで、じっとしとるわけにゃあいかん。野良仕事があるんに」

苛立《いらだ》ちが限界に近づいたころ、ひとりの老人が表の入口から入ってきた。手には死んだ鶏をぶら下げていた。食べものがなくなったので、近所から強奪するか盗むかしてきたのであろう、とお熊は想像する。だとすれば、ちっとは乱暴なやつかもしれない。顔は日に焼けて、都会育ちのようには見えなかった。労務者ででもあったのだろうか。ずんぐりむっくりの頑丈そうな体軀《たいく》に、眼はぎょろりとしている。作業服には返り血らしいものが点点と付着していた。

洗い場で鶏の羽毛を毟《むし》りはじめた男の背後に忍び寄り、お熊は彼の首のあたりをシャベルで横殴りにした。

「ぐえっ」男は横にすっ飛んだ。それから土間で立ちあがり、慌《あわ》ただしく右を見て左を見て上を見た。次に振り返ってお熊を見た。彼は首から血を流していた。「やりゃあがったな。この婆《ばば》あ」

男にどの程度の傷を与えたのか、お熊にはわからなかった。だからもう一度シャベルを振りあげた。お熊に襲いかかろうとして飛びついてきた男は、シャベルで頭を打たれ、眼をまわし、ちょっとふらふらしてから前に倒れ、また起きあがった。お熊に両手をのばして、彼女を摑《つか》もうとした。

今やこの男がまったく利口ではないことを悟ったお熊は、落ちついて帯から出刃包丁を抜き、男の顔面に突き立てた。男は顔に包丁を突き立てたままであたりをうろうろした。お熊は男の顔といわずからだといわず、今度は鎌で切り裂いた。血だるまになりながらも男は、まだお熊を捕えようとして土間を動きまわっていた。驚くべき生命力だった。男はいったん倒れてからも、そしてお熊が彼の顔から包丁を抜き、炊事場で鎌と一緒に血を洗い流している間もまだ、何度かよろよろと起きあがっては勝手にぶっ倒れていた。

動かなくなった男のからだを調べてはじめて、お熊は彼が作業服のベルトに短刀を差していることを知った。

「えかったあ」彼女は短刀を取りあげ、腰に差しながら言った。「いいもんが手に入ったわい」

正面の入口から出ると、道を隔てた畑の上空を、何十羽もの鴉《からす》が鳴きながら飛びまわっていた。彼らはひっきりなしに地上に降りたり舞いあがったりしていて、もしかすると全部で百羽以上いるかとも思われた。お熊は道を横切って畑の中に入っていった。大根が植えられている畑の中に、鴉が餌《えさ》にしている死体があった。お熊が近づいたため死体に群れていた何十羽もの鴉がいっせいに飛び立ち、そこにはバトルの犠牲となった老人たちが十人あまりも捨てられていた。中にはこのあたりで数日前にお熊が殺した老人の死体もあった。いずれも鴉に顔面を食われていて、衣服はぼろぼろになり、剝《む》き出しになった皮膚が鴉の嘴《くちばし》によって切り裂かれ、白い肉が露出していた。いずれはまとめて焼くつもりででもあったのか、近くで殺された老人たちの屍《しかばね》がそこへ集められていたのである。

お熊は少し離れた隣の農家に向かった。前庭の片隅に鶏小屋があり、その前に夫婦者と思われる老いた男女が折り重なって死んでいた。さっきお熊の成敗した男が、鶏を奪うために飼い主を殺したのであろうと彼女には想像できた。鋭利な刃物で男は胸を刺され、女は首を切られていたからだ。

農家に入ると静かだった。だが奥にはかすかに人のいる気配があった。お熊は土足であがり、座敷から座敷へと見てまわり、最後にいちばん奥の、襖《ふすま》で閉め切られた部屋に到《いた》った。襖をわずかに開けて中を窺うと線香の香りが流れ出し、そこは仏間だった。正面に見える仏壇に向かって、上品な和服姿のふたりの老女が並んで座っていた。畳にめり込みそうな格好でべったり尻を据えた座り方から、もはや立てないほどに老いぼれていると思えた。お熊ががらりと襖を開けて六畳の座敷に入ると、老女たちは振り向いた。

同じ顔をしていた。一卵性双生児に違いなかった。

「わたしはきん。こちらは妹のぎん」お熊に向かってにこにこ笑いながら、ひとりが言った。「まあ。あの乱暴で阿呆《あほ》の良造でなくてよかった」

「よかった。よかった」と、同じ上品な言葉遣いでもうひとりが言った。「この人なら、わたしたちの願いをかなえてくれるに違いない」

「あんたたちの願いたあ何だね」と、お熊はふたりの前に佇立《ちょりつ》したままで訊《たず》ねた。

「わたしたちは姉妹揃《そろ》うて、ひどい便秘でのう」と、きんが言った。「もうこれで三カ月も、通じがないんじゃわ」

「腹が重うて重うて、苦しゅうて、苦しゅうてのう」と、ぎんが言った。「それでまあ、どうせ殺されるんなら、この腹搔っ捌《さば》いてもろうて、いったんすっきりとええ気分になってから死のうと思うておったんじゃわ」

たしかにふたりの下腹部は、上体の瘦《や》せ方とは不似合いに、ぽっくりと西瓜《すいか》大に膨れあがっている。

「そがあなことなら、お安いご用じゃ」とお熊は笑って言った。「着物を脱ぎんさい」

ふたりの老女はのろのろと帯を解き、着物の前をはだけた。それから下腹部と恥部と両足を剝き出しにして、並んで仰臥《ぎょうが》した。

「さあ。やっておくんなさい」

「臍《へそ》のちょっと下を、横真一文字にな」

「わかっとるんじゃけえの」お熊は短刀を抜き、まずきんの腹に力を込めて刃先を刺し、横に掻っ捌いた。

「ぎゃあ」さすがに痛さで、きんは鴉の叫びをあげた。

みゅるみゅるみゅると下腹部からは腸がのたくり出し、その切断面から大便が蛇のようにくねり出た。お熊は間を置かずに、ぎんの腹も同様に掻っ捌いた。

「ぎゃあ」

湯気を伴った驚くべき大量の便の噴出とその臭気で、お熊の鼻はもげそうになった。

「きんちゃんよう」

「ぎんちゃんよう」

「痛いけど、いい気持じゃのう」

「これで極楽へ行けるのう」

「回虫を全部おろした気分じゃ」

「これで腹の虫がおさまったわい」

「ありがとさん」

「あんさん。ありがと」

頭痛がして、それ以上その座敷にはいられなかった。お熊は「さいなら。ごめんのんさい」と言いながら座敷から逃れ出た。

これで今日、殺したのは五人、新たな死体がふたり、一日七人ならばまずまずの進展である。今までに死んだ多数の死体も見つかった。これならば期日までにあと二十日余、なんとか全員始末をつけられそうだと思い、帰り道、お熊は上機嫌だった。津保山ではまだ銃声が響き続けている。

「あと二十日。まだ、だいぶ生き残ってますなあ」住宅地図を見ながら、猿谷甚一が言った。「赤丸はひとつも減っていないし、青丸もまだたくさん残っている」

「残るは男十九人、女三十二人か」宇谷九一郎も渋い顔でリストを眺めまわした。

「今日また担当官の山際が電話してきた。状況にまったく変化がないと言って、上役から叱《しか》られたらしい。どうやら大勢が生き残ると処分が大変らしいな。処刑なんて誰もやりたくないから、人手も足りんらしい」

「まあ、おそらく最後の二、三日が見ものでしょう」猿谷は舌なめずりをした。「今までのバトルでは、たくさん生き残った地区では期日直前に、たいてい壮絶なバトルがありましたからね」

「戦争になるなあ」九一郎は眼を宙にさまよわせた。「凄惨《せいさん》なことになりそうだ」

ふたりは夕食を終えたばかりだ。宇谷家の家族がいなくなったので、二日前からふたりは茶の間で食事をすることにしている。

「ところでご隠居は、いつもの町内見まわりに、今日は行きませんでしたね」猿谷は食後のコーヒーを食卓に置いて、九一郎を見た。「外の状況、ちょいとやばくなってきとるんですかい」

「まあ、そうだな。是方がそろそろ銃を手に入れる頃だ。昼間歩いていて、どこかから狙《ねら》い撃ちされてはかなわん。そのかわり、今夜はちょっと出かけてくる」

「夜遊びですか」猿谷は羨《うらや》ましそうな顔をしてから、いかつい顔には不似合いな甘える声で九一郎に言った。「じゃあせめて、明日の晩はわたしに出かけさせてください。もう十日もこの家に籠《こも》ったきりです。たまにはおなごのいる店へ飲みに行かせてくださいよ」

「よし。わかった。わかった。たまにはよかろう」九一郎は笑った。「商店街の連中も、襲って来そうにないしな」

「あのう、ご隠居は、今夜はどこへ」

「それがな」九一郎は茶碗《ちゃわん》を置いて、食卓に身を乗り出した。「山際が教えてくれたんだが、あの津幡教授だ。地区外へ出られないので、いつも行く高級ナイトクラブへ行けなくなって、しかたがないから『狐狗狸《こくり》』という居酒屋で夕食かたがた飲んでいるらしい。商店街の向こうの宮脇《みやわき》ゴールデン横丁にある店だ」

「えっ。ゴールデン横丁」猿谷は眼を輝かせた。「そこに、いいおなごのいる店はありますか」

九一郎は顔をしかめた。「そりゃまあ、何軒かある。明日でも自分で行って好みの店を捜せばよろしい。そんなことよりな、わしは今夜、その『狐狗狸』へ行ってみる」

猿谷は眼を剝いた。「えっ。もはやあの気ちがい教授と対決ですか」

「あくまで様子を見に行くだけのことだ。何かあったら、あとのことは頼むぞ」

「へえ。お気をつけて」

例の着流しにワルサーを懐中し、夜なので羽織をひっかけ、九一郎は家を出た。まっすぐ商店街への道を南へ下り、商店街を横断するとそこはこの地区の歓楽街、宮脇ゴールデン横丁だ。ここには以前から老齢の者はあまり来ず、仕事を終えた働き盛りの男ばかりが来るので、バトルさなかの今でも賑《にぎ》わっている。通りの左側には、しもた屋造りの居酒屋「狐狗狸」がある。外から窺《うかが》うと人がたくさんいる様子なので、津幡がいたとしてもまさか拳銃《けんじゅう》をぶっぱなしたりはしないだろうと高をくくり、九一郎は縄のれんをわけてずいと店内に入った。

途端に店内は静まり返った。九一郎も津幡も、町内では知られた顔であり、どちらもバトルの主役と思われている。いちばん奥のテーブルで飲んでいる津幡との間にいた男連中が、顔色を変えて席を立ち、モーゼの前の紅海の如《ごと》く左右に別れて隅に逃れた。九一郎と津幡の間に広い空間ができた。こんな場所でもきちんとしたタキシード姿の津幡は、周囲の空気の急激な変化に少し驚いたようだったが、すぐに九一郎を認め、にやりとした。津幡の両手が机の上に出ていることを見極めてから、九一郎は彼の方へ近づいていった。客のほとんどは今にも撃ちあいが始まるかと恐れ、気の早い者はさっそくテーブルの下にもぐり込んだりしている。

津幡の前に立って、九一郎は会釈《えしやく》をした。「これは、先生」

面識はなかったが、お互い写真と評判で相手のことは古くからの知りあいのように熟知している。

「蔦屋《つたや》のご隠居。貴公とはいずれ、やりあわねばならんと思っていたが」津幡もにこにこしながらそう応じた。「まあ、そこへ掛けなさい」

「じゃ、遠慮なく」九一郎はそのテーブルに津幡と向かいあって掛けた。

「らっしゃあい」状況をまったく理解していないバイトの女の子が、他の客に言うのと同じ馬鹿《ばか》げた節回しの大声で、恐れ気もなく注文を聞きにきた。「何にしますかあ」

当然のことながら、こういう粗雑さを忌《い》み嫌う教授の手がひくひくと腰の拳銃の方へ動くのを横目で見ながら、九一郎は適当に焼酎《しょうちゅう》と小鉢ものを注文した。

「下賤《げせん》な小娘だ」眉根《まゆね》に縦皺《たてじわ》を寄せて津幡は呟《つぶや》き、細巻きの葉巻を取り出して銜《くわ》えた。

「先生。あなたのことは、山際という担当官からいろいろ伺っとりますが」九一郎は言った。「だけど、あたしが知りたいのは、バトル開始直後、いち早く越谷婦美子を射殺なさった先生が、その後まったく殺しに動こうとなさらんことでしてね。あたしゃこれがどうも不思議でならんのですが」

「期待はずれかね」津幡はふん、と鼻で笑うようにしてから、じっと九一郎を見つめた。「あんな乱暴な殺戮《さつりく》は、むろんわたしの趣味ではない。しかし、のっけにああいう行為を見せておかないと皆から馬鹿にされる。拳銃を持っていて、平然と笑いながら人を殺せる人間だということを、町内の馬鹿どもに教えておく必要があった。お蔭《かげ》でまだ誰もわしの家を襲撃したりはせん。下劣なドンパチなどをやる気はまったくないので、このまま何もせずに最後まで残ることができればいいなと思っておる」

九一郎と津幡が意外にも親しげに話しはじめたので皆安心し、店内はやや賑やかさを取り戻した。

「でも最後には誰かと、生き残りを賭《か》けて対決しなけりゃならんわけでしょう」

九一郎が訊《き》くと、もと教授は突然眼をぎらぎらと輝かせた。「それこそがこのバトルのやり甲斐《がい》とでもいうところだ。わしにとっては生き残ることよりも、その、生き残りを賭けて戦うということが大事でな。さもなきゃせっかくのバトルも、ただの乱暴な殺しあいにしかならん。よろしいか。このバトルのいいところは、知恵のある者が生き残る可能性の高い点にこそある。わしはな、ご隠居、実はこのシルバー・バトルという制度に賛成なのだよ。退屈極まりない人生の最後に、こういうスリルに満ちたシチュエーションを設定してくれた政府には、礼を言いたいくらいのもんだ。つまりわしは、思う存分このバトルを楽しむことができさえすれば、最後に殺されても本望というわけなのさ」

「なあるほど」相互処刑の対象でありながらその制度に賛成する人間がいるとは夢に

も思わなかったので、九一郎は唸《うな》った。「じゃあ最初のうち、ご自分はバトルに加わらず、そこいらの知恵のない連中が殺しあうのをただ傍観なさっておられて、人数が減るのをお待ちになるというわけですな」

「そうだよ。いかんかね。担当官たちがわしの活躍を期待して、二度ばかり電話をかけてきたが、あんな連中の言うことを聞く気は毛頭ない」彼は葉巻の煙を勢いよく吐いた。

「ははあ。連中、先生にも殺しあいをけしかけてきましたか」九一郎は運ばれてきた焼酎をちびちび舐《な》めながら、津幡の顔を窺い見て言った。「じゃあきっと、志多梅子のことも訊いたでしょう」

「ああ。あの女か」津幡は苦笑して、九一郎から眼をそらした。「貴公も、あの女のことに興味があるらしいな。聞きたいかね。なぜあの婆《ばあ》さんがわしの家へやってきたか」

「はあ。お差し支えなければ」

「実に、まことに、面白い女でなあ」津幡は笑った。「担当官には、私事を探るでないと一喝してやったのだが、貴公にはお話ししよう。実はあの婆さんは、わしが怖いのでやってきたのだ」

驚く九一郎に、津幡は志多梅子が恐怖に追われ、自らその恐怖する対象の目の前へ身を呈しにやってきた不可解な心情といきさつをやや学術的な口調で説明したのち、こう言った。「どんなにいたぶられてもよいと彼女は言ったが、なあに、いたぶるといっても別段、暴力でいたぶるわけではない。突然彼女の前に恐ろしい顔を突き出したり、首を絞める真似《まね》をしたり、拳銃を突きつけたり、気が狂ったふりをしたりという、実に子供っぽい怖がらせかたをするだけなのだが、あの女、それにいちいち過敏に反応して、腰を抜かしたり、絶叫したり、小便を漏らしたり、泣いたりする。それが面白くてなあ。その日常的に断続する恐怖のために、婆さん最近ではだんだん気が変になってきてな、眼が吊《つ》りあがってきて髪の毛が逆立ち、時には脅してもケケケなどと笑ったりするようになった。そうなってくるとおかしなものでな、こちらにもなんとなく、嗜虐者《しぎやくしや》のペットに対する愛着というか、被虐的な女に対する情愛みたいなものが湧《わ》いてきた」

「えっ」九一郎は身を反らせた。「じゃあ、もしやセックスなどを、その」

「恥ずかしいことを訊くな。まさか、そこまではやらんわい」津幡は苦い顔でかぶりを振ってから、身を乗り出して九一郎に言った。「ただな、あの婆さん、実は総入れ歯だったから、それをはずした歯茎でもって吸茎などをやらしておるわい。これが実にいい具合でな。けけけけけけけけけ」髪を振り乱し、乱杭歯《らんぐいば》を見せ、白髪鬼の綽名《あだな》に相応《ふさわ》しい笑いを彼は笑った。

「やあ。ここんとこが広く空いてるぞ」

学生と思える七、八人の集団が、状況も知らずにどやどやわいわいと入ってきて、さっきできた空間のテーブルに座を占め、がやがや騒ぎはじめた。津幡の額にまた苛立《いらだ》ちの電光が走り、その手がひくひくと腰に延びたので九一郎はあわてて立ちあがった。

「先生。出ましょうか」

「うん。わしはもう帰る」

カウンターでそれぞれの飲食代を支払い、ふたりは店を出た。さっきの道を並んで戻りながら、九一郎は商店街の北側の角にある鈴屋寿司《ずし》と、道路を隔てた角にあるうどんの阿波徳を指し、この両店の主人に加えてもうひとり、マツバラ薬局の主人の三人組が現在のところ、自分の家にバトルを仕掛けてこようとしているグループであることを説明し、津幡にも注意を促した。

九一郎が北に、津幡が西にと別れることになる宮脇公園の角まで来たとき、ふたりの耳にブランコの軋《きし》み音が聞こえてきた。木立の間からは、ひとりぼっちでブランコをこいでいる男の子の姿が見えた。

「子供ではないか。今時分、何をしておる」

公園に入りかけた津幡を、九一郎はあわてて制した。

「しいっ。先生。あれは子供じゃありませんよ。あれは乾志摩夫、もとコビトのプロレスラーです。七十八歳。バトル対象です」

「そんな者がいるということは聞いている。そうか。あいつかあ」津幡はちょっと考えてから、九一郎を振り返った。「いい機会だ。あいつがどんなつもりでおるのか、訊いてみないか」

「そうですな。行ってみましょう」

九一郎は同意し、ふたりは公園の中に足を踏み入れた。だが、公園の奥にあるたった一台のブランコには、もはや誰も乗っていなかった。乾いた夜風の中で、無人のブランコが静かに揺れていた。

「や。どこへ行った。素早いやつ」津幡はあたりを見まわし、自分のことを棚にあげて言った。「いやはやなんとも不気味な人物だなあ」

ほぼ同じ時間、菊谷いずみは、阿波徳、鈴屋寿司、マツバラ薬局の三人とともに、地区の西端にある松本という家の前に立った。マツバラと、そして阿波徳と鈴屋も、猟友会の会員であるマツバラが調達した猟銃を持っていた。いずみだけが手ぶらである。

打合せ通り、いずみが呼び鈴を押した。道路に面してすぐが格子《こうし》戸《ど》の玄関という町屋造りの住宅なので、ほとんど間を置かずに、はいと男の声がして戸が開いた。この家の長男で高校生の和郎だった。

「ああ。和郎ちゃん」いずみがけんめいの笑顔で言う。「あのね、お婆ちゃんに会いにきたの」

土間に立つ和郎はいずみの背後の三人を見て、日に焼けた顔をこわばらせた。「お婆ちゃんを殺しに来たな」

いずみが困惑の顔で三人を振り返り、鈴屋が一歩出ておずおずと和郎に言う。

「なあ、和郎君。わしら、こんなこと、やりたくない。だけどな、地区の担当官がうるさ

鈴屋寿司

くてなあ」

「そんなこと、こんな子に言う必要ねえよ」マツバラが強い調子で吐き捨て、和郎に命じた。「いいから、誰か大人を呼びな」

　和郎はものも言わずに殺戮者たちを睨《にら》み続ける。

「まあ。菊谷さん。マツバラさん」この家の主婦の龍江《たつえ》が出てきた。彼女はおどおどしていた。「あの、あの、それじゃあの、今夜、今夜でございますか」

「すみませんねえ、龍江さん」家族の説得役を任じられているいずみが、何度も頭を下げる。「わたしたち、できるだけ静かに、お婆ちゃんが苦しまないようにやりますので」

「どっちみち、人殺しじゃないか」和郎が吠《ほ》えるように叫んだ。

「和郎。なんだ今さら」マツバラが怒鳴り返した。「うちの聡子《さとこ》に聞いたら、お前いつもお婆ちゃんのことを、汚いとか、うざったいとか言っとったっていうじゃないか」

「いくら汚くったって、いくらうざったくったって、おれのお婆ちゃんだ」和郎は泣きそうになりながら言う。「殺したら承知しないぞ」

「なあ。和郎ちゃん」鈴屋がおだやかな声で言った。「これは国家の政策なんだよ。だから邪魔したら罪になるんだ」

「罪になったってかまうもんか。少年法があるんだ。帰れ。帰れ」和郎は泣き叫んだ。

「和郎。やめなさい」今度は会社の経理課長をしている主人の俊郎が出てきて、太い声で息子をたしなめた。それから四人に言った。

「まあ、入ってください」

「おう。とにかくあげてもらおうぜ」マツバラは遠慮なしに土間へ入ってきた。

「帰れって言ってるだろ」

つかみかかってきた和郎に、マツバラは銃口を突きつけた。「処刑を妨害する者は、殺してもいいことになってる」

「やめんか、和郎」俊郎は息子を下駄箱の前に押しやり、四人にあがれという素振りをした。

四人は二畳の玄関の間にあがり、次の六畳の茶の間に入った。茶の間の食卓には三人分の夕食が食べかけたままである。

立ったままで、マツバラは訊《たず》ねた。「お婆ちゃん、奥の間かい」

「あの、あの、でも、お義母《かあ》さんに最後のお別れくらいは」泣きそうになりながら龍江が懇願するように言う。

「なんだよう」気の短さを額の青筋に見せてマツバラは咆哮《ほうこう》した。「どうせ惚《ぼ》けてるんだろうが。お別れも糞《くそ》もあるもんか」

「なんだと」

またしてもマツバラに殴りかかろうとする息子に、俊郎は叫んだ。「やめんか。この人たちだって誰かに殺されるんだ」

そう言ってから俊郎は、はっとした表情になり、和郎はふてくされたように茶の間の隅に座り込んだ。俊郎もその横に、脱力感をあらわにして、へたり込むように座った。龍江が食卓の横の畳に泣き伏し、その横に座っていずみが宥《なだ》める。

「この部屋か」鈍重な声でそう言いながら、巨体の阿波徳が奥の襖《ふすま》をがらりと開けた。

薄暗い六畳間の畳の上にベッドが置かれ、病臭の立ちこめる中に、寝たきりの老婆《ろうば》がいた。痩《や》せこけた彼女は眼を閉じたままで仰臥《ぎょうが》していた。阿波徳と鈴屋とマツバラが部屋に入り、鈴屋は茶の間との境の襖をゆっくりと閉めた。

「くそう」茶の間で、和郎が咆哮した。

「ご免なさいね。和郎ちゃん。でもね、どうしようもないのよね」泣きながらいずみが詫《わ》びている。「松本さん。龍江さん。すみません。すみません」

マツバラが、顎《あご》で鈴屋を促した。「さあ。あんたがやることになってただろ」

鈴屋が僅《わず》かに尻込《しりご》みする様子を見せた。

「何だってんだよう」マツバラはヒステリックに怒鳴った。「撃てねえのか。そのざまじゃあ、蔦屋に押し入っても撃てねえだろうから、もうあんたなんかいらねえ。さきにおれがあんたを始末してやることにする」彼は自分の銃を鈴屋に向けて構えた。

「やるよ。やるよ」か細く言って、しかたなく鈴屋は老婆の頭に銃口を向ける。

その時、老婆の口から「トシオちゃん」という嗄《しわが》れた声がかすかに洩《も》れた。

途端に鈴屋の顔が歪《ゆが》んだ。うう、と嗚咽《おえつ》を洩らして彼は部屋の隅に行き、銃を投げ出してうずくまった。

「おふくろだ。今の、おふくろとまったく同じ声なんだ」彼は両手で顔を押さえた。

「おれ、利雄って言うんだ」

啞然《あぜん》として、阿波徳とマツバラは泣き続ける鈴屋をしばらく眺めていた。

溜息《ためいき》をつき、マツバラは鈴屋の横にしゃがみこんだ。「なあ。あんたは優しくていい人だから、おれたちの仲間にしてやったんだけどさ、その優しさってもしかしたら、世の中がこんなことになった原因じゃないのかい。考えてみろよ。おれたちの年代、あの若い奴《やつ》らのいう『やさしさ』とか『癒《いや》し』とか『思いやり』とかってやつのために、さんざ厭《いや》な目にあってきたんじゃないのかい。あの押しつけがましい『優しさ』におれたち巻きこまれて、老人を甘やかす世の中に甘えてここまで来ちまった。結局は『自分たち若い者には優しくしてくれ。そのためにはあんたたち老人が死んでくれ』ってことなんだ。なあ。おれたちゃもっと強い世代だった筈《はず》だろ。もっと若いやつに嫌われて、恐れられてりゃあ、こんなことにはならなかったんだとおれは思うがね。どうだい。どう考えたって、あんたはいずれ誰かに殺されるんだ。この辺でひとつ強さ取り戻して、おれたちの迫力見せつけるいいチャンス作ってくれた国家に、最後のご奉公といこうじゃないか。それともあんたは何かい、そんなふうに最後までめそめそして、めそめそしながら殺されたいのかい」

「もういいよ。わかったよ」鈴屋は立ちあがった。「あんまり声がおふくろに似てたもんだから、ちょっと気が変になったんだ。自分がしなきゃいけないことぐらい、おれだって知ってるんだ」

気をとりなおした鈴屋が、ふたたび銃口を寝たきりの老婆に向けると、どんよりと澱《よど》んだ眼をして突っ立っていた阿波徳が、手でその銃身を押さえた。

「もう、いいよ。わしが殺した」

「えっ。殺したって」マツバラが驚いて老婆の顔を見た。「死んでる。どうやって殺したんだ」

「首を絞めた」と、阿波徳は言った。「こんな死にかけの婆《ばあ》さんに貴重な弾、使うの勿体《もったい》ねえだろ。だから、手で首絞めた」

三人が茶の間に戻ると、二階の自室へ去って和郎の姿はなく、食卓の彼方《かなた》には俊郎が憮然《ぶぜん》として座っていて、無事に終ったことを知ったいずみがほっとした顔をしていて、龍江が茶の用意をしていた。

「あの、どう申しあげてよろしいか、あの、お疲れさま、って申しますか、あの、ご苦労様と言いますか、あの、とにかく、何もございませんが、お茶をどうぞ。あの、一服なさってください」

四人は茶を断って匆匆《そうそう》と表へ出た。

帰途、マツバラは充血した眼で他の三人の顔を見比べながら宣言した。「ようし。この勢いで、明日の晩は蔦屋のご隠居を襲うからな」

同じ夜、瀟洒《しょうしゃ》な住宅が建ち並ぶ地区内の一軒では、近所の老婆四人が集まり、世間話から発展した密談を凝らしはじめていた。

「わたしはさあ、貞淑な人妻だったんだよ。もう四十年以上も昔の話だけどさ」この家の女主人、塩田そでが三人の客に紅茶のお代りをすすめながら言った。「その頃はずいぶん信心深くてねえ」

「わたしもそうだったわ」隣家の主婦、相沢泰子《やすこ》も言う。「バザーを手伝ってくれたお礼にって、お茶に招かれて」

「それがあいつの手よ」憤然として、西川ハルが叫ぶ。「なんだ。みんなそうだったのか畜生畜生」

「でも、あの頃あいつ、ちょっと格好よくなかったかい」そでが首を傾《かし》げた。「今ほど肥《ふと》ってなかったし」

「ねえねえ。それでやっぱり、最高級品だとか言って、赤ワイン飲まされたの」泰子はふたりに訊《き》く。

「そうよ。でもあの赤ワイン、何か入ってたわよ。ジンか何か」

「ええ。絶対にそうよ」

ハルとそでが強く頷《うなず》きあった。次第に腹を立ててきて、泰子はばりばりとクッキー

相沢泰子

をむさぼり食った。

「あのう、それで、肝心の、セックスの方はどうだったの」それまで蚊帳《かや》の外だった琴田えり子が、興味津津《しんしん》の面持ちで訊ねる。

「あれは、どう言えばいいか」泰子は途端に相好《そうごう》を崩した。「なんともはや、なんともはや、といったところね」

ハルも笑った。「あっけなかったわね。鶏みたいだったわ」

「ねえねえ。イくとき、『コケーッ』って言わなかった」そでが言う。

「言った言った」

三人が大笑いし終えると、琴田えり子がテーブルに身をのり出した。「うちは、あたしじゃなく、娘の奈帆《なほ》がやられたんだよ。帰ってくるなり泣き出して、なかなか言わなかったんだけど、パンティは真っ赤だし、問い詰めると『神父さんが。神父さんが』って、泣きながら。まだ十八だったんだよ。ひどいもんだよ」

「なんで警察に言わなかったの」

塩田そで

「あんたたちだって、言わなかったでしょ。警察になんか言ったら大騒ぎになって、娘は嫁に行けなくなるわよ」

ハルが言う。「いちばん許せないのはね、あいつ今でも、わたしたちが自分にぞっこんだと思い込んでいることよ」

泰子も言う。「そうよ。何かというとわたしたちを情婦扱いするのよね」

「で、どうする」そでが三人の顔を見くらべた。「四人で、やる」

「ええ。やりましょう。簡単に殺したりしないで、地獄を見せてやるわ」泰子が憤然とした。「いつか復讐《ふくしゅう》の機会があると思って、わたし今まであいつに、いつもにこやかにしてきてよかったわ」

「わたしも。みんなもそうでしょ」そでが言う。「だからあいつ、油断してる筈よ」

眼を吊《つ》りあげて、ハルも言う。「たっぷり痛めつけてやるわ。あのぶよぶよの腹を切り裂いてやる」

「わたしはあいつのペニスを切断して、家へ持って帰って、娘に見せてやるわ」と、

えり子も言った。

「それくらいじゃ、まだまだ手ぬるいわよ。もっと、もっと、いろんな苦しめかたを考えなきゃあ駄目よ」泰子は叫ぶように言う。

「じゃあ、作戦、立てなきゃあね」

そでが言うと、誰も聞いている者などいないのに、四人はしぜんとテーブルの中央へ顔を寄せ集めた。

朝の九時、宇谷九一郎がまだ寝ている時、茶の間に電話がかかってきて、出るなと言われていたことを忘れ、猿谷甚一はうっかり受話器をとってしまった。

「へい。蔦屋です」

「あんた、誰」

吃驚《びっくり》した女の声が返ってきてはじめて、猿谷は失策に気づいて首をすくめた。「はいあの、あのあの、荷物を届けにきただけの、出入りの者でして」

「あたし菊谷だけど、九一っちゃん、いるかしら」

「へえ。ちょいとお待ちを」

「出るなと言ったのに」起きてきた九一郎が猿谷を睨《にら》んだ。

「すみません。菊谷さんという女の人です」

九一郎は受話器を引ったくった。「もしもし。おれだ」

「九一っちゃん。今の誰」

「だから、出入りの者だ」

「いよいよ今夜、あの子たちがそっちへ行くわよ」

「そうか。昨夜、松本の婆さんを殺《や》ったそうだな」すでにテレビで見て、九一郎は知っていた。孫の和郎が泣き叫ぶ場面は何度も見せられていた。

いずみの声がしばらく途切れた。「ええ。目茶、つらかったわ」

「今夜、あんたも来るのか」

「ええ。一緒に来いって言われてるの。だから、お願い。あたしだけは撃たないでね」

「安全な場所にいなさい。庭のどこかに隠れていれば、弾には当たらないですむと思う」

「ありがと」

「そっちの武器は」

「三人とも猟銃を持ってるわ。あと、ナイフや何かも持ってると思う」

「銃は、どんな銃かね」

「三つとも猪《いのしし》用の、自動銃とか言ってたわ。それ以上詳しいこと、あたし、銃のこと知らないし、わかんない」

「で、どんな作戦を立ててるんだ」

「それもわかんない。だいたいが作戦なんか立てたことのない、乱暴でいい加減な連中なんだから」

「わかった。教えてくれて感謝する」

「あたし味方なんだからね。殺さないでね。殺さないでね」おろおろ声になっていた。

「わかっとるよ」九一郎は電話を切って、猿谷に言った。「ゴールデン横丁行きは延期にしてくれ。今夜、商店街の三人が襲撃してくる」

「そりゃもう」猿谷は満面に笑みを浮かべて大きく頷いた。「飲みになんか行くよりゃ、その方がずっと面白い」

「今の電話の女、どっちの味方だか知れたもんじゃない。あんたの存在を助っ人《すけと》だと悟ったかもしれんし、だとすればそのことを三人に言うかもしれん。こっちも作戦を立てておくか」

猿谷の眼はいきいきと光り、口もとから涎《よだれ》が垂れそうである。「おっ。作戦。やりましょう。やりましょう」

ふたりは茶の間から応接室に移動し、蔦屋全体の平面図をテーブルに拡《ひろ》げて作戦を練りはじめた。

「阿波徳といううどん屋の大男が、得体の知れん奴《やつ》だ」九一郎はまず敵のメンバーの性格から説明しはじめた。「鈍感だが、思い切ったことをしたり言ったりする。銃は持っているが借り物で、どうせめくら撃ちしかできまい。マッバラ薬局の主人は猟友会に入っているから、銃の腕は確かなんだろうが、男のヒステリーみたいな奴だから、人に撃ちあいになれば冷静さを失うだろう。鈴屋寿司《ずし》は繊細で気の弱いやつだから、人に向けて銃なんか撃てない筈だ。捨て駒《ごま》とか弾除《よ》けとかにされているんじゃないかな。で、わしが思うにこの三人、恐らく同時に同じ場所から侵入してくるに違いない。三人一緒で一人前、というか、仲間を信用するとかしないとか以前の寄せ集め連中だから、ひとりじゃ何もできまいし、誰かをひとりにもさせられない奴らだ」

「凄《すご》い分析をしますね、ご隠居は。警視庁にお勤めになりゃよかったのに」猿谷が浮き浮きしてお世辞を言う。「さて、こいつら、どこから来ますかね」

「国道に面した正面からは、店の戸締りが厳重だから入れない。この南北の道に面した塀から入ってくるか、裏の宮脇《みやわき》公園との境の塀を乗り越えて入ってくるか」

「どの道、庭からですね」

「うん。座敷の窓を破って入ってくるには度胸がいるからな。足場がないから、まさか二階からは入って来れまい。西側は不動産会社のビルだし、間に路地はあるものの、こっちへ入ってこようとしても、一面、高い土蔵の壁だ。やはり庭からだろうと思う」

「じゃあご隠居、わしらはどこで待ち伏せしますかね。やはり、裏庭に面したこの応接室で待ち伏せしますか」

「よし。ではこうしよう」

「そうしましょう」

「まだ何も言っておらん」

「そうでした」

「家中の電気を消して、真っ暗にしよう。そしてわしらは、茶の間にいよう。応接室に弾を撃ち込まれても応戦しないで、留守のように見せかけよう」

猿谷は膝《ひざ》を叩《たた》いた。「そりゃあもう、頭の悪い連中だ。あいつら、みごとに引っかかります」

「三人とも、猪用の自動銃だとか言っておった」

「ははあ。おそらくSKBの十二番か二十番か、そこいらでしょう。三連発です。ですから三発撃たせれば、こっちは相手が弾を込めている間に反撃できます」

「そうか。憶《おぼ》えておこう。無駄弾を撃たせるための工夫がいるな」

「で、わしはどこで待ち伏せすりゃいいんです」

「そうだなあ」九一郎は平面図を眺めまわした。「留守かどうか確かめようとして、応接室から入ってくるとして、座敷や土間を捜しながら、店の間に向かってやってくるとしたら」九一郎は図面を指で叩いた。「ここはどうだ。土間には昔からの、今は使っていないへっついがある」

「竈《かまど》ですな。その中にわたしが入るので」

「上に大鍋《おおなべ》を置いておけば、まさか中に人がいるとは思うまい」

「やり過ごすにはうってつけの隠れ場所ですな。で、ご隠居はどこに」

「わしは店の土間の隅にいる。電源の傍《そば》だ。突然家中の電気を灯《とも》して明るくして、奴らを驚かせて、眼がくらんでいるところを撃ちまくってやる」

「では、最終的に奴らを店の間へやり過ごすか、追い詰めるかすればいいわけですな」

「そうだ。どうかね」

　ふたりは、作戦を何度もくり返して検討した。多少予想が外れても、大きな手抜かりはないと思われた。そして彼らは準備にとりかかった。銃の手入れをし、予行演習をしていると昼になった。店屋物で昼食をとり、電気系統を点検し、手抜かりはないかと敵になったつもりで侵入経路を辿《たど》り、竈を掃除し、夜になったので腹ごしらえをし、裏庭へのくぐり戸をはじめすべての戸締まりをし、便所へ行って用を足し、仏間の襖《ふすま》に仕掛けを施し、家中の明りを点《つ》けてから電源で切り、それぞれの銃を持ち、庭や応接室で異変があればすぐにそれぞれの持ち場に行くつもりで、真っ暗な茶の間で待機した。

　午後十時になった。

「おれがいちばん身軽だから、いちばんあとからひとりで乗り越えて入る」高さ二メートル余の塀の前の道路で、狩猟服のマッバラが三人の仲間に言った。「こうやってふたりで手え組んで足がかりにしてやるから、いずみが一番先に入れ」

「えー。あたしがー」いずみは尻込《しりご》みした。「おっかないよー」

「先に入って、下で銃を受け取ってほしいんだ。あんたはご隠居の友達だから、見つかってもなんとか胡麻化《ごまか》せるだろうが」

いずみ、巨漢の阿波徳、鈴屋、マツバラの順で庭に入り、植込みの中で彼らはしばらく真っ暗な応接室を窺《うかが》った。

「留守かな」と、阿波徳が言う。

「待ち伏せされていたんじゃかなわん」こういう状況が大嫌いなマツバラは、苛立《いらだ》ちをあらわにして言う。「侵入したはいいが、こんなに真っ暗な中で狙《ねら》い撃ちされたらどうしようもない」

「いずみに、前以《もっ》て電話で、留守かどうか確認させときゃよかったんだ」のんびりした声で阿波徳が言った。

「では、どうしますか」すっかり怖《お》じ気《け》づいている鈴屋が、顫《ふる》える声で訊《たず》ねる。

「いいか。一斉射撃だ。いるなら何か反応するだろう」マツバラは乱暴にそう言って立ちあがり、応接室の窓に銃口を向けた。「一、二の三で撃つんだ。いいな」

発砲が生まれて初めての鈴屋と阿波徳は、へっぴり腰で立ちあがり、銃を構える。植込みの中でしゃがんだままのいずみは両耳を手で押さえた。

「一、二の三」

銃声と窓ガラスの破れる轟音《ごうおん》があたりに満ちた。弾を撃ち尽して三人はまた身を伏せ、新たに弾をこめた。相変らず室内からは何の物音もなく、家の中のどこにも明りが灯った様子はない。

「やっぱり留守みたいですね」轟音の洗礼と無反応による安心感から、いささか度胸のついた鈴屋がそう言った。なんといってもこちらは三人、相手はたったひとりなのだ。

「よし。踏み込もう。中で腰を抜かしていやがるのかもしれん」マツバラがいずみに顎《あご》で行けと示す。「あんた、先頭だ」

「またあ」九一郎が留守でないことは承知している上、彼から庭にいろと言われているいずみは、露骨に厭《いや》な顔をした。「いやよう。撃たれるわよう。それじゃまるであたし、人間の楯《たて》じゃないの」

「傍についてやる。一緒だ。さあ行こう。あんたが中の様子、いちばんよく知ってるんだから」

しかたなく、いずみはびくつきながら庭へのガラス戸に近づいていった。引き違いの二枚の戸の一枚ガラスも、テラスや室内に破れ散っている。テラスにあがり、戸を開け、スニーカーの足で室内へ踏み込みながら、九一郎から庭にいろと言われた以上、入って行けば撃たれてもしかたがないのだと悟ったいずみは、恐怖のあまり泣き声まじりの大声を出してしまった。

「九一っちゃあん。あたしよう。撃たないでえ。撃たないでえ」

「ば、馬鹿《ばか》っ」マツバラは癇癪《かんしゃく》を起して銃の台尻でいずみの肩を突いた。「声を出すやつがあるかっ。だからもう、女ってやつは、もう」

しかしそれでも家の奥からは何も反応がない。商店主三人は、もはや九十パーセントは留守と思い込み、安心した勢いで急に威勢がよくなる。

「ご隠居、腰抜かしてるのかもしれんぜ」

「大軍勢が来たと思って、めそめそ泣いてるのかもな」

「わはははははは」

「おうい。ご隠居さあん。どこだあい」

応接室のソファに腰を落し、もはや頑として意地でも動こうとしないいずみをそのままにし、阿波徳と鈴屋は応接室から次の間の、九一郎が寝室にしている座敷に踏み込み、マツバラは土間におりて店の方へと進んだ。明りといってはそれぞれの座敷の窓からの月明りと街灯のかすかな明りだけである。阿波徳と鈴屋は間の襖を開けてさらに茶の間に踏み込み、マツバラは竈の前を店の土間へと進んだ。

茶の間から襖を隔《へだ》てて店の間との間にある四畳半の仏間の襖を引いた阿波徳は、襖に仕掛けられていた紐《ひも》まで引いてしまった。紐に引っ張られて、仏間の箪笥《たんす》の上にわざと不安定に置かれていた木魚が畳に落ち、どんと大きな音を立てた。

「うおおっ」

「畜生畜生。いやがったな」

驚くまいことか。これぞ無駄弾撃たせるための策略とは知らず、三人は肝をつぶして音のした方に銃口を向け、それぞれが闇雲《やみくも》に三連射した。撃ち尽した時こそ猿谷の出番である。竈の大鍋跳ねあげて立ちあがり、まず目の前のマツバラに一発見舞う。鍋が土間に落ちて立てる大音響で、もはや魂を宙に飛ばしてしまった阿波徳と鈴屋は新たに弾をこめる余裕もなく、逃げ場のない店の間へと走り出て、土間に転落した。

途端に太陽が輝き、侵入者の眼をくらませる。九一郎が電源を入れたのだ。ただちに懐中からワルサーを出して構えたものの、マツバラは重傷で竈の手前にぶっ倒れ、阿波徳は店の板の間に這《は》いあがり、仏間の方へ四つん這いで逃げようとしていて、鈴屋は土間で腰を抜かし、ただ九一郎を拝んでいるだけである。撃つほどのことはないと見て九一郎は拳銃《けんじゅう》を持つ腕をおろした。

いったん土間に倒れたマツバラはすぐに立ちあがり、竈から出てきた猿谷に向けて銃を構えた。「貴様は誰だ」

「ご隠居さんの助っ人だよ」至近距離から撃った一発めがマツバラの胸を貫通してい

ると知っている猿谷は、落ちついて次の弾を充塡《じゅうてん》する。

それを見たマツバラは、あわてて自分も銃に弾をこめながら、大声で仲間のふたりに叫んだ。「おうい。こいつの銃はライフルだ。一発しか出ないぞ。次に銃声がしたら、こいつを撃て」

猿谷は冷笑しながら、銃口をマツバラに向けた。「わしの方は一発で充分なんだよ。おいあんた。ずいぶんいい気なもんだったな。ご隠居さんがめそめそ泣いてるんだって」

「くそう。騙《だま》しやがって」狙われたマツバラはもう銃口をあげることもできず、やけくそになって叫びはじめた。「さあ撃て。殺せ。殺せ」

猿谷はにやりとした。「自分じゃまだ気がつかないんだろうが、あんたはもう死んでるんだよ」

「嘘《うそ》をつけ。さあ殺せ。殺せ。殺せ」

さらに殺せと叫ぼうとしたマツバラは、口をあけたままで眼を見開いた驚愕《きょうがく》の表情となり、その口からがぼりと大量の血の泡を吐いて、棒のように土間に倒れた。とっくに死んでいるマツバラの狩猟服の背中の穴からも、ゆっくりと血が溢《あふ》れ出ていた。

仏間に逃げた阿波徳は猿谷に任せることにして、九一郎は鈴屋の前に立った。鈴屋は紙のような顔色になっていた。店の間へのあがり框《かまち》を背凭《せもた》れにして、土間にべったり尻を据えた彼は、裏声まじりで繰り言をえんえんと述べはじめた。

「それでは、わたしは死ぬんですね。今、ここで死ぬんですね。ああああ。観音菩《かんのんぼ》薩《さつ》。おんあぼきゃ。わたしが死ぬ。今死ぬ。ここで死ぬ。わたしが死ぬと同時にあの娘《こ》の面影も消える。あの歌もこの歌も消える。寿司を握って五十年。その何もかもが消える。そんなことがあっていいものでしょうか。だからお願いです。このわたしを殺さないで。かけがえのないこのわたしを殺さないで」

「あんたは、今、ここで死ぬんだよ。それは何故《なぜ》かというと、わしの家に押し入ったからだ。その報《むく》いだ。おとなしくしてりゃ、あと二十日は生きられたのにな」九一郎は彼の顔にワルサーの銃口を向けた。

鈴屋はきちんと正座した。「では最後に、歌を歌わせてください」

「今、ヨーデルをえんえんとやったじゃないか」この作家の過去の作品では、こういう場合いつまでもえんえんと歌い続けるにきまっていたので、九一郎はかぶりを振った。「駄目だだめだ。歌わせない」

九一郎はワルサーを発射した。鈴屋の額に赤い穴があいた。正座したままで彼は前に倒れた。額が土間に当って、ごち、という音を立てた。

阿波徳は仏間まで這いずって逃げてきた。それから自分の猟銃に弾をこめはじめた。焦《あせ》っているのと、手が顫えているのとで、なかなか弾が入らなかった。やっと充塡し終え、顔をあげてから、土間に立った猿谷がにやにや笑いを浮かべてこちらを見ていることに気がついた。

「ほにゃらいけんか」

わけのわからないことを喚《わめ》き、彼は一発発射した。弾はあさっての方角に逸《そ》れた。猿谷は銃をあげることさえせず、にやにや笑って見ていた。ますます焦って阿波徳はレバーを引いた。しかし初心者の悲しさ、過《あやま》った方向に引いたため、遊底のレバーが脱け落ちた。猿谷に教えられてレバーを装着し、また猿谷に向けて発射したが、今度は回転不良で弾が出なかった。

「ほらな。その銃、故障が多いんだ」うんざりした顔で猿谷は言い、やっと銃口を阿波徳に向けた。「もう待てねえ」

「あ。怖い。怖い。怖い」阿波徳は銃を投げ出して、初めて弱音を洩《も》らした。「わし、こんな怖かったこと、生まれて初めてじゃ。わしは怖かった。ほんとに怖かった。ああ怖かった」

「そうかそうか。恐怖を味わえたか。よかったな。やっと人間らしくなれたわけだ」

ふーん、と溜息《ためいき》をついて、阿波徳は天井を見あげた。

「どうした。切なさのあまり、小便でもしたか」

「大便をした」

猿谷はライフルを発射した。今度は心臓に命中した。阿波徳は座った姿勢のままでぴょんと躍りあがり、猿谷を礼拝している形となって息絶えた。

「ひどいことになったな。建具や家具が滅茶苦茶《めちゃくちゃ》だ」九一郎は今さらのように惨状に驚いて言った。「この簞笥なんか、もう使いものにならん」

「応接室なんか、もっとひどいでしょう」

ふたりが応接室へ行くと、ソファで菊谷いずみが顫えていた。

「あ。九一っちゃん。終ったの。あの子たちは、死んだの」

「ああ。三人ともな」

「可哀想《かわいそう》」ちょっと眼をうるませたものの、彼女はすぐ我が身の運命に思い至って、あわてて両手を目の前で左右に振った。「あたしは、あたしは殺さないで。ね。ね。九一っちゃん。お願い」

「ええと、どうしますか」猿谷が面白がってライフルを構えた。

いずみが恐慌《きょうこう》を来《きた》してソファからずり落ちた。「やめてやめてやめて。やめるように言って。ああああああ。九一っちゃあん」

「わかったよ。殺さないよ」

「今は殺さない、ということだからね」ほほほほほ、と、もと刑事らしい嗜虐《しぎやく》的な笑いを笑って、猿谷は銃口を下げた。

「じゃあ、お礼に、ここ掃除するわ」

「いやいや。ここはこのままにして、CJCKに電話して、担当官が来るまで待たなきゃいけません」と、猿谷が言った。

「山際のやつ、大喜びするぞ」九一郎は憮然《ぶぜん》として言う。「でも、今夜はもう遅いから、明日のことにしよう」

猿谷甚一の存在はあくまで伏せておくつもりだったので、翌朝、九一郎は彼をいったん帰宅させることにした。猿谷はライフルを持たず、蔦屋のガレージに入れてあった自分の車で帰っていった。九一郎はCJCKに電話をした。CJCKには近所の家から、蔦屋で銃撃戦があったという連絡がすでに入っていた。山際は、例の鷹《たか》の目をした若い役人をひとりつれて、昼過ぎ、確認にやってきた。

「やりましたなあ。ひとりで三人ですか。いやいや大手柄です。ご隠居さんは必ず、何かやるお人だとは思っていましたが」案の定、山際は大喜びで九一郎を褒めたたえ、手放しでお世辞を言った。

「このふたりは、ライフルで撃たれていますが」若い担当官は阿波徳とマツバラの死体を検分し、疑いの眼で九一郎を見た。

「実はわしは、ライフルも持っている」九一郎は猿谷が置いていったライフルをふたりに見せた。

「ライフルとワルサーを使い分けて。なるほど、いやもう、八面六臂《はちめんろっぴ》の大活躍ですな」山際はさらに大喜びである。

あまり喜ばれても困る、と、九一郎は思った。ライフルまで持っていながら、なぜもっとバトルを盛大にやらないのかと、さらに督促が激しくなる筈《はず》であった。

深夜、月の光がマンホールの小さい穴から差しこんでくる下水道の底に、乾志摩夫は横たわっている。円筒状の下水道に地上から持ち込んできた板切れを敷いているので、ほそぼそと流れる汚水で服が汚れることはない。バトル最終日まで大雨が降りさえしなければ安泰だ。誰だって下水道や暗渠《あんきょ》を伝って町中を往来し、

乾志摩夫

下水道にひそみ、下水道で寝起きしている者がいようとは想像できまい。

乾はその安全な場所で自らの矮小《わいしょう》な肉体を休ませ、ぐっすりと眠り、気分は安らかだった。地上は危険だった。国道に面していて、地区のいちばん北東の端にある「メゾン・ロンサール」というマンションの三階の一室が乾の住まいである。しかし四日前の夜、非常階段を昇ってベランダに侵入してきた何者かから銃撃を受け、その次の日にはマンションの玄関を出るなり、どこかの婆《ばあ》さんが包丁でもって襲いかかってきた。銃弾は逸れ、婆さんは殴り倒して難を逃れたものの、もとプロレスラーということを知らないやつは虚弱なコビトと思って舐《な》めてかかる。物騒でしかたがない。

懐中電灯や携帯電話やラジカセその他二、三の必需品は持ってきている。ここで情勢を把握し、いよいよ生き残りがひとりか二人になれば出ていって片をつけるというのが乾の作戦だった。彼は自分の知能に自信を持っていた。彼を馬鹿にしている者が、彼の意外な頭の良さや知識に驚くのを見るのは快感であった。だから彼は尚《なお》さら自分の知識に磨《みが》きをかけ、必然的に研《と》ぎ澄まされた勘を土台に、悪知恵も含めたさまざまな知恵を身につけたのだった。

いい時代もあった。コビトのプロレスをNHKが放送していた時もあったのだ。しかし身体障害者差別だというので、テレビ局は次つぎと放送をやめ、ついには興行すら行われなくなった。差別撤廃運動が差別につながるというい例だ。そして今度は老人差別か。ひとりの人間が一生で二度の差別に直面することになった。なあに。どちらも生き残ってやるさ。

深夜、地区内を彼のみが知る地下の迷路をたどって、時にはコンビニで食料を仕入れ、時には老人しかいない家やアパートに侵入して様子を見たり、ものを盗んだり、たまには自室へ必要な品を取りに戻るという毎日であった。コビトのプロレスがなくなって、たちまち食うに困った仲間もいるが、それからも彼はコンピューターのプログラマーとして稼ぎ、さらには役者として芝居に出たり映画に出たりして重宝がられ、こまごまとした収入を得ていた。醜悪なコビトではなかったので結構女にもモテて、面白おかしく暮してきた。今でも不自由はなく、持っていないのはただ武器だけだ。それもいずれは手に入る、と彼は確信していた。銃器を持つ者が地区内に何人かいることを彼は知っていた。そいつらの誰かが殺されたらそいつから奪えばよいし、そいつの家に忍び込んで盗んでもよい。見つかっても逃げるのは簡単、いったんマンホールに入れば誰しも忽然《こつぜん》として消えたとしか思わないのである。この間、蔦屋の隠居と気ちがい教授に公園で垣間見《かいまみ》られたが、すぐにマンホールへ逃げ込んだ。あのふたりも、まさかおれがマンホールに入ったとは思っていないだろう。まったく、通常の身長を持っている世間の人間たるや、自分の尺度でしかものを見ないやつばかりだ。

担当官の山際という男から何度か電話があり、いつお邪魔してもお留守だが、いったい今どこにいるのかと訊《たず》ねられたが、誰が教えてやるものかと乾は笑う。今ではもう、電話にも出ないことにした。必要な時だけ、必要な相手にのみ、自分から連絡することにしている。しかしこんなところにいることを知ったら、担当官のやつ、驚くだろうなあ。まして世間のやつ、バトルで勝ち残ったのがおれと知ったらどんなに驚くことか。大騒ぎになるだろう。たとえほんの一時期とはいえ、一躍人気者となり、有名人の仲間入りだ。もしそうなりゃ、老後の安楽のためにも、せいぜい金を稼がなくっちゃなあ。ひひひひひひひひひひひ。

バトル終了まであと十七日を残す夜になっても、是方昭吾はまだ電器屋以外に何の戦果もあげられずにいた。彼は自分の腕の衰えを、つくづく感じないではいられなかった。バトル六日目にライフルを購入して次の日からさっそく、家の二階の窓から通りがかりの誰かを狙《ねら》い撃ちしようとしたのだが、日中はリストで見知るバトル対象者の誰も通らず、通るのはあきらかに対象外とわかる若者や子供である。夜になるともはや通行人の特定はできない。自分からあちこち出向かなければならぬと知り、是方は次に、国道に面したメゾン・ロンサールというマンションに眼をつけた。通りをはさんで国道に面した三階建ての雑居ビルがあり、是方は夜、非常階段からこのビルの屋上にあがり、マンションの三階を狙うことにした。リストによれば、このマンション三階にはバトル対象者が三人いたからである。三階にはそれぞれの住まいからベランダに出られる大きなガラス戸があった。

だが、視力の衰えからか、ガラス戸の奥に蠢《うごめ》く人物が誰であるかを確認することは困難だった。そして九時、十時になればカーテンが閉められてしまう。カーテンが開いている時間に、たまに白髪の、あきらかに対象者とわかる人物を見かけても、狙っているうちに涙が出てきて視界が曇り、さらに獲物は当然のことながら歩きまわったりもするのでどうにも的が絞りにくい。老齢のせいだ、と是方は思い、暗澹《あんたん》たる気分になった。

ではマンションのベランダに侵入してやろうと、是方は考えた。昼間観察したところでは、自宅の屋根に出て、並んでいる隣家の屋根に移り、さらにその隣の屋根に移れば、手を伸ばして届くところにマンション三階のベランダの手摺《てす》りがある。その夜、ライフルを背負い、是方は二軒隣の家の屋根に立った。両腕で懸垂《けんすい》すればベランダに攀《よ》じ登ることができた。最南端の住まいのベランダに置かれている鉢植えの蔭《かげ》に身をひそめ、様子を見て各住まいのベランダへ移り、是方は次つぎにガラス戸の中を窺《うかが》った。一日めはどの住まいにも住人の姿はなかったが、二日め、北から二番めの住まいに、是方は小さな人間の姿を発見した。洋間の隅の机でパソコンに向かっているのは、リストに載っていたもとコビトのプロレスラーに違いなかった。

彼の背中を狙い、是方はライフルを発射した。だが、弾は逸れ、パソコンを吹っ飛ばした。乾志摩夫というその男はただちに机の下にもぐりこんだ。失敗に舌打ちしながら是方が新たに弾を充塡《じゅうてん》した時には、もう部屋のどこにも彼の姿は見られなかった。

間にガラスがあったせいかもしれなかったし、相手が小さすぎたからでもあったろう。だが、そんなことは言い訳に過ぎないと、是方は自分でわかっていた。その夜は眠れなかった。こんなことでは、生き残りなどできる筈がない。あの乾というやつを、何とか仕留めなければならないという強迫観念が生まれた。なぜかあの部屋に銃弾が撃ち込まれたことはマンションに住む誰もCJCKに報告しなかったらしく、山際に電話しても状況に変化なしということだった。乾が黙っているのかもしれない。不気味な男であり、もしかしてパソコンを壊されて恨みに思い、おれが再び襲ってくるのを待ち構えているのかもしれない。是方はそんな思いに駆られ、一日置いてからふたたびマンションのベランダに登った。よし。もう一度襲ってやる。

しかし、乾志摩夫の部屋はカーテンが閉め切られ、室内は真っ暗だった。銃弾が貫通した穴のあるガラスはそのままだった。逃げ出したか。待ち伏せか。是方はしばらくベランダの間仕切りに身を寄せて待機した。

背後で、ガラス戸の開く音がした。マンションの平面図では、乾志摩夫の部屋が302号室だから、戸が開いたのは303号室であり、そこには上野という一家がすんでいて、バトル対象者の松代という老婆《ろうば》がいる筈だった。如雨露《じょうろ》を持っておずおずとベランダに出てきたネグリジェ姿の女性は白髪で、鶏《とり》ガラのように痩《や》せこけていた。間仕切りに両腕を乗せて銃身を固定した是方は、照準を彼女にあわせた。撃ち損なうことは万にひとつもない筈だった。

だが、失敗した。老婆が鉢植えに屈《かが》みこんだためだった。銃声に驚いて、老婆は仰向けに倒れた。

自分の失敗に、是方はもうこれ以上我慢できなかった。喚《わめ》き声をあげながら彼は間仕切りを躍り越え、老婆に駈《か》け寄り、大きく振りあげた銃の台尻《だいじり》で彼女の胸を一撃した。九十歳は越えていると思える老婆の、その貧弱な肋骨《ろっこつ》が折れただろうことは確実

上野松代

だったが、彼女はまだ眼を瞬《またた》いていた。是方の頭の中で何かが爆発し、彼は狂気の如《ごと》くぎゃあと喚いて彼女の顔を力まかせに靴で踏んづけた。索漠《さくばく》とした思いを抱いたままで、是方は家に戻った。二階の窓から部屋に入り、調べてみると靴の裏には老婆の折れた歯が突き刺さっていた。

しかしその夜、是方は燃えに燃えた。吉田電器店の主人を殺した晩もそうだったが、自らの老いも重ねあわせて、死の予感と性の欲望の合体したエロティシズムが是方の精神と肉体を満たして燃焼した。ああ。この甘美な生の営みを簡単に終わらせてなるものか。まだまだむさぼり続けるのだ。あっさりと死にはしないぞ。若い真由《まゆ》も是方の情欲に呼応したためふたりはへとへとになり、翌朝は腰もあがらぬ有様となった。

そしてバトル十五日めの夜になった。

「この間は、ゴールデン横丁行きをふいにして、申し訳なかったな」と、宇谷九一郎は、また車で戻ってきている猿谷甚一に言った。「これで今夜、飲んできてくれ」

一万円札十枚ほどを渡され、猿谷は泣いているような顔をして笑った。「こりゃすみませんねえ。毎日ご馳走《ちそう》になっていながら、こんなことまで」

「いいんだ。いいんだ。だけど、あまり派手にやって、町内の評判になるようなことはやめてくれ」

「そんなことはしません。それじゃご隠居、目立つからライフルは置いていきますが、かわりに今夜だけご隠居のワルサーを貸してもらえませんか。護身用ですが、もしバトル対象者の誰かと遭遇したときは、チャンスですから処刑しますので」

「なるほど。だけど、そいつがバトル対象者かどうか、お前さん、わかるのかい」

猿谷は憤然とした。「ご隠居、見損なってもらっちゃ困る。これでももと刑事だ。リストの写真は全員、頭に入ってます」

「そいつは悪かった」

ふたりは互いに自分の武器の扱いかたを教えあい、交換した。午後十時半、猿谷は蔦屋の裏庭から出て徒歩で真南へ道路を行き、宮脇町商店街を横断して、紅灯の巷《ちまた》、細い路地の両側に小さなバーやクラブが立ち並ぶ宮脇ゴールデン横丁に入った。さっそく左側にあるバーのドアを遠慮なしに開けて中を覗《のぞ》き、混雑していたため「らっしゃあい」という女たちの声を聞き流し、入らないでドアを閉め、次の店のドアを開け、ここは空《す》いてはいたものの婆《ばば》あがふたりきりなのでやはり入るのをやめた。そんな調子でやっと五軒め、先だって九一郎が津幡教授と接近遭遇した「狐狸《こくり》」居酒屋の向かいの、「早苗《さなえ》」というやや大きめの店が、他の客がいず若い娘もいてという注文通りの店だったので、陽気な「いらっしゃいませー」の声に迎えられ、彼は入った。

早苗はママの名前で、このママは猿谷好みの美人だった。四人いる若い娘のうちふたりがまあまあといえる美人だったが、何しろ若すぎて猿谷には向かない。それでも接客サービスはそれなりにそつがない。全員に酒を奢《おご》ってやると金持ちと見て豪勢なオードブルを出し、みんなで猿谷を取り囲み、何やかやと質問してくる。

「どこから来られたの」地区内のバトル対象老人ではないと見て、ママがにこやかに訊ねてきた。

久しぶりの芋焼酎《いもじょうちゅう》に眼を細め、猿谷は答える。「なに、すぐそこの鉄敷町《かなしき》だよ」

「あっ。鉄敷町。あたし、この人知ってる」カチコという娘が大声で言った。「バトルで生き残った人でしょ。テレビで見たわ」

全員がうおうと喚声をあげた。

「英雄じゃないの」と、トラネという娘が言った。「ねえねえ。どんな風にして戦ったのか、教えて、教えて」

猿谷はすっかりいい気分になり、自らの戦いぶりを虚構まじえて面白おかしく語った。何度も喋《しゃべ》っているから、語り口は堂にいったものである。

「おじさま、いったい、正体は何者なの」猿谷の戦いぶりに驚嘆した様子のドドミという娘が訊ねる。

「わしはもと刑事だよ」

わあ、とまたしても喚声があがる。

「あの、お名前は」と、興味深げにママが訊ねた。

言っても、何ら差し支えはない筈《はず》だ、そう思い、猿谷は自分の名を教えた。

「うわあ。お猿さんね」メケハという、ややいかれたように見える娘が言う。

「失礼ね。お猿さんにしても、ただのお猿さんじゃありません」と、ママがたしなめる。

「じゃあ、ゴリラ」と、カチコ。

「ますます失礼よ」と、トラネ。

「じゃあ、キング・コングね」と、ドドミ。

「だったら、これからはおじさまをコングさんって呼びましょう」と、メケハ。

コングさん、コングさんと囃《はや》し立てられ、猿谷はすっかりいい気分になり、さらに刑事時代の手柄話で娘たちを感嘆させながら芋焼酎をもう五杯飲んだ。

やがて十一時半となり、まずドドミとメケハが帰っていった。十二時にはトラネが帰って店には猿谷とママとカチコだけになった。そのカチコも十二時半を過ぎると帰っていってしまった。猿谷はすでにママから目配せされていたので、帰らなかった。「もうしばらく、いいでしょう。ふたりでしんみり、飲みましょうよ」ママがそう言って猿谷のソファに並んで座り、同じ焼酎を飲みはじめた。

「いいともいいとも」猿谷はすっかりご機嫌となり、ママの肩を抱いてさらに飲んだ。やがてエロチックな衝動に見舞われたふたりは、どちらからともなく互いのからだのあちこちに触れはじめ、そして最後に、自分の大腿部《だいたいぶ》に座らせたママを相手に快感を迸《ほとばし》らせた猿谷は、五感のすべてをもうすっかり満足させて午前一時半に店を出た。七万八千円という、この界隈《かいわい》にしては法外な金を取られたが、ママのサービス代も含まれているのだろうと猿谷は判断した。

宮脇町商店街まで戻り、一ブロック西へ行くとコンビニがあることを地図で知っていた猿谷は、ソフトドリンクを買おうとして少し歩いた。終夜営業のコンビニのレジには若い男がひとりいるだけだった。客はレジで支払いをしている子供がひとりだけだった。

目当てのソフトドリンクを手にしてレジへ向かった猿谷は、立ちどまった。いや。こいつは子供じゃない。乾志摩夫というやつだ。もとコビトのプロレスラーだった男だ。

乾は猿谷を他地区の者と思ったらしく、なんの警戒もせずに彼の傍を通り、商店街の道路へ出て行った。しかし窓ガラス越しにソフトドリンクをレジに置いている猿谷を見た乾は、猿谷が自分の方をまるで刑事のような鋭い眼で見ていることを知り、泡を食ったように駈け出した。

「すぐ戻る」レジの男にそう言って、猿谷は彼を追い、店から駈け出た。油断のならないやつだと宇谷九一郎から教えられていた猿谷は、このチャンスに彼を片づけてしまうつもりだった。しかしコンビニの角を南へ折れた乾のあとを追い、その道路に走り込んだ猿谷は、無人の道路を見て唖然《あぜん》とした。

「あいつ、どこへ行きやがった」

右はコンビニの壁、その先は雑居ビルの壁面。左は米屋の板塀、その先はタオルを作っている町工場のトタン塀だった。隠れるところは左右どこにもなかった。眼を離したのはたかだか四、五秒のことである。あの短軀《たんく》、あの短い足のよたよた走りで、二十メートル以上彼方《かなた》の道路にまで達することも、ましてその道路を越えて、彼方の地区へ逃げ込める筈もなかった。

狐《きつね》につままれたような表情で帰ってきた猿谷を見て、まだ起きていた九一郎は訊《たず》ねた。「どうした。何かあったのか」

「早苗」でのいきさつは割愛し、猿谷は乾と遭遇してみごとに逃げられたことのみを話した。「不思議なやつでしてね。どこへ隠れやがったのか、さっぱりわからねえ」

以前の公園でのことを思い出し、九一郎も首を傾《かし》げた。それから、何か思いついた様子で顔をあげ、ゆっくり話しはじめた。

「あれを読んだのは、小学生のころだったなあ。江戸川乱歩の『少年探偵団』だったか、『怪人二十面相』だったか。その小説の中で、あんたの場合と同じような、行く手の町角を折れて逃げた二十面相が、追っ手の目の前から忽然《こつぜん》と姿を消すというくだりがあった」

猿谷は眼を丸くして訊ねた。「へへえ。それで、その怪人二十面相はどうやって逃げたんですかい」

「乾の駆け込んだ道路だがね」九一郎は猿谷に顔を近づけた。「その道路に、マンホールはなかったかい」

蓼《たで》俊太郎はそれまで座敷の正面に飾っていた捕鯨砲を、入口ドアの正面にあたる壁《かべ》

際《ぎわ》に移動し、設置した。

「お前さん。どうする気だい」と、妻のよね子が訊ねる。

どうするもこうするもない、見りゃわかるだろうと思うから、俊太郎は相変わらず無言のままだ。バトル開始十六日めにして、初めて彼は行動に出たのである。

栄進丸が廃船になる時、彼は捕鯨砲を台座から取りはずして自宅まで運んできた。バトルが始まるまで、それは一等銛《もり》師としての二十五年の銛打ち生活を記念するため自宅に飾っておくだけだったのだが、ついに人間を撃たなければならぬ日がやってきたのだ。まったくこんなことになろうとは、と俊太郎は思うのである。今の今までためらってきたのはただ、鯨を打った神聖な銛で、人間などという不浄なものを撃っていいものかどうかと悩んできたからである。しかし、いよいよ自分の身と妻の身を守らなければならなくなり、どうせ殺されることになるのではあろうが、せめてこのアパートの自分の住まいを襲ってくる最初の人間にくらいは一矢《いっし》報いたいと思い始めたのだった。

反捕鯨運動が盛んになり、ついに商業捕鯨が禁止

蓼よね子

されてしまった。銛打ち頭の蓼俊太郎は失職した。銛打ち以外に何の技能も持たなかったからだ。しかし、と、俊太郎は思う。銛打ちとしては名人級だった。打てば必ず鯨に命中し、ドンガラはなかった。そんなわしに銛を打つなというのは、死ねというのと同じことだ。世界の潮流がわしに死ねと言うたのだ。そして今度は本当に死ねと言う。そうかそうか。そんなにわしは、この世界にとって余計者なのか。さいわいにも捕鯨船における「鉄砲さん」は一番の高給取りであり、貯金があったから、妻とふたり、こうして都内のアパートを借りて、近くのスーパー・マーケットの警備員などをやりながら、今まで何とか生活してきた。しかし今や年金にも所得税がかけられ、老年者控除もなくなり、個人住民税までかかる時代となった。いかにつつましい生活も許さぬと言うのならしかたがない。死んでやろう。最後に銛を打って、鯨ならぬ人間を殺して死んでやろう。やれやれ。鯨を打ってはいかんというのなら、もっと早くからたくさん人間を撃って殺しておけばよかったのよのう。

蓼俊太郎七十八歳、妻よね子七十一歳。住まいは宮脇《みやわき》町五丁目地区の東南端、「雲雀《ひばり》アパート」の二階の一室だ。反捕鯨運動を呪《のろ》いながら、夫婦で生きてきた。鯨は増え過ぎて小魚が獲《と》れなくなり、公害になりつつあるというではないか。大量の鯨が陸地に乗りあげて死んでいるとも聞く。あれはレミングとは逆のことをして、集団自殺しとるのではないのか。自分たちの社会貢献を自画自賛したいがために余計なお世話で老人の健康に気をくばり、無料奉仕の介護や何やかやで老人を大切にし過ぎて増え過ぎたのと同じだ。「ご老人をいたわりましょう」から一転して、今度は「老害だ老害だ」。だからバトルをやらせて数を減らそうということになった。まったくもう、人間って奴《やつ》は何をやっとるのだ。鯨の害に驚いて捕鯨が再開されたところで、わしはもう齢《とし》だ。どこも雇ってはくれまい。

もう、妻と愚痴を言いあう日常にも飽き飽きした。だから無口になった。妻もそんなわしの気持がわかっているから何も言わなくなった。もうどうでもいい。死んだってかまわないという気持もわしと同じなのだろう。だが今日は、捕鯨砲を手入れしはじめたわしに口をきいた。久しぶりだ。

「そんなもので撃ったって、ひとり殺せるだけじゃないの」と、さらに妻は言う。平頭銛《へいとう》に銛先火薬を詰めこみながら、俊太郎も久しぶりで妻に言う。「何を言うか。縦に並んでりゃ十人は貫ける」

よね子はうつろに笑った。「何を言ってるんだね。前の廊下の幅は二メートルもないんだよ。十人が縦に並べる筈ないじゃないの。あははは」

「たしかにそうだな。あははははは」

夫婦で笑うのも久しぶりだ。

「ねえお前さん。わたしたち、どうせ死ぬんだから、余計な殺生《せっしょう》はやめといた方がいいんじゃないのかい」

「人間どもは、鯨を殺すのでさえ殺生だと言いやがるんだ。だったら人間を殺す方がどれだけましかしれやしねえ」

「変な理屈だけど、確かにそうだね。ねえ。その銛綱は何の役に立つんだい」

「これがないと、銛がアパートの壁ぶち抜いて、どこまで飛んでいくかわかりゃあしねえだろうが」

「ああそうか。たしかにそうだよねえ。あはははは」

「あはははは」

夫婦の生活に長い間絶えていた笑いが戻った。今夜は銛打ち再開を祝って、夫婦で一杯やることになるだろう。

「以上、北海道雅別《みやびべつ》地区の現況でした。一方都内宮脇町五丁目地区では、すでにお伝えしましたメゾン・ロンサール３０３号室の上野松代さんが、惨《むご》たらしい方法で殺害、いや、処刑されて以来これで四日、進展がありません。十七日めですが、まだ生き残っているご老人の数は男性十六名、女性三十名にもなります。このままでは多数の人がＣＪＫによって処刑されるのかと心配されるところですが、あるいは終盤に急速な盛りあがりを見せるのではないかとも期待されています」

「何いい気なこと言ってやがる」猿谷甚一ががぶりと茶を飲んで言った。「以前は喋《しゃべ》りかたに気を配っている様子があったけど、最近はもう、遠慮なしにスポーツ扱いだ」

もう正午に近い時間だったが、九一郎と猿谷は遅い朝食をとっていた。夜間襲われる可能性が高いため、あまり眠らないからどうしても朝食が遅くなる。ほかのバトル対象者の家もみんなそうかな、と、九一郎は思う。

突然、窓のすぐ彼方の道路でけたたましい女たちの喚《わめ》き声がした。

「殺《や》られてたまるかい」

「どうせ死ぬんだから、まず憎たらしいお前を殺してやるんだよ」

「畜生。この」

「やったね。この」

「出てみよう」九一郎は懐中のワルサーを確認して立ちあがった。漁夫の利で、女何人かを処刑できぬものでもない。

「わたしゃ出られないから、二階の窓から覗《のぞ》きます」猿谷も興味津津《しんしん》、片時も離さぬライフルをとり、眼を輝かせて立ちあがる。

庭の木戸から通りへ出ると、主婦らしいふたりの女が片や出刃包丁、片や刺身包丁を握り、切りあっていた。どちらも粗末な身装《みな》りで年齢は七十歳代、当然、バトル対象者なのであろうが、九一郎はリストの写真で確かに彼女たちを見た記憶はあるものの、どこの誰かまではわからなかった。

ふたりは髪を振り乱し、共に着衣を切り裂かれてたくさんのかすり傷を負い、血を流していた。どちらも気の強そうな眼をさらに吊《つ》り上げ、充血させていた。普段から仲の悪いふたりであったのだろう、と九一郎は想像した。近所の若い者三、四人と、若い主婦二、三人、それに中年の出前持ちが眼を丸くし、この修羅場を遠巻きにして見物していた。ふたりの女のどちらかがよろめいて見物の中へ倒れ込みそうになると、彼らはあわてて後じさった。さらに、彼方の宮脇公園の前には津幡共仁が佇《たたず》んで、こちらをじっと観察している姿も見えた。

「この、売女《ばいた》」

「腐れ女」

罵《ののし》りあいながら、そのうち女たちは、振りあげた包丁に振りまわされるように、九一郎の方へよろめきながら近寄ってきた。九一郎はあわてて道路の反対側、銀行の壁ぎわに移動した。女たちはさらに戦い続けたが、罵ることばは同じことの繰り返しである。

「どうせあたしゃ、死ぬんだからね。でも、憎たらしいあんたをまず殺してでなきゃね」

「殺られてたまるかい。この売女」

「黙れ。腐れ女」

互いに血を流してはいるものの、ふたりとも新たに深手を負うようなこともなく、手はただ振りまわしているだけになってきた。疲れてきたのかな、と、九一郎は思った。そう言えば、なんとなく殺気というものが感じられない。おかしいな、と、思ったとき、二階の窓から猿谷が叫んだ。

「ご隠居。気いつけな。それは芝居だ」

やっぱりそうか、と、九一郎が身構えるなり、今まで戦っていたふたりの女が同時に九一郎を振り向き、包丁を振りかざして襲ってきた。九一郎が懐中からワルサーを取り出そうと焦《あせ》るうち、正面に迫った片方の、色の黒い女の背中に猿谷の撃ったライフルの銃弾が命中し、女は白目を吊ってのけぞった。九一郎はもう片方の、がりがりに痩《や》せた女の腹部にワルサーを発射した。女は腹を押さえ、呻《うめ》きながら前のめりに倒れ伏して地面でのたうった。

「九一っちゃあん。危なああい」

菊谷いずみの疳高《かんだか》い声がした。勝負はもう終っているのに何ごとだと思いながら、公園の方から走ってきたいずみの方を向くと、彼女は九一郎にむしゃぶりついてきた。通りの端に倒れたふたりのすぐ横に、何やら巨大なものが落下してきて地面に激突した。大地に衝撃が走って揺れ、ふたりの身体《からだ》は倒れたままで数センチ宙に浮いた。九〇キロはあろうかと思える女の巨体だった。銀行の屋上から落下してきたものであろうと思えた。

「誰だこれは」しばらくは驚きで出なかった声が、やっと出た。

「鈴屋寿司《ずし》のおかみさんの鞠子《まりこ》ちゃん」いずみが倒れたままで九一郎に教える。「それから、これがマツバラの奥さんの慶子さん。あっちで倒れてるのが、阿波徳のかみさんの珠洲代《すずよ》」

腹を撃たれた珠洲代はもう動かなかった。俯《うつぶ》せに倒れたその腹部から、血が通りの中央へと細く流れていた。九一郎といずみは支えあいながらよろよろと立ちあがった。慶子は仰向《あおむ》けに倒れ、唇からちろりと舌を見せ、自分の流した血でひっつめ髪にした白髪を赤く染めていた。鞠子はグリーンがかった国防色のジャンパーを着ていて、その巨体は道路の落下地点にややめり込んで、小山のように丸く盛りあがっていた。

三人の女はそれぞれの夫の復讐《ふくしゅう》を企て、九一郎を襲ったのだった。半ばは本気で切りあうという計略で九一郎を家からおびき出し、包丁で切りつけて少なくとも深手を負わし、とどめは自分も死んで九一郎も殺そうという寿司屋のおかみの飛び降りであった。九一郎は感嘆して、ただ唸《うな》るばかりだった。あの連中、揃《そろ》いも揃ってこんな凄《すご》い女たちを女房にしていたのか。あるいはこれは、夫が殺されて生き甲斐《がい》を見失った妻たちの、死に場所、死にどき、死に甲斐を求めてのことであったのかもしれない。

「この人たち、それなりにあの子たちを愛してたのよねえ」いずみが嘆息して、柄にもなく感傷的に言った。

「危なかったなご隠居」津幡がやってきて、不気味な無表情で言った。「貴公はその女に助けられたが、それは貴公の昔の恋人ででもあるのかね」

「はあ」九一郎は苦笑した。また、いずみに借りができてしまったのだ。「そんなところで」

阿波徳の 珠洲代

津幡に怯《おび》えて、いずみが九一郎にすり寄った。

「先生」と、九一郎は言った。「この女にはひとつ、手出ししないでやって戴《いただ》けませんかな。恩に着ますが」

「何を言うとる。こんな状況で恩に着るも着ないもないもんだ」津幡は唇を歪《ゆが》めた。

「よかろう。そう言うならわしはその女、殺しはせん。しかしどの道、貴公が処分しなきゃならんのだぞ」彼はそう言い捨てて、また公園の方へ歩み去った。

「ありがとう」と、いずみが言った。

「わしこそ、ありがとう。助かったよ」

「助けあって、このままふたりだけが生き残れるのならいいのに」眼を潤《うる》ませ、涙声でいずみは言った。

「それは、言ってもしかたのないことだ」

九一郎は、商店街からこの女たちの家族、即《すなわ》ち息子夫婦や娘夫婦たちが駈《か》けつけないうちにと、くれぐれも現場はそのままにしておくよう言ってから、やじ馬に取り囲まれているいずみを道路に残し、ＣＪＣＫに報告の電話を入れるため、家に戻った。

「ご隠居。お怪我《けが》は」茶の間に戻っていた猿谷が訊《たず》ねる。

「ない。お蔭《かげ》で助かった。あんな物騒な女どもとは、夢にも思わなかったよ」

「とうとうわたしの存在が公《おおや》けになりましたなあ」猿谷は残念そうに言った。「皆にライフルを撃つとこ、見られちまった」

しかたなく九一郎と猿谷は、電話をしてから二時間後、やってきた山際たちを今度はふたりで迎えた。

「なんだ。やっぱり、もうひとりいたのか」若い担当官が、馬鹿《ばか》にしたようなうす笑いで猿谷を見て言った。

「実は、さらにもう一人いたりしてな」猿谷も負けていず、若者の眼を吊りあげさせるような挑発をした。

「いやまあ、ものごとというものは」と、山際が汗を拭《ぬぐ》いながら嬉《うれ》しそうに言う。「さほど気にせずとも徐徐に進展していくものですなあ」

晴天が長く続いたためか、誰もが落ちつかず、苛立《いらだ》っていた。そんな中、吉田電器店では、是方昭吾に殺された夫の貝八郎の葬儀を終えた妻のゆきが、バトル騒ぎを嫌って娘夫婦が店を閉め、親戚《しんせき》の家に逃げたあと、たったひとり二階の窓際《まどぎわ》でずっと座り続け、静かに狂いはじめていた。

バトル十八日めのその日、普段から和服の多いゆきは、長襦袢《ながじゅばん》一枚の姿で商店街の通りにさまよい出た。腰紐《こしひも》一本なのでうす桃色の長襦袢の前はたちまちはだけ、陰部がまる見えになっていた。彼女は笑いながら、また、ぶつぶつと呟《つぶや》くように、「殺せ。さあ殺せ。あたいを殺せ」などと言い続けた。

「お婆《ばあ》ちゃん、さあ、家に帰りましょうね」

見兼ねた魚屋の若い女房がゆきを宥《なだ》めて家に戻らせようとすると、彼女は急に髪を逆立てて怒鳴りはじめた。

「あんたなんか、死んじまえ。便所に落ちて死ね。うんこ食べて死ね。今、何を言うた。殺すのか。あたいを殺すのか」

暴れはじめた。魚屋の女房の首を絞め、彼女を突き飛ばし、髪を振り乱して魚屋に暴れこんだ。屋台をひっくり返してからまた通りへ出て、今度は米屋のガラス戸に体当りしてガラスを割り、通りの真ん中で大の字に寝そべり、涎《よだれ》を垂らしてさらに意味不明のことばを吐き続けた。

午後なので、下校してくる子供たちが彼女を見て遠くから取り巻き、囃《はや》し立てた。

「わあ。気ちがいだ。気ちがいだ」

「うわあ。丸見えだ。あははは」

大人たちもまた、老婆《ろうば》とはいえ、ぼかしのかからぬその陰部を見てにやにやし、げらげら笑った。彼女を知っている商店街の連中だけが、気の毒そうに彼女を見守っていた。

　雨が降りはじめた。傘もささず、ふたりの老婆が走ってきた。

「ゆきちゃん。やめて。やめて」

「ゆきちゃん。しっかりしてえ」

　蕗屋《ふきや》妙子七十三歳、光本喜久絵七十四歳、ふたりは地区の東側に家のある、ゆきの幼な友達だった。ゆき狂乱の知らせを魚屋の若女房から電話で受けて、駈けつけたのである。ふたりはゆきを立たせて家に連れ戻ろうとした。ふたりが誰かわからず、ゆきはまた暴れ出した。老女ふたりでは手に負えず、もはや誰も彼女たちを助けようとはしなかった。妙子と喜久絵は途方に暮れ、顔を見あわせ、どちらからともなく悲壮な顔で頷《うなず》きあった。

　ふたりは魚屋に入った。「包丁、貸してください」

　用途を悟って若女房は激しくかぶりを振った。「あっ。駄目。駄目。駄目。お貸しできないわ」

「お願い。新しいの、買って返すから」

　魚屋がバトルに巻き込まれるのは、最初の日の津幡共仁による越谷婦美子殺害とで二度めである。

雨がいっそう激しくなった。ふたりはそれぞれ出刃包丁を持ち、通りの中ほどを彼方《かなた》の花屋へとよろめいて行くゆきを追った。

「ゆきちゃん。堪忍《かんにん》して」妙子が追いすがりざま、そう叫んでゆきの背中を刺した。

稲光が走った。

「痛あああい」ゆきは狐《きつね》の眼をして向きなおり、妙子を見ながら身をくねらせた。

「ご免ね」喜久絵は前から、ゆきの左乳房の下を刺した。

「わあああ。痛あああい。痛あああい」ゆきは道路に倒れ、苦しげに身もだえた。

妙子と喜久絵は泣きながらゆきのからだに馬乗りになり、一刻も早く意識を失わせ、苦痛をなくしてやろうとし、無我夢中であちこちを突き刺した。

「ご免。ゆきちゃん」

「ゆきちゃん。堪忍して。堪忍して」

雷鳴が轟《とどろ》いた。

血が飛び散り、ふたりの顔に発疹《はっしん》のような赤い点を散らした。老女の力ではなかなか致命傷を与えることができず、ゆきはいつまでものたうち続けた。ふたりの老女は泣きわめき、狂ったようにあちこちを刺し続けた。

突然、まるで雨に打たれて正気に戻ったかのように、ゆきが冷めた眼でふたりを見た。唇を動かした。ふたりにはそれが、彼女たちの名を呼んだかに見えた。

　ゆきが、動かなくなった。妙子と喜久絵は包丁を投げ出し、冷たくなったゆきに取りすがり、その手を握ってわあわあ泣いた。

「可哀想《かわいそう》に。可哀想に。ゆきちゃん」

「可哀想過ぎるようおぉぉぉ。可哀想だよおぉぉぉ」

　雨の降りしきる中、赤いぼろ布のようになったゆきに抱きついて、いつまでも泣き続けるふたりの老女を、この機会に処刑しようとする者はひとりもなかった。

　この惨劇から一夜明けると、また晴天となった。世の中は次第に暑くなりつつあった。

　独居老人ばかりのアパート、昭和荘に住む篠原《ささはら》セツ子七十五歳は、生き残るつもりだったから、地区のバトル展開が遅遅として進まぬのを気に病み、これはやはり自分も、自分の手で殺すことのできる老人はどんどん殺していかねばならないのではないか、そうしないと、自分の

篠原セツ子

手を汚すことを嫌う紳士淑女顔のこの地区の対象者全員が、ＣＪＣＫの処刑を受けることになると考えて怯えた。

一週間前、以前からこの男なら自分でも簡単に殺せるだろうと思っていた、メゾン・ロンサールに住む乾というコビトを、早朝のマンション玄関で待ち伏せし、包丁で切りつけたものの、思いがけない反撃にあって義歯が吹っ飛び、まだ使える歯まで一本折ってしまった。あとで聞けばもとプロレスラーだというではないか。見かけによらぬとはこのことだと思い、これに懲《こ》りてしばらくはおとなしくしていたものの、テレビで聞く進捗《しんちょく》状況に苛立ち、早朝、ふたたび布で巻いた包丁を手にして住まいを出た。

心当りは地区の東にある中村家の、九十歳を越えている老婆であった。何度か見かけているが、常におぼつかぬ足取りでよろめき歩いていた。あれが自分に殺せぬ筈《はず》はないとセツ子は判断したのだった。しかし現在の中村家の主《あるじ》である六十歳代の長男は、母親思いの孝行息子であると聞いている。家にまで踏み込んで殺す気はなかった。あくまであのよろめき歩きで外へ出てくるのを待ち伏せするつもりだった。

蕗屋という隣家の門柱の蔭に身をひそめて二時間ばかり、彼女は辛抱強く待った。恐らくは彼女の身を心配して家族は外出を禁じているのだろうが、あの老女が外出好きであることをセツ子は悟っていた。やがて彼女は中村家の玄関の引き戸が開く音を聞いた。首をのばせば門までの石畳をあのよちよち歩きで歩いてくる老女が見えた。門には戸がなく、襲うのは簡単に思えた。新聞をとって玄関へ引き返そうとする老婆の首に、セツ子は走り寄って包丁を突き立てた。狙《ねら》いはそれて、刃先は老婆の肩に突き立った。

「おえええええええ」

老婆の思いがけない大きな悲鳴に、セツ子はあわてて包丁を抜き取り、道路へ逃げた。

「母さん」

玄関から長男の明仁《あきひと》が出てきた。彼は倒れている母親を見て、さらに逃げて行くセツ子のうしろ姿を見た。

「何をした。待てえっ」

犯人を追って道路へ駈け出たものの、長男は立ちすくんだ。声をかけられて数メートル彼方で立ちどまり、彼の方を振り返って睨《にら》みつけたのはあきらかに鬼女だった。その相貌《そうぼう》の恐ろしさに明仁は顫《ふる》えあがった。

「何か用かい」と、セツ子は低く言った。

バトルの邪魔をしたり、バトルさなかの者を犯罪者扱いすれば罰せられる、ということを明仁は思い出した。そうだ。今はまともな世の中ではなかったのだ。明仁のためらいを見て、何も逃げることはなかったのだということをその鬼女も思い出したようであった。にやにや笑いはじめた女を無視し、明仁はいそいで倒れている母親の傍に戻り、抱き起した。近くで声がした。

「死んだかい」

なんということだ。あの鬼女が戻ってきて門前から覗《のぞ》きこんでいるではないか。もし死んでいなければ、もう一度襲うというのか。明仁はかっとして怒鳴った。「バトルだろうが何だろうが、かまわん。わしの母親を殺そうとするやつは、わしが相手だ。殺してやる」

「邪魔するんだね。バトルの邪魔を」恐ろしげな鬼女の顔が、今度は恨めしげな般若《はんにゃ》の顔になった。「言いつけてやる。この地区の担当さんに言いつけてやるから」

「勝手にしろ」明仁は抱きあげた母親と共に家へ戻った。

あの傷なら、おっつけ死ぬだろう、とセツ子は思い、引きあげることにした。失血で老婆の顔は紙の色になっていたからだ。しかし明仁の母親、中村さくら九十四歳は軽傷だった。ただ、ショックで持病の心臓病が悪化したことは明らかだった。妻の伊佐子と共に母の傷の手当をした明仁は、すぐに受話器をとった。

「あなた。誰に電話するの」伊佐子があわてて訊ねる。

「正田先生だ」明仁は地区外にある正田医院の番号をプッシュした。

「迷惑だわよ。バトル対象者は診察できないのよ」伊佐子は今後のこともあり、かかりつけの正田医師とは諍《いさか》いを起したくなかったのだ。

「おれが説得する。ああ。五丁目の中村ですが」

最初に看護師が出て、正田医院の二代目、若い正田医師に代った。「ああ中村さん。お婆ちゃん、どんな具合ですか」彼は困った声を隠さなかった。

「それが、負傷しまして。いやいや。傷の方はたいしたことはなく、もう出血もとまっているのですが、心臓の方が」

「長いこと往診に行けなくて、申し訳ありませんでした」正田医師は明仁が何も言わぬ先に、早口で言い訳をはじめた。「ご存じでしょうが、バトル対象のかたには往診できないことになっていましてね。お気持はわかるのですが、わたしだって」

「ちょっと聞いてください」明仁は医師のことばを強くさえぎった。「わたしもそれはよく存じています。しかしわたしは、たとえこのバトルで母親が殺されることになっても、最期《さいご》まで面倒は見てやりたい。それは子供として当然のことと思います。目の前で母親が殺されそうになれば、わたしは戦います。たとえ法律違反であろうと、です。もし先生が往診に来てくださらないのであれば、それはわたしの母親を殺す行為であると、わたしは判断します」

「馬鹿言ってもらっちゃ困る」医師の声がはねあがった。「何という認識不足だ。なぜこういう制度ができたか、あんた、まだわからんのですか。最大多数の最大幸福のためじゃないですか。よろしいか。あんたみたいな人は他にもいて、その人たちにもわたしは言ってるんだが、あんたとこみたいによくできたお婆ちゃんがいる家はごく少数なんです。たいていの家では老人の我がまま、濫費《らんぴ》、ヒステリ、病気の介護、惚《ぼ》けに困り抜いている。わたしんとこだってそうなんですよ。父親が死んだあと、今、母親を老人ホームに入れていますが、これが大迷惑。毎日のように金を送れと言ってくる。施設の看護師にひとり十万円ずつやったり、高価な薬を次つぎと買ったり、月に何百万も浪費する。文句を言うと『自分たちの世代が働いて、あんたたちに楽させてやってるんだ。それくらいのお金は相続している筈だ』と言うんですが、そんな、相続した金なんかとっくに使ってしまって、もうありゃあせんのですよ。わたしが怒鳴るとヒステリを起して泣く、喚《わめ》く、そして卒倒して見せる。声が途絶えたかと思うと、看護師の声で『今、お母さまが卒倒なさいましたが、いったい何をおっしゃったのですか』とくる。そしてわたしの診察中は妻に電話してきて厭味《いやみ》を言う、怒鳴る、哀願する。妻もほとほと困り果てて、病気寸前の有様です。しかも聞けば、うちがバトル対象地区になるのは、まだ何年も先だろうということではないですか。たいていの家ではこのように、老人のために自分たちの生活が破壊されている。あんたはそういうこと、まったく考えないのですか」

「先生のおっしゃることはよくわかりましたが」明仁は落ちついて答えた。「わたしに言わせればそれはやはり、先生がお母さんを愛していらっしゃらないからだろうと思いますね。老人ホームに入れられてお母さんは寂しくて、構ってほしくて、それで我がままをおっしゃってあなたに甘えてらっしゃるんじゃないのですか」

「あんたもあの、マスコミから干された何とかいう似非《えせ》ヒューマニストの、女性評論家の同類か」医師は怒り、吼《ほ》えた。「あんたには他人のことを考える気持など毛頭ないんだろう。こっちだって、あんたに構っている暇なんかない」

「待ってくれ。待て」電話を切ろうとする医師に、明仁は怒鳴った。「いいか。これで母親が死んだら、わたしはあんたに復讐《ふくしゅう》する。今日の午後、往診に来てくれなければの話だがね」

「何てこと言ったのよ」受話器を置いた夫に伊佐子は叫んだ。「もう、わたしたちが病気になっても、診てくださらないわよ」

か」

「今は母さんのことが大切だ」明仁は憮然《ぶぜん》として妻を見た。「一緒に戦ってくれない

「いやです。いやよ」伊佐子は叫んだ。「もうこれ以上、お義母《かあ》さんの犠牲になるのはいや」

翌日、明仁は警察に呼び出された。脅迫を受けたと言って、正田医師が届け出たのだった。篠原セツ子からの「バトルの邪魔をされた」というCJCKへの通報もあり、その結果、母親を守るためにバトルを妨害する惧《おそ》れありとして、バトル終了まで彼は留置されることになった。しかし留置された翌日、彼は釈放され、家に帰ってきた。母親のさくらが心房細動による脳卒中で死亡したからであった。以後、正田医師は明仁の復讐を恐れて往診に出歩くこともできず、戦戦恐恐とする毎日となったのである。

中村さくらが死亡する三日前から、医者が診察してくれなくなって死亡する老人が地区内のあちこちで出はじめていた。メゾン・ロンサールで娘夫婦や孫と暮らしていた尾上淳子九十二歳が、医師に診てもらえないため、大量に買い溜《だ》めしていた薬剤の大量投与の結果、再生不良性貧血で死亡。中村さくらの死亡前日には、宮脇公園の東側にある豪田という家の、息子夫婦や孫たちと暮らしていた豪田弘子八十九歳が、慢性気管支炎に肺炎を併発して死亡している。CJCKが調査した結果、このように医

師の診察や治療を必要とする寝たきり老人の数は、地区内でまだ男性二人、女性九人に及んでいて、これらはやや楽観的に、バトル終了を待たずに死亡してくれるであろうと見込まれていた。

バトル二十二日めの夜、宇谷九一郎と猿谷甚一が例によって茶の間で遅いめの夕食をとっていると、正面入口のドア・チャイムが鳴った。猿谷が監視モニターの画像を見た。

「誰だい」

「知らない男ですな。若いやつです」

九一郎が見ると、バトル開始以前に拳銃《けんじゅう》を売りにきて、ワルサー一挺《ちょう》に二百五十万円もふんだくっていった、あのやくざだった。

「たしか白幡《しらはた》とか言ったな。やくざだ」九一郎は大声で問い質《ただ》した。「こんな夜中に、何の用だ」

「へへへへ。あっしです。白幡です。予備の弾のご用はないかと思いましてね」

予備の弾は充分にあったが、聞きたいことがあったので九一郎は彼を入れることにした。店の間のくぐり戸を開けて白幡を土間に入れると、彼は卑屈そうに笑いながら九一郎と猿谷に頭を何度も下げた。

「うっしっし。ご活躍で」

「ライフルの弾はあるか」

猿谷が訊《たず》ねると、彼は一応揃《そろ》っていると答えてスーツケースを開けた。隅に手榴弾《しゆりゆうだん》が入っていたので、九一郎は訊ねた。

「この地区内で、手榴弾を買ったやつはいるのか」

「いっひっひ。います」白幡は汚い歯を見せて笑った。「銃が買えなくても、手榴弾なら買えるという人が何人かいましてね。何しろ一個三十万円ですから」

「それでも法外な値段だ。買ったのは誰と誰だい」

白幡はにやにやしながら、口にチャックを引く素振りをして見せた。「一応、言うなと言われていまして」

「是方昭吾にライフルを売っただろう」

「ばれているんならしかたがないですな。へえ。売ったのはあっしです」

何気ない口調で、九一郎はさらに訊ねた。「その後、銃は売れたかい」

「いっひっひ。お蔭様《かげさま》で拳銃が四挺」

「死の商人だな」

「ご冗談を」

「誰が買ったか、教えてくれないか」

「あっしもやくざの端くれです」白幡は急に真顔になった。「口止めされた以上、仁義は通さなきゃあね」

いつの間にか白幡の背後にまわり込んでいた猿谷が、白幡の首を押さえ、腕をねじりあげた。「何が仁義だ。言わないと腕を折る。いいか」

「ねえ、もとサツの旦那《だんな》」白幡は猿谷の前身を知っていた。「あっしは口が固い。だからこそもとサツの旦那がこの家にいることも、情報通のダチから聞いて知っていたのに、今まで誰にも言わないで黙っていたんですよ。まあいいや、じゃあ、これだけお教えしときましょう。手榴弾を買ったのは七人、それぞれ一個ずつで、この人たちは拳銃を買った四人とは別人です」

九一郎と猿谷はそれ以上彼から聞き出すことをあきらめ、予備の銃弾を少し仕入れた。拳銃の所持者が四人増え、手榴弾一個を持つ者が七人いるとわかっただけでもよしとしなければならなかった。

その夜、寝ずの番は九一郎だったので、彼は応接室でテレビを見ながら起きていた。猿谷の豪快な鼾《いびき》は応接室まで聞こえてきた。各地区のバトル状況は何度も見ていたので、九一郎は退屈して、ついうとうとした。

庭に面したガラス戸を、誰かが指先で軽く叩《たた》く音がしたので、九一郎は振り返った。実家の義兄のところにいるはずの妻が、ベランダに立っていた。

「静絵」

九一郎は立ちあがり、ガラス戸を開けた。相変らず美しい幽霊という風情《ふぜい》の静絵は、寂しげに微笑《ほほえ》んでいた。

「なんで来たんだ」九一郎は彼女を部屋に入れ、ソファに掛けさせて向かいあった。

妻が恥かしそうに言う。「だって、あなたといたいんですもの」

彼女がこの家にいては困る、そう思いながら九一郎は怒気を含めて言った。「危険じゃないか。しかも、こんな夜中に来るなんて無茶だ」

「わたし、死ぬんだったら、あなたと一緒に死にたいわ」彼女は色っぽいうわ目で夫を見た。

九一郎はわざと高笑いをした。「わしは死ぬ気はないよ」

「でも、あんたと一緒に死ぬつもりだったんだよ」妻の声が変った。聞いたこともない濁《だ》み声だった。「でも、あんたは死なないで、あたしだけ死んじゃった。あんたに殺されてね」

妻の顔はいつの間にか九一郎が射殺した阿波徳のかみさんの珠洲代の顔になってい

て、彼女は腹から血を流し、恨めしげに九一郎を睨《にら》んでいた。その横には、マツバラのかみさんの慶子がいて、ライフルで背中を撃たれた時と同じ白目を剝《む》き、唇からちろりと舌を見せ、ひっつめ髪にした白髪を自分の流した血で赤く染めていた。

「あたしたちゃみんな、亭主を愛してたんだよ」

そう言いながら珠洲代が天井を見あげて頷《うなず》いた。

あっ、と思って九一郎が上を見ると、応接室の天井には、下を向いて張りついている鈴屋寿司《ずし》のおかみ、鞠子の巨体があった。グリーンがかった国防色のジャンパーを着てはいたが、九一郎は彼女の顔を見ていないため、その顔には目鼻がなかった。彼女の巨体は九一郎の頭上に、どん、と落下した。

九一郎は世にも情けない悲鳴をあげた。うたた寝をしていた彼は、ソファから床に転げ落ちていた。今にも転げ落ちようとする一瞬前から見はじめた悪夢に違いなかった。

「ご隠居っ」

よほど大きな悲鳴だったらしく、猿谷が驚愕《きようがく》し、眼を真ん丸にして寝ていた茶の間からすっ飛んできた。

「おっかない夢を見ちまった」九一郎はわれ知らずおろおろ声で言った。「こんな怖い夢は初めてだ」

「無理ねえよ」九一郎を助け起し、ソファに掛けさせてやりながら猿谷は溜息《ためいき》とともに言った。「わしだってそうだった。今はこの地区内の全員が悪夢に魘《うな》されているに違いねえんだ。ご隠居だって怖い夢くらい見るだろうさ」

是方昭吾もまた、上野松代の幽霊に脅《おびや》かされていた。あれからまったく処刑に出かける気にならないのは、そのせいだった。なぜか吉田電器店の主人の幽霊は出てこなかった。あの婆《ばあ》さんの殺し方が悪かったせいだ、と、彼は思った。幽霊を見はじめたのは、彼女を殺した次の日からだった。即《すなわ》ちそれは、上野松代というあの老婆《ろうば》が、若い頃は婦人運動の代表も務めた立派な女性であったと聞かされたその日からであった。夜、二階の窓からいささかの改悛《かいしゅん》の念とともにマンションを見あげていた是方は、屋上に立つあの上野松代という老婆の白いネグリジェ姿を見て髪が逆立った。是方の靴に踏まれた彼女の顔は、無残に破壊されていた。気の迷いであることをすぐに悟り、無言で窓を閉めたものの、胸の鼓動は容易におさまらなかった。

次の日の夜は家の中にあらわれた。是方が便所を出ると廊下に佇《たたず》んでいたのだ。さすがの是方も腰を抜かした。もーいけません。そう呟《つぶや》きながら廊下に尻《しり》を据え、何度も頭を下げた。すみません。すみません。あんな殺しかた、する気じゃなかった。胸を銃の台尻で潰《つぶ》したあと、落ちついてライフルに弾を充塡《じゅうてん》して、頭に発射すればよかった。そしたらあんなむごたらしい殺しかたにはならずにすんだのです。

夢の中にはそれこそ何度も、何度も出現した。靴で踏み潰された顔をはっきりと見たわけでもなかったのに、夢の中ではその顔が、彼の靴底に残っていた歯の折れた痕《あと》から、だらだらだらだら流れ続ける血と共に、極めて細部までが恐るべきリアリティを伴って、眼の前に現れた。ぎゃあっ、と叫んで跳ね起きると、彼女は彼の隣に寝ていて、彼と同時に起きあがり、彼に踏み潰されて表情のわからぬ無表情な顔をこちらに向けるのだ。

「どはたま」

無意味な叫びと同時に彼女の顔を殴りつければ、それは彼の声に驚いて起きあがった妻の真由であり、顔が歪《ゆが》むほどの力で殴られた真由は、あの老婆の呪《のろ》いであろうか歯を二本も折ってしまった。

亡霊に脅かされ、驚愕させられる日日に疲れ果て、倦《う》み、ついに是方は開き直った。殺しかたが足りないのだ。もっと殺せば、新たな犠牲者の群れの彼方《かなた》に、過去の亡霊は淡く遠のいていくだろう。その証拠に、吉田貝八郎の亡霊はまったく現れないではないか。さらに多くを殺戮《さつりく》すべきなのだ。だってそうではないか。それこそが国策に沿っているのだから。だってそうではないか。陸自ＯＢである自分としては、お国のために尽すのが本分なのだから。そして今は、老人を数多く処刑することがお国の利益につながるのだ。たとえそれら処刑者の中に自分の死が予定されていたって、それはもと隊員として覚悟の上のことだ。だってそうではないか。海外の危険地域に派遣された隊員のほとんどが覚悟していた筈《はず》のことなのだから。殺戮しなければならない。もっと殺さなければならない。それが陸自ＯＢたる自分に与えられた使命でなくて何であろう。だってそうではないか。おれは本分を見失っていた。だから幽霊に怯《おび》えたりしたのだ。あんなつまらぬ幽霊に。そうとも。つまらぬ幽霊だとも。だってそうではないか。だってそうではないか。だってそうではないか。だってそうではないか。

バトル二十三日目の夜九時、是方昭吾はライフルを持って家を出た。以前はたまに帰宅途次の男女サラリーマンが歩いている時間だったが、バトル以来まったく人通りはない。彼はほとんどの店がシャッターを閉めている宮脇《みやわき》町商店街へ出て西に歩いた。ただ一軒だけ開いているのが明あかと照明を灯《とも》したコンビニである。さすがにここには数人の買物客がいた。ライフルを背負った是方が入っていくとレジの若い男と若い女は顔をしかめ、買物客たちは先を争うようにして店から出て行った。

是方がここへ来たのは、バトル対象者である老人たちが深夜にここを訪れ、買物をしていることを知ったからである。地区外へ出られない彼らがどこかで買物をしているに違いないと考え、自身この店を探訪して知ったのだった。

「話がある」と彼は若者たちに言った。「ここの二階だがね。商店街に面して窓があるだろう。あそこは何だ」

若者たちは顔を見あわせ、やがて男性が是方の顔を見ずに低い声で答えた。「あそこは商品倉庫と更衣室です」

若い女性はものも言わずにレジから出て、店外に立ち去った。

「あの部屋を貸してほしい。窓際《まどぎわ》に座っているだけだから、営業の邪魔はしない」

青年は初めて是方の顔を、まん丸にした眼で見た。「何をするんですか」

「わかってて聞くなよ。深夜、買物にくるバトル対象者を狙撃《そげき》するんだ」

「困ります」若者は泣き出しそうな顔をして言った。「お客さんが来なくなります。それに、ぼくは店長じゃないので」

「バトルには協力してもらわないとな」是方はライフルを背中から取って、わざとらしくひねりまわした。「国民の義務だぜ。邪魔する者は処刑してもいいことになってるんだ。二階を貸せ」

「貸します」

腰をがくがくさせている若者に案内させて二階の商品倉庫に上った是方は、文房具が詰っているダンボール箱を窓際に置き、尻を据えた。カーテンのない磨《す》りガラスの窓を細めに開けてライフルの銃口を外へ突き出し、彼は若者に言った。

「出て行くとき、この部屋の明り、消していってくれ。おれがここにいること、誰にも言うな」

「わか、わかり、わかりました」

暗闇《くらやみ》の中で、商店街の街灯に顔だけを照らされ、是方はそのままの姿勢で一時間待ち、二時間待った。買物客は訪れるものの、リストに記載されている老人はなかなかやってこなかった。

十一時半、片手に財布を持ったひとりの老婆がやってきた。街灯の明りに照らし出された顔には見憶《みおぼ》えがあった。彼女が店に入っている間に是方はポケットから出した写真入りのリストを懐中電灯で照らし、老婆がバトル対象者であることを確認した。昭和荘に住んでいる船村トシという婆さんだった。レジの若者は彼女に何も言わなかったようだった。老婆は買物のビニール袋を提げてゆっくりと出てきた。マツバラ薬局の横の道へ入ろうとしている老婆の後頭部を、是方は撃った。老婆はビニール袋を飛ばし、舞うようにからだを半回転させて商店街の道路の真ん中へ俯《うつぶ》せに倒れた。倒れてからはまったく動かなかったので、是方はほっとした。苦しませず、一発で仕留めたのだと、そう思った。

その十分後、またひとりの老婆がやってきた。だが、彼女は道路の死体を見るなり、どぎゃあまあああまあまああまあと叫びながら周囲をちょっとうろうろした揚句、逃げて行った。あそこに死体が寝ている限り、今夜はもう駄目だと思い、是方は引きあげることにした。

おかしな歌声がかすかに聞こえてくる。あれは何だろう。陰気なのに陽気、心が沈んでいくようで浮き立つような、悲しげで嬉《うれ》しげな、お経のようでもありサンバのようでもある変な曲だ。宇谷九一郎はのろのろと起きあがった。

「何ですかあれは」隣室で寝ていた猿谷甚一が訊《たず》ねた。

「わからん。国道の方からだな。二階から覗《のぞ》いてみよう」

ふたりは二階の子供部屋にあがり、国道に面している窓を開けた。国道の向こうには生命保険会社の巨大なビルがある。この会社は最近倒産した。バトルで死んだ者には保険金がおりないことになり、誰も保険に入ろうとしなくなったためだ。だからシャッターは閉まったままであり、その正面入口のシャッター前の広い車寄せを使って、三人組のバンドが演奏していた。昼飯時であり、近所のサラリーマンや主婦や若者や女子高生が十人ほど聴いている。リズムを奏《かな》でるマシンが一台あり、これにボサ・ノバのリズムをやらせ、ギターを奏でる若者ふたりをバックに、マイクに向って歌っているのは、なんと天徳寺の住職、あの精力漢の羅呑《らどん》ではないか。

「住職」九一郎は驚いた。「あいつ、何をやっとるんだ」

「辻《つじ》説法みたいなもんじゃないんですか」九一郎とは檀家《だんか》同士なので、猿谷も羅呑をよく知っている。

「わしは、ちょっと行ってくる」

九一郎が言うと、猿谷はあくびをしながら頷いた。「わたしはもう少し寝ます」

国道の彼方《かなた》はバトル地区外である。横断歩道を越えてビルの前まで行くと、歌い終えたばかりの羅呑が見物人に、印刷した楽譜を配っていた。

「住職。何をしている」

羅呑は九一郎の顔を見るなり、反っくりかえって破顔した。「いやいやこれはご隠居。お喧《やかま》しうてすみませんな。何。これはバトルでさんざ儲《もう》けさせて貰《もろ》うたお礼にな、こんな歌を作って、死んだ人を悼《いた》ませて貰うておるんじゃよ。わしの作詞作曲じゃ。なかなか評判がよくてな。いずれはＣＤにする。まあ聴いて行きなさい。こんな曲じゃ」

貰った楽譜は「葬《とむら》いのボサ・ノバ」という曲だった。羅呑はまた歌いはじめた。一本調子のぶっきらぼうな羅呑の声に、その曲はよく似合っていた。

〽死に水が　のどに詰まって
ごろごろと　鳴るその音が
涼しげに　耳に響くの
快く　胸に響くの　Hm─　Hm─

殺すたび　死んでいくたび
生き返るたび　また殺すたび
わたしは　愛を感じるの
死者たちに　愛を感じるの

蒼白《あおじろ》い　その死に化粧
むき出した　その白い眼が
なぜかしら　心乱すの
暖かく　胸を満たすの　Hm─　Hm─

葬いのボサ・ノバ　ソニア・ローザに捧ぐ　詞・筒井康隆　曲・山下洋輔

殺すたび　死んでいくたび
生き返るたび　また殺すたび
わたしは　愛を感じるの
死者たちに　愛を感じるの

いつか見た　あの霊柩車《れいきゅうしゃ》
今日も行く　葬いの列
歓《よろこ》びの　あの歌声が
いつまでも　胸に残るの　Hm―　Hm―
殺すたび　死んでいくたび
生き返るたび　また殺すたび
わたしは　愛を感じるの
死者たちに　愛を感じるの

これでは死者を悼んでおるのか馬鹿《ばか》にしておるのかわからんわい。九一郎は呆《あき》れ果てて家に戻ってきた。猿谷はすでに起きていて、テレビのバトル情報を見ていた。

「バトル二十三日目の昨日までに、宮脇町五丁目地区では新たな死者と新たな展開がありました。中村さくらさんの病死に続いて、北王富麻呂《とみまろ》さん九十八歳が、診療を受けられずに老衰死しました。また船村トシさん八十六歳がコンビニ前で、買物帰りにライフルで狙撃され、即死しました。これでこの地区の生き残りは、男性十五人、女性二十二人となりました。バトル関連の次のニュースです。厚生労働省では野党各党及び他方面からの指摘を受けて、今後、地震や洪水などの被災地はバトル対象地区にしない方針であることを明らかにしました。担当官によれば、これは、すでに災害に遇《あ》っている老人たちを殺しあわせるにしのびないという良識によるものであり……」

「おやおや。今さらのように『良識』ですかい」九一郎は大声で言った。「その良識の名のもとにこんな状態になったんじゃなかったのかね。あの、間の抜けた介護制度なんてものは、良識による悲劇の最たるものだったんじゃないのかな」

「同感ですなあ」と猿谷も言った。「まだ歩ける老人に車椅子《くるまいす》を与えて、歩けないようにしてしまう。自分で炊事ができる老人に飯を作ってやって、自分で炊事ができないようにしてしまう。結局は何もできない老人の氾濫《はんらん》だ。一事が万事、ああいう良識こそがこのバトルの遠因ですよ。老後の金を貯《た》め込んで使おうとしない老人からも金を取らなければ景気は回復しない、だから一律に税金や利息を取ろうというのも良識だったんですかね。あははは」

「あははは」

ふたりは虚無的に笑った。

「まだ気がつかねえのかなあ。こういう良識や優しさこそがバトルの裏返しなんだ。そこバトルの対象地区にならないというので被災地へ老人たちがどっと押しかける。そこは結局、最も激しいバトル地区になるんだ。いい加減わかりそうなもんだがね」

「なあに。わかっててやってるんでしょう。野党も人気取り、政府与党も選挙が近いから人気取り。馴《な》れあいで老人をいたぶっておるんです」

わしの武器は団五郎しかない。バトル二十五日目にしてやっと、もと動物園園丁、山添菊松はそう心に決めた。暴力団員が持ってきた武器、拳銃《けんじゅう》や手榴弾《しゅりゅうだん》を買う金はなく、手持ちの武器らしきものは包丁と金槌《かなづち》と金属バットだけであり、そんなものでは町内に何人かいるらしい銃器購入者に太刀打ちできるわけがない。バトルを見越して団五郎を連れ出すことは、バトル開始以前から考えていないわけではなかった。だからこそ動物園へ昔の同僚に会いに行き、隙《すき》を見て象舎の鍵《かぎ》の型取りをしてきた。インド象の癖に結構気が荒い団五郎も、わしには柔順だった。この間行った時もわしのことを憶えていた。ああ可愛《かわい》や象の団五郎。あいつを連れ出し、あいつの背中に乗って戦うしかあるまい。わしがもと園丁だったことを知っている者は町内にはたくさんいるものの、だしぬけに象が出てくればさぞ驚くことだろう。いっひひひひひひひひ。片っ端から踏み殺してやる。

だが、どうやって連れ帰るか、それが問題だった。動物園からここまでは最短距離で約八・五キロ、大通りを通って来なければなるまいが、都心部のことゆえ深夜だって交通量は多いに違いない。深夜の国道を巨象が驀進《ばくしん》していれば、必ずや車の運転手や歩行者に通報されるだろう。地区外へ出たわけだから逮捕され処刑される。そいつはご免だ。しかしまあ一か八か、やってみるしかあるまいな。何しろわしにはそれしか生き延びる方法はないんだからなあ。

山添菊松

翌晩のバトル二十六日目、宮脇カソリック教会の神父・牧野伸学は、深夜の物音に眼醒《めざ》め、パジャマ姿のままで礼拝堂に入った。ステンドガラスの彼方は暗いが、誰が点灯したのか堂内には明りがついていて、祭壇のあたりでは数人の白髪の女がもくもくと動きまわっていた。

「あなたたち、何をしておられますか」何しろバトルのさなかであり、神父とて何をされるかわからない状況なので、彼の声もいささか顫《ふる》えている。

「あら。神父さんが起きてらっしゃったわよ」祭壇の前にしゃがみこんでいた塩田そでが立ちあがり、笑いながら大声で言った。

他の三人も立ちあがる。その顔ぶれを見て神父の顔に安堵《あんど》の表情が浮かんだ。何しろ四人のうち三人は、曾《かつ》て彼に抱かれたことがあり、今も尚《なお》彼を愛し続けている筈《はず》の老婆《ろうば》たちであったからだ。

「おやおや。あなたがたでしたか。皆さんお揃《そろ》いで、こんな夜中にいったい何を」そう言ってから、彼女たちが今まで祭壇前の床でしていた作業をひと眼見るなり、彼の眉《まゆ》は吊《つ》りあがった。「あっ。これはまあ、なんてことを。なんてことを」

四人の老女は祭壇の十字架を床におろし、磔《はりつけ》にされているキリスト像を金槌《かなづち》とバールでもってひっぺがそうとしていたのである。

「あのもうこれはいったい、あなたがたはもはや、何をするつもりですか」

驚きでうろたえている神父に、西川ハルがにやにやしながら粘っこい口調で言う。

「だって神父さま、この十字架に磔になる人は、キリストじゃなくて、他におられますもの。ねえ。そうでしょう」

三人がいっせいに相槌を打つ。「ええ。そうよそうよ」

彼女たちの不穏な態度にいやな予感を覚えて、神父は身を硬直させた。「何を、何をおっしゃっておられるのですかな。磔にするとはいったい、だだだだ誰誰誰誰を」

「あんただよ」相沢泰子は孫から借りてきた水中銃を神父に向けた。「逃げようったって駄目だからね」

神父は両手を激しく目の前で左右に振り、あわただしく口を開け閉めした。「わわわわわわ。そんなものを、そんなものをわたしに向けてはいけない。そんな危険なものをここへ持ち込んではならない」

四人の女はゆっくりと神父を取り囲んだ。

塩田そでが言う。「神父さん。さあ。観念して、服をお脱ぎなさい。このキリストみたいに、全裸になるのよ」

「なんで。なんでわたしが」神父は顫えはじめた。

「わかってるでしょ」西川ハルはにこやかに神父の頰《ほお》を撫《な》でた。「あなたがわたしたちにしたことを考えたら、磔にされてもしかたがないわよねえ」

「わたわた、わたしを磔にするというのか。なんという冒瀆《ぼうとく》。ななんという、神をも恐れぬ仕業」彼の顔は恐怖で歪《ゆが》みはじめた。

相沢泰子が神父のパジャマを脱がせはじめた。「さあ。神父さま。何十年ぶりかであなたの裸を見せていただきますわね」

女たちがげらげら笑いながら寄ってたかって、けんめいに抗《あらが》う神父を裸にした。

「あなたがた、地獄に堕《お》ちる」

「地獄に堕ちるのはあんただよ」

「こんなことは、神が許されない」

「神が許されないようなことをしたのは、あんただろ」

すでに取りはずしていたキリスト像のかわりに、女たちは全裸の神父を寝かせたままの十字架にくくりつけた。

神父は女たちを宥《なだ》めはじめた。「愛《いと》しき人たちよ。わたしは今もあなたがたを愛しているのに。ああ。美しいおそでさん。やさしいやさしいおハルさん。わたしの可愛い泰子さん。そうか。君たちは恨んでいたのだね。君たちを一顧もしなくなったわたしのことを。でも、君たちがそう望むなら、わたしは今からでも君たちを激しく、激しく愛することだってできるのだよ。ああ。いとしのわがマリアたちよ」

「何がマリアだよ」そでが腹を立てて吐き捨てた。「こいつ。マグダラのマリアだと言ってるんだよ。わたしたちのことをさ」憎にくしげにハルが言う。「ふん。おのれをキリストに見立てやがってさ」「くそ。この。いい気なもんだ。あたしたちを売春婦扱いしやがって」泰子が出刃包丁で神父の腹を、薄く十文字に裂いた。

「あっ。何をしましたか」神父は眼球を飛び出させた。

こんもりと盛りあがった神父の太鼓腹からは、黄色い玉蜀黍《とうもろこし》のような脂肪がぶちゅらぶちゅらと出てきて、さらに腹の上へ盛りあがった。今や神父のペニスは完全に縮みあがってしまっている。

「あいかわらず、短小だねえ」女たちがまたげらげら笑う。

「少し大きくしてあげようかね」そでがペニスをしごきはじめた。「また、コケーッて言ってごらん」

無論、勃起《ぼっき》するどころではない。神父は泣きはじめた。

「さあ。わたしの番だ」琴田えり子が鋭利な刺身包丁を手にして進み出た。

「わ。あなたは何ですか」

「琴田奈帆の母親だよ。憶《おぼ》えているかい。あんたに純潔を奪われたあの娘。今夜はその仇《かたき》を取ってやるのさ。あんたのペニスを切り取って、娘への土産にする」

神父は絶叫した。「やめてください。あの娘さんはわたしの祝福を受けたので。そうです。祝福です。愛の雫《しずく》による祝福。ああっ。助けてください。そんなことをしてはいけない。そんなことをしてはいけないよ。そんなことをしたらわたしは死ぬ。命が死にます。かけがえのないわたしの命が死ぬ」

えり子はぐいと神父のペニスを握り、つけ根に刃先を当てた。「ぐにゃぐにゃで、切りにくいよ」

「いっそのこと、そのタマタマの入った袋ごと切ったらどうだね」と、ハルが入れ知恵した。

「そうしようかね」えり子は陰嚢《いんのう》を摑《つか》みあげて、つけ根に刃先を当てる。

「ああああああ。わたしの息子。愛しいわたしの息子が。わたしの聖なる肉体から、わが息子が切り離される。そんなまあ、そんなことがあっていいものか。おやまあ。おやまあ。これは悪夢か。ああああああ。鶴亀鶴亀《つるかめつるかめ》。神も仏もないものか」

「神も仏もだってさ」また女たちが大笑いする。

えいという掛け声とともに、えり子は神父の生殖器を切断した。

「かんくらいってんいてててててて」神父は礼拝堂の高い天井いっぱいに喚《わめ》き声を

響き渡らせた。「いててててて。いててててて。痛い痛い痛い。痛いよう。痛いよう」

琴田えり子は神父の肉体の不浄な一部を、大事そうに油紙に包んだ。

「さあ。祭壇へあげてやりましょう」四人の女は、重いねえなどと文句を言いながら、泣き叫ぶ神父を磔にした十字架を担《かつ》ぎあげて、祭壇中央のもとの場所に立てた。

まだ泣き叫び続ける神父を、四人の女はしばらく呆れ顔で眺めていた。

「それほどこの世に未練があったとはねえ」そでは気の毒そうに言った。

「ふん。ぎゃあぎゃあ喚いて、よく飽きないもんだ」ハルは憎らしげににらみ続ける。

「でも、そろそろとどめを刺してやりましょうよ」泰子はふたたび水中銃を取りあげ、神父に狙《ねら》いを定めた。射程距離が五メートルと短いので、祭壇の下からだと腕を一杯に伸ばさなければならない。「アーメン」

「アーメン」三人が唱和する。

泰子が引き金を引くと、シャフトは糸を引いて飛び、銛《もり》先は神父の柔らかな下腹部を貫いて十字架に突き刺さった。その途端、神父は天を仰ぎ、寒鴉《かんがらす》のような声で最期《さいご》の叫びを叫んだ。

「エリ、エリ、レーマ、サバクタニ（神よ何ゆえに我を見捨て給《たも》うや）」

「終結まであと四日に迫ったバトル二十六日目の昨晩、展開の遅かった宮脇町五丁目地区では、なんとカソリック神父の牧野伸学さんが処刑されました。その殺害方法たるや何とも言いようのないものであり」アナウンサーは興奮していた。「いや。実は神父さんの処刑に相応《ふさわ》しい殺害方法であったとも言えるのでありますが、神父は十字架に磔にされて、しかしその磔にされた姿というものは、とてもとても映像ではお見せできないものでありまして、その」

「あんた、嬉《うれ》しそうだね」九十一歳になる姑《しゅうとめ》の常盤操《ときわみさお》が、茶漬けをすすり込みながら、テレビを見ている嫁の安菜《あんな》に言った。

嫁といってももう六十四歳である。彼女は驚いて茶碗《ちゃわん》を置き、姑をまじまじと見つめて言った。「どうしてお義母《かあ》さん、そんな」

「いいえ。嬉しそうだ」操は奥に引っこんだもぐらもちのような眼で嫁を見返した。「もうすぐわたしが殺されるからだろ」

常盤家では操の長男で所帯主の東平が、早くから勤め先の大学に出かけていて、孫たち

常盤 操

も結婚して独立しているので、朝食はいつも操と安菜の二人だけである。

しばらく黙っていた安菜は、いつものことなので大袈裟《おおげさ》に言い返すことはせず、溜息《ためいき》をついてかぶりを振った。「そんなこと、ありませんってば」

「あんた、最近、優しくなったよ」小さな丸い眼で操は嫁を見つめ続ける。

「あら、そうですか」

「そうだよ。今までみたいに、ぎゃあぎゃあ言い返さないもんね。わたしが何を言っても黙ってる。どうせもうすぐ殺されるからだと思ってるんだろ。それとも東平から言われてるのかい。どうせもうすぐ死ぬんだから、何言われても黙ってろって」

「そんなこと、ありませんよ。東平さんは何も言いません」

「それに、何やかやと気を遣ってくれるようになってさ」姑はふんと鼻で笑った。「それでわたしが嬉しがるとでも思ってるのかい。もうすぐ殺されるという時になってから、いくらちやほやされたって、ちっとも嬉しくないんだよ、わたしは」突然、姑の形相が変化し、彼女は嫁を睨《にら》みつけた。「あと少しの辛抱だと思ってるんだろ。いいやそうだよ。そうに違いないよ。そうでなかったら、これだけ言われてあんたが黙ってる筈ないもんね。今までさんざわたしをないがしろにしといてさ、突然親切にされたって、誰が信用するもんか。いい気味だと思ってるんだろ。今までさんざいびられてきたんだから、殺されるのはあたり前と思ってるんだ。これから楽ができると思ってるんだ」操は絶叫した。「楽なんか、させてやるもんかい。遺言状書き換えて、遺産なんかろくに残らないようにしてやるんだからね。明日、高松さんに来てもらうんだからね」

高松というのは、死んだ夫の友人だった行政書士である。

「あの。お義母さん。それはあの」安菜はようやく慌《あわ》てはじめた。「できないんじゃありませんの」

「ああ知ってるよ。遺留分とか言うやつだろう。ははははは。それは二分の一しか貰《もら》えないんだよ。あとの二分の一は俳句の同人誌に寄付しちまうからね。たった二分の一じゃ、東平の借金を返せばあとにゃいくらも残らない。はははははは。いい気味だ」

操は憎にくしげに笑い続ける。

その夜、常盤安菜は夫の東平がいつも晩酌で飲む焼酎《しょうちゅう》に、睡眠薬を混入した。東平がぐっすり眠ったあと、姑の寝息をうかがい、午後九時にそっと家を出た。

やっぱり今夜も駄目か。あと三日しかないというのに。コンビニの二階で道路を狙いながら、是方昭吾は溜息をついた。最初の日に船村トシを射殺して以来、バトル対象の老人はひとりもあらわれなかった。どうやらおれがここで狙っていることを、町内の皆が知っているようだ。あの逃げていった老婆《ろうば》が言い触らしたに違いない。対象外の初老の男女まで、警戒してか買物に来ない。皆、どうしているんだろう。若い連中に買物を頼んでいるのだろうか。

常盤安菜

背後でドアの開く音がした。是方は咄嗟《とっさ》にライフルを窓の隙間《すきま》から抜き、素早く向き直って構えた。入って来たのは、さっき北からの道路をやってきたバトル対象外の初老の女だった。部屋が真っ暗なので、どんな女かはわからなかった。彼女はライフルの銃口に怯《おび》えて、ひいというかすかな悲鳴をあげた。

「誰だ」

「撃たないで。撃たないでください。わたしは、あの、わたしはご近所の、常盤です。常盤安菜と申します。まだ六十四歳ですから、あの、バトルの対象ではありません」

「そこにスイッチがあるから、電気を点《つ》けなさい」

照明の下で見ると、安菜は六十四歳よりも若く見えた。遠目だとそれほど若くは見えなかったのだ。

「常盤さんって言うと、黒崎しのぶの屋敷の東側の家だな。お宅にはバトル対象のお婆《ばあ》さんがいたな」

安莱は大きく頷《うなず》いた。「そうです。わたしの姑です。あなたがここでご老人を狙ってらっしゃることを聞いて、やってきました。実はある事情で、今夜、あの姑を処刑していただきたいのです」

是方はにやりと笑った。「どんな事情かはわたしの知ったことではない。邪魔が入らないで処刑できるのなら、こちらにはありがたい話です。あなたには、実はこちらからもお願いがあるんだが、それはあとのことにしましょう。では、案内してください」

是方と一緒のところを通行人に見られないかとおどおどしながら、安莱は是方を自宅に連れて戻った。土足のままでいいからと是方に眼で合図をし、安莱が静かに姑の部屋の襖《ふすま》を開けると、操は布団《ふとん》の上に起きあがり、闇《やみ》の中に眼を光らせて正座していた。

「そうかい。どこへ行くのかと思ってたら、やっぱりそういう人をつれてきたのかい」

顫《ふる》えあがり、部屋の隅で立ちすくんでいる安莱に構わず、是方はライフルの銃口を操に向けた。

「呪《のろ》ってやる」操はこの世のものとも思えぬ目つきをして、嫁に叫んだ。「化けて出てやるからね。きっと化けて」

至近距離で是方はライフルを発射した。銃弾は操の胸の上部を貫通した。操はまるで狐《きつね》が化けようとしているかのように、ぴょんと躍りあがって背後へ回転した。

「ご苦労様でございました」動かなくなった姑をしばらく見ていた安菜は、ほっと吐息をついて頭を下げた。

「じゃあな」是方は早早に引きあげた。

玄関から出た時背後で、今起きてきたらしい、嫁の夫と思える男の声がした。「どうした。誰が来て撃ったんだ」

「今、あの、ライフルを持った男の人が、突然やってきて」

あの婆さんは、おれに化けて出ることはあるまい。わが家への道を辿《たど》りながら、是方はそう思った。嫁の方へ化けて出るのだ。

バトル終了までいよいよあと三日に迫ったその日、朝から宇谷九一郎の家へはCJCK担当官の山際から電話がかかり、あと三日だがどうなっているのだ、たいていの地区はすでに最終大バトルが始まっているのに、そちらはまったく捗《はかど》っておらんではないか、こんな地区も珍しいが、何か曰《いわ》くでもあるのかとやいのやいの督促があった。九一郎がうんざりして電話を切り、そろそろ自分から制裁にまわらねばならんかと考えはじめた時、バトル地区内の柏原《かしわばら》という家から電話がかかってきた。

「ご隠居さんですね。わたしは長男の義国です」

長男といっても、もういい歳《とし》であることを九一郎は知っている。「やあ。あんたか。どうしました」

「実は鈍《どん》なこって、町内の皆さんにえろうご迷惑かけることになってしまいました。うちの耄碌爺《もうろくじじ》いが、いなくなりました」

「えっ」九一郎は固着した。「あの、寛丸《かんまる》さんがですか」寛丸《かんまる》は以前から徘徊癖《はいかい》のあった惚《ぼ》け老人である。「ちゃんと見張っといて貰わにゃあ困ります。あと三日しかないんですぜ。もし見つからなきゃ、われわれ全員処刑されてしまう」

「すみません。すみません。皆さんにご迷惑をかけると大変だから、ずっと注意しておったのですが、ちょっと眼を離した隙に」

「で、どこへ行ったか、まったくわからんのですか」

「さあそれが、今までいなくなるたびにあちこち探して、それでまあ、発見した場所が全部違うので」

最悪だ。九一郎は唸《うな》った。「いちばん遠くへ行ったのは」

「駅から電車に乗って、長野県の青沼というところまで行っておりまして、その時は発見までに七日かかりました」

「ぐぬ」九一郎はまた唸った。「いなくなったのはいつですか」

「いないことに気がついたのは五分前です。一時間前までは確かに自分の部屋で寝ていたんですが」

ではまだ、さほど遠くへ行ってはいまい。九一郎はそう考えた。「いっとき休戦、ということにして、皆で探さねばなりませんな。わたしはＣＪＣＫの担当官に、地区外へ出る断りの電話を入れるので、あなたはバトル対象者のリストを見て、片っ端から招集してください」

「すみませんなあ。わたしも一緒に探しますが。それで皆さんには、どこへ集って貰いますか」

「宮脇公園がいいでしょう。わたしもすぐ行きます」九一郎はいったん受話器を置き、横で眼を丸くして聞いている猿谷甚一には何も言わず、すぐさま教えられていた山際の携帯電話にかけた。

山際に事情を話し、柏原寛丸を探すために地区外へ出たいと言うと、自分の生命にかかわることのない彼はのんびりと言った。「そういうことでしたら、上司に許可を得ている時間も惜しいわけだから、わたしの判断で、特例として地区外へ出られることを許可します。ただし、探す時は何人かが一緒に、相互監視をする形で行動してくださいね。逃亡を阻止するためです。もし逃亡者が出たら、バトル終了後には、逃亡者はもちろんのこと、全員が処刑されることになりますよ」

「わかっております。で、寛丸を発見して、連れ帰るのが困難な場合、ただちに処刑してもいいですか」

「地区外での処刑ということになるが、わたしの一存でそれも許可しましょう」

九一郎は慌ただしく電話を切り、ワルサーを身につけながら猿谷に事情を説明した。

「わたしも行きましょう」と、彼は言った。

九一郎は羽織を引っかけた。「ああ。来てくれ。どうせあんたの存在はもう、皆が知っている」

店に戸締まりをして猿谷と共に宮脇公園へ行くと、柏原義国が先に来ていて、携帯電話であちこちに招集をかけ続けていた。やがて三三五五、老人たちがやってきた。今まで本篇に登場した人物の中からは、ライフルを持った是方昭吾、九一郎の昔なじみの菊谷いずみ、神父を殺した四人組の塩田そで、西川ハル、相沢泰子、琴田えり子、もと捕鯨船の銛打《もりう》ち蓼《たで》俊太郎とその妻よね子、電器店の未亡人を雨中で泣く泣く惨殺《ざんさつ》した蕗屋《ふきや》妙子と光本喜久絵、中村家の老母を玄関先で刺した篠原セツ子、もと動物園の園丁・山添菊松などが加わっていた。バトル対象者以外にも、姑を是方に殺してもらったばかりの常盤安菜も、何かの義理を感じてか参加していた。他にも足腰の立つ元気な老人が加わっていて、男性が六人、女性が五人だった。大学教授だった津幡共仁と彼の家にいる志多梅子、黒崎邸の執事の江田島松二郎は来なかった。もとコビトのプロレスラー乾志摩夫も来なかった。柏原義国によれば、自宅にもいないし携帯電話にも出ないが、夜間あちこちで彼を見かけたという報告が多いところから、逃亡したのではなく、地区内のどこかに潜んでいることは確かだろうということであった。九一郎は新たに拳銃《けんじゅう》を購入して所持している四人が誰だれなのかを探ろうとしたが、わからぬように装着しているのか持ってきてはいないのか、ひとりも特定することはできなかった。

二十七人を、九一郎は五組に分け、それぞれJR宮脇駅方面、柳楽《やぎら》川方面、宮脇町一丁目の天徳寺方面、寛丸が昔住んでいた富田坂三丁目方面、寛丸の通学していた富田坂小学校方面に向かうよう配した。いずれも今まで彷徨《ほうこう》していた寛丸が発見された場所である。九一郎自身は猿谷や菊谷いずみ、蕗屋妙子、光本喜久絵と共に、柳楽川へ向かうことにした。柳楽川はいちばん遠いので、蔦屋《つたや》のガレージに入れてあった猿谷の車で行くことになった。

午前十一時を少し過ぎたころ、二十七人全員がそれぞれの方面へ出発した。

猿谷が運転する車の助手席で、九一郎はこう考えた。バトルとは互いに殺しあうことである。然《しか》るに惚けた老人というのは、相手を殺す意志を持たない。それどころか殺しあいのさなかにいるという認識もない。処刑される理由もわからない人間を処刑せよというのは無理である。処刑ではなく、ただ殺すことになるからだ。なるほど確かに、惚けた老人は殺さなくてもよいという条例を加えれば、九一郎の嫌う逆差別になってしまうから、基本的人権を保持している一般の老人と同列に加えることは正しいのであろう。しかし老人に関しては今や、その基本的人権たる生きる権利さえ剝奪《はくだつ》されようとしているのだ。惚け老人に人権がないとすれば、これは罪のない犬や猫を殺すのと同様の残虐《ざんぎやく》行為になってしまう。なぜ殺されるのか知っている人間を殺すならともかく、犬や猫を殺すのはいやだった。寛丸を殺すのはいやだなあと、九一郎は切実にそう思った。どうか、よその組が発見して処刑してくれますように。九一郎はそう祈りたい心境だった。快楽的な殺戮者《さつりくしゃ》たる猿谷甚一がどう思っているかは知らないが、後部座席に無言でうっそりと座っている三人の女性は、自分に近い気持でいるに違いないと九一郎には思えた。

「柳楽橋です」と猿谷が言った。「何だか、人だかりがしていますぜ」

幅の広い橋の中央部あたりで、欄干に沿った歩道に数人の男女が集り、橋の下を見おろしていた。車道には一台のダンプカーも停《と》まっていた。

車を停めて全員が降り、欄干に近づいて見おろすと、浅い川の流れの中にひとりの老人が倒れていた。割れた頭から溢《あふ》れ出た血が、川の水とともに流れていた。死んでいることは明らかだった。

「寛丸さんよ」と菊谷いずみが言った。「パジャマに見憶《みおぼ》えがあるわ」

「このダンプが猛烈な勢いで驀走《ばくそう》してきたので、このお爺《じい》ちゃん、びっくりしてのけぞった途端に、欄干を越えて落ちたの」主婦らしい、目撃者の若い女性がそう言った。

「こっちも吃驚《びっくり》した」ダンプの運転手が蒼《あお》い顔をして言った。「おれ、何かの罪になるのかなあ」

「大丈夫だろう。この老人はバトル対象者だった。しかも、自分で落ちて死んだんだ」九一郎はほっとして、そう言った。「やあれやれ。お蔭《かげ》でこっちは一件落着だ」

猿谷の携帯電話を借り、九一郎が山際に報告したあと、猿谷は他の四組に連絡し、寛丸の死体発見を全員に伝えた。

是方昭吾はこの電話を、富田坂小学校の校庭で受けた。同行していたのは神父を殺した女性の四人組と、常盤安菜だった。午後の授業が始まっていて、校庭には他に誰もいなかった。

「あんたがたに話がある」一件落着を伝えてから、是方は彼女たちに言った。「相談に乗ってくれますか」

何ごとかという顔つきで、五人の女が頷いた。是方は彼女たちをプール際《ぎわ》まで誘導してベンチに掛けさせ、話しはじめた。

「明日の晩、黒崎邸を焼打ちしたい」まず単刀直入にそう言うと、女たちは驚愕《きょうがく》した。

「実は、あそこには機関銃がある。自分は一度あの邸《やしき》を襲ったが、危うく殺されかけた」

「じゃあ、やっぱりあの音は機関銃だったのね」黒崎邸の向かいに住む塩田そでが大声で言った。「わたしも聞いたわ」

是方は話し続けた。「このままではあの邸に住むふたり、女優の黒崎しのぶと執事の江田島松二郎がバトルに生き残る可能性が大になる。江田島は女優に入れあげているから、彼女を殺さないということも考えられる。そうなると二人とも処刑されるわけで、このバトルで生き残る者はひとりもいなくなる。どちらにせよ、あの二人はどうあっても殺さねばならない。ここはひとつ、皆で協力して、われわれのうちの誰かが生き残る方策を立てたい。どうだろう。協力願えまいか」

常盤安菜がおずおずと訊《たず》ねた。「あのう、わたしはどんなご協力を」

「あなたの家は黒崎邸の隣にある。庭から塀を越えれば黒崎邸の庭だ。あなたの家の庭を、塀を越えて忍び込むためと、焼打ちの準備とに使わせてもらいたいのだ」

また亭主に睡眠薬を飲ませなきゃあ、と、安菜は思った。

是方はふたたび全員に言う。「松明《たいまつ》と、松明に火をつけるためのドラム缶は、自分が常盤家の庭に用意しておく。女性四人が松明に火をつけ、邸のあちこちからいっせいに侵入して、庭の木や建物に放火する。それぞれの侵入経路は、自分が確保しておこう。機関銃はおそらく一挺《ちょう》しかないし、撃つのは江田島松二郎ひとりだ。誰かは殺されるかもしれんが、その間に屋敷は火に包まれるだろう。ふたりが慌《あわ》てている隙《すき》に、自分はライフルを持って侵入し、ふたりを射殺する」彼は女たちの顔を見まわした。「どうだろうね。この中の誰かが生き残る確率を少しでも高めるためなんだが」

「どうせ、生き残れそうなのは是方さんだけよね」笑いながら塩田そでは言った。「それでも、やっぱりわたしたち、少ない可能性に賭《か》けて生き残ろうとするだろうし、何かするとすれば、あなたについて行動するしかないわよね」

「わたしもやるわ」と、西川ハルが言い、相沢泰子と琴田えり子も頷《うなず》きながら「やるわ」「やります」と言った。むろんのこと、「いやだ」と言って、地区に戻るなり是方に射殺されたくなかったからでもある。

「では、明日の晩十一時、常盤さんちに集ってくれ」是方はにやりと笑って言った。「おそらく焼打ちをきっかけにして、五丁目は発狂するぜ」

「新聞をお持ちしました」

ダイニング・ルームに入って来た志多梅子が、朝食をとっている津幡共仁におどおどと言った。

一カ月も同じ家に暮していながら、津幡に対する恐怖心はまったく薄れることがない。髪は逆立ったままであり、眼は吊《つ》りあがったままだ。彼の眉毛《まゆげ》が跳ねあがるたびに彼女の心臓も跳ねあがり、彼が苛立《いらだ》って腰の拳銃にひくひくと手を伸ばすたび、彼女は失禁しそうになり、腰を抜かしそうになる。

今もまた、津幡はにやりと笑って恐怖の乱杭歯《らんぐいば》を見せ、傍にやってきた梅子の首を絞めようとするような素振りをした。それだけで梅子はどんと床に尻《しり》を落し、恨めしげに津幡を見あげる。その泣き出しそうに歪《ゆが》んだ醜い表情が、津幡にとってはたまらなく蠱惑《こわく》的なのである。津幡は機嫌よく、よしよしと宥《なだ》めるように梅子の肩を叩《たた》いてから、コーヒーカップを置いて新聞を拡《ひろ》げた。第一面の下の方には、こんな見出しがあった。

「身体障害者はバトル免除」

記事の中身は、あらゆる身体障害者をバトル対象から外し、身障者のための養護老人ホームをバトル対象地区から除外することが決定されたというものであり、その中には侏儒《こびと》、傴僂《せむし》なども含まれていた。

「おやおや。またしても反優生学的な方向へと、時計の針が逆戻りか」津幡は苦い顔をしてまたコーヒーカップをとり、がぶりとひと口飲んで、いつものように記事内容への論評を始める。「これでは何のためのシルバー・バトルかわからんではないか。本来弱者と規定されている老人を全部殺そうとしておきながら、自分たちの作った法律のあまりの残酷さに気がついて驚き、罪滅ぼしのために、その中のさらなる弱者だけを救おうとする。この次はなし崩しに惚《ぼ》け老人まで救おうとするに違いない。一方では老人から金を吐き出させ、一方ではその償いに余計な介護サービスをした報いが、そうした腰の据わらぬあやふやさこそが、今日のこの事態を招いたということにまだ気がつかぬか。馬馬馬馬馬鹿《ばか》者どもめが」

がーん、と津幡が力まかせにテーブルを叩けば、彼が怒り出すことをほぼ予想していた志多梅子は、あわてて彼のズボンのボタンをはずし、赤黒い陽物をまろび出させる。怒りが自分に向かわぬうち、彼を宥めようとするのである。彼女は自分の口から義歯をはずして、早くも猛《たけ》り立っている津幡の逸物《いちもつ》への吸茎を施しはじめる。

うっとりと眼を細めていた津幡は、ふと顔をあげた。「待てよ。あのコビトの乾志摩夫という男、このことを知っておるのかな。地区内のどこかに潜んでおるらしいが、このニュースの届かぬ場所にいるとすれば、今日も含めてあと二日だ、知らずに他の老人の処刑に走って、思いがけず犯罪者になってしまうことも有り得る。いやそもそも、このニュースを知らぬ老人から処刑されてしまうことも考えられるぞ。そうなるといささか哀れじゃのう。ほっほっほっほっほっほ」

その乾志摩夫は、桐田《きりた》康次郎八十八歳が、いつものように朝風呂《あさぶろ》に入ろうとする時刻、すでに桐田家の台所に侵入して隙を窺《うかが》っていた。彼は桐田が拳銃を購入したことを知っていた。桐田はバトルに備えて、家族を他の地区の親戚《しんせき》へ移らせたあと、六日前にやくざの白幡から拳銃を買った。そして四日前の夜、慣れぬ手つきで拳銃をいじりまわしている時に、暴発させてしまったのである。誰かから銃器を盗もうと腐心していた乾志摩夫は、その音をすぐ前の道路の下水道の中で聞いた。以後、桐田家を四六時中見張っていて、康次郎が風呂にまでは拳銃を持ち込まぬことを確認し、その朝の家宅侵入に及んだのだった。地下潜伏以来、彼は新聞を読まず、自らが助かる筈《はず》のニュースを知らなかった。

康次郎は朝風呂に入り、自慢のバリトンの大声で「いい日旅立ち」を歌っていた。拳銃を持っていない間は、無防備な裸で入浴していることが外に知れると、油断していると思われ、襲われる恐れがあった。しかし武器を手にした今、生き残る可能性が生れた安心感から、また以前のように歌を歌いはじめたのだ。さすがに風呂の中にまで拳銃は持って入れないので、脱衣場の乱れ籠《かご》の中、パジャマの上にぽんと置いていた。「いい日旅立ち」は何も、今日か明日に死ぬことを予感してのことではなく、もともと好きな歌だったのである。

脱衣場との境のガラス戸に、何やら動くものの影を認め、康次郎はあわてて風呂から飛び出した。戸を開けると、大枚をはたいて購入した大事な拳銃が今しも乾志摩夫によって持ち去られようとしていた。乾が手にしている拳銃に、康次郎は飛びついた。

「それ、取られては」

乾はすぐさま拳銃を発射した。銃弾は大口を開けた康次郎の口中を貫いた。康次郎は乾に抱きついたまま、口を大きくあけたまま、しばらく大きく見開いた眼で乾を見つめていた。

「ご免ね」と、乾は心から済まなさそうに言った。「もう、『いい日旅立ち』、歌えないね」

風が吹き、道路に散らばる紙屑《かみくず》を吹き飛ばしていく。誰も掃除する者がいないままに、道路ぎわには煙草《たばこ》の空箱や缶やペットボトルが転がり、側溝《そっこう》には木の葉や塵紙《ちりがみ》などが堆積《たいせき》している。宮脇《みやわき》町五丁目地区は、バトル開始後一カ月足らずのうちに、荒廃した雰囲気に包まれてしまっていた。バトル対象者以外の住民の大半が地区外へ避難し、屋外へ出る者がほとんどいなくなり、ほとんどの商店は店を閉ざし、五丁目は今やゴースト・タウンの如《ごと》き趣きを呈していた。

誰もが自分の死という、すぐに現実となる悪夢に怯《おび》え、眠れず、苛立ちをつのらせ、死後の世界への不安と、不条理への怒りに満ちていた。睡眠不足になり、ある者は惚けて現実から逃避し、ある者は死を考えることに疲れ切って、ふらふらになっていた。

宮脇町商店街の西のはずれ、カソリック教会の向かい側にある創業八〇年の松前屋は、昆布の老舗《しにせ》だった。当主の三矢掃部《かもん》は二代目で八十歳、妻の喜代は七十二歳である。彼らは自分たちの息子二人と娘四人、孫九人と曾孫《ひまご》七人を身のまわりに集結させていた。独立して他地区で店を持っている息子や、他家へ嫁いだ娘を孫や曾孫ごと、すべて呼び寄せたのである。バトル開始直後から来ていた者もいたが、バトル終結まで二日となった今朝がた、ついにその全員が家に揃《そろ》った。無論、掃部が自分と妻の身を危害から守る楯《たて》とするため、幼児を含む大勢の子供を家に置き、店を閉め、自分たちは奥の間に潜んで難を逃れるつもりなのである。家の中は座敷といわず店の間といわず調理場といわず、大小の人間でごった返していた。

今、奥の間と大広間の境の敷居に立ち、上等の結城紬《ゆうきつむぎ》を着た掃部が、大声で子供たちに訴え続けている。横にはやはり和服姿の喜代が憮然《ぶぜん》として立っていた。

「がちがちがちがちがちがちがち。わしは死ぬのが怖いのじゃあっ。わしを守ってくれえっ。みんな、逃げてはならんぞ。子供も孫も曾孫も、ひとりたりとも逃げてはならんぞ。ここにいてくれ。この奥の間を守って、大広間と店の間と土間にいてくれえっ。

三矢掃部

わしが死んだらこの間百八十万円で誂《あつら》えたばかりのわしの入れ歯が無駄になってしまうのじゃ。がちがちがちがちがちがちがち」

がちがちがちというのは怖さのあまり顫《ふる》えがとまらず、掃部の義歯が鳴る音である。幼い孫や曾孫が掃部の狂態を怖がって泣き出したが、掃部はさらに大声で叫び続ける。

「よいか。逃げた者には相続させん。財産もやらんからな。暖簾《のれん》分けしたやつのは取り消す。みんな、子供や赤ん坊をこの、わしの部屋の前に集めてくれ。バトル目的で乱入してきたやつがいたとしても、子供や赤ん坊は殺さない。殺すことはできんのじゃからな。まあ、こんなにたくさんいるんだから、ひとりやふたりは殺されてもよい。それくらいで松前屋が絶えることはない。わしさえ生きておればいいのじゃ。わしは死ぬのはいやじゃ。いやじゃーっ。がちがちがちがちがち」

　大広間のあちこちに散らばって座っている子供たちの次男、すでに暖簾分けしてもらっている万次が、やや呆《あき》れ顔で父親を見上げて言う。「でも父さん。父さんと母さんが生き残ったら、ふたりとも処刑なんだよ」

三矢喜代

「そんなことはあとの話じゃあっ」掃部は殊更《ことさら》に大声を出した。「わしらが生き残ってから考えればよいのじゃあっ。とにかくわしは今生きたい。生きたいのじゃあっ。死ぬのはいやじゃーっ。いやじゃーっ。ううう。がちがちがちがちがち」

「心配ないよ、父さん」と、長男の千太郎が言う。「だって父さんは、拳銃《けんじゅう》を持ってるじゃないか」

掃部もまた、やくざの白幡から拳銃を購入して、帯に差していた。

「いいやこんなものは気休めじゃ。撃っても手が顫えてどうせ相手にゃ当たらんわい。子供たちを楯にした方が効果的じゃ。がちがちがちがち」

子供たちや大きな孫は、もう何を言っても聞き入れられることはないと知って早あきらめ顔であり、事情を知らぬ幼い者は泣きわめいているか、笑いながらあたりを走りまわっているか、喧嘩《けんか》をしている。

「お父さんは、最後にわたしを殺すつもりなんだよ」眼を落ち窪《くぼ》ませた喜代は、もはや死相の浮かんだ顔で全員を見まわす。

妻にあとを言わせぬよう、掃部は割れんばかりの大声を張りあげた。「そんなことはどうでもよい。それは、あとの話じゃと言うたじゃろーに。今は死にとうないんじゃ。わしゃ死にとうないんじゃわい。がちがちがちがちがち」

「自分じゃあ気がついとらんようじゃのう」和泉《いずみ》文也はにたりと笑った。

広島県、熊谷地区、津保《ツボ》山。彼は猟銃を構え、雑木林を谷へと向かっていた。さっきからかすかに、人体の、それも主に頭髪の発する臭気がしていた。

ここでも、バトルはあと一日を残すだけになっていた。和泉の属する猟友会の十一人のうち、すでに九人は射殺されていて、残るは和泉と、彼に匹敵する名手の池田由太郎だけになっている。地区全体がどのような状況にあるのか、和泉は知らなかった。彼の頭には猟友会の仲間のことしかなかった。今は仲間ではなく敵であるその猟友会の全員を殺しさえすれば、村に残っている銃を持たない連中などは、どうにでもなると思っていた。

一カ月近くも、彼らは山を走りまわり、仲間を殺戮《さつりく》し続けていた。和泉は十一人のうちの三人を処刑していた。九人の死体は確認していたが、池田の死体だけはなかった。相互処刑には、獲物を追ういつもの狩猟の快感に加え、狩人《かりゅうど》に追われる獣の悲哀があった。それもまたエロティシズムを伴った不思議な感動だった。和泉は夢中になっていた。山中を走り続け、狙撃《そげき》し、撃ちあい、逃げまわり、隠れては飛び出し、追いかけた。そんな殺しあいが二日も続くとへとへとになり、和泉は疲労が極限に達するたび家に戻り、襲われることのない場所でひと眠りし、眼醒《めざ》めると忘れず風呂に入り、洗濯をし、握り飯を作り、着替えてふたたび山に入った。風呂に入ったのは、じぶんの臭気を残さぬためであった。池田もまた同じような行動をとっているらしいが、どうやら風呂には入っていないようだった。さらに狩猟服を着替えてもいないようだった。十日ほど前、だしぬけに行く手にあらわれて鉢あわせしそうになり、両者ともあわてふためいて逃げたのだったが、その時ちらりと見た池田の様子は、顔は黒く汚れ、眼は血走り、髯《ひげ》は伸び、狩猟服には鉤裂《かぎざ》きができていた。あとから接近遭遇した場所へ行ってみると、そこには池田の臭気が残っていた。それは頭髪や頭皮の雲脂《ふけ》と汗、それによごれた着衣の発する臭気だった。近くで嗅《か》げば鼻がもげるほどの臭気であるに違いなかった。

以後、和泉は池田の臭気を追うようになった。獣の感覚が体内に蘇《よみがえ》るのを和泉は自覚した。おのれの有利さが和泉には嬉《うれ》しかった。よくぞ、帰宅するたび風呂に入っていたものだと喜んだ。池田が自身の臭気に気がつかないのは、即《すなわ》ち自分に臭気がないからであろうと和泉には思えた。和泉とて、臭気に気づいたのは池田の臭《にお》いに気づいたからだったのである。それは僥倖《ぎょうこう》とも言えた。獣が人間の臭気に気づくことはあろう。それは狩人なら誰でも知っていることだ。しかし今までが常に獣を追うだけの立場であったために、相手が人間となれば、自身の臭気のことなど忘れてしまうのは当然だった。

臭気が強くなった。池田の背中が見えるのもすぐだろう。先に撃たせてやろう、と和泉は思っていた。銃弾は三発。池田の銃にも三発。和泉の銃も池田の銃も三連発の猟銃だ。どのみち連続して三発しか撃てず、それで決着はつく筈であり、もしも三発とも撃ち損ねたら、もはや新たに銃弾を充塡《じゅうてん》している暇はなく、その時はおそらく死ぬ時だ。万が一互いに撃ち損じたとしても、残る銃弾は僅《わず》かである。たとえ死者から銃弾を奪っているにせよ、池田はもう、余分の銃弾を持っていまいと和泉は想像していた。多分、銃に込めた三発だけの筈だ。実は和泉とて、銃の三発と、あと余分に一発が辛《かろ》うじて残っているのみだった。

灌木《かんぼく》の茂みの中に池田の帽子が見えた。彼方《かなた》へと動いていた。臭気が激しいから、谷へ急いでいるらしい。喉《のど》が渇いたのであろう。和泉も水筒は持ってきているものの、恐怖と焦燥と興奮ですぐに喉が渇いてしまい、水筒はすぐ空になる。

和泉は猟銃を構えた。帽子を狙《ねら》い、大股《おおまた》で歩き出した。

足音に気づき、池田は振り向きざま、猟銃を発射した。その時はもう、和泉は喬木《きょうぼく》の根かたに転がっていた。

さらに二発、池田は撃った。

和泉は立ちあがった。笑った。

池田は、死を見ている眼で和泉を見つめ、茫然《ぼうぜん》と佇立《ちょりつ》しているだけだった。

まず一発。銃弾は池田の胸を貫通した。

前かがみになった池田の頭部を狙い、和泉は撃った。銃弾は池田の耳をかすめた。

すでに倒れている池田に近寄り、和泉は彼の顔面にとどめの一発を発射した。池田のからだが僅かに躍った。それから間歇《かんけつ》的に四肢を痙攣《けいれん》させた。

勝った。生き残った。和泉は死体となった池田の横に立ち、まだ喜びも安堵《あんど》も湧《わ》きあがらぬままでぼんやりしていた。急いで残りの一発を充塡する必要があるとは思っていなかった。

背後で、がさりと草を踏む音がした。

振り返った。

熊が立っていた。

「熊谷地区のバトルは、未確認ながら終了した模様であります。この地区は広い上に対象者も多数にのぼり、担当官の手がまわらないために、確認にはしばらく時間が必要だと思われますが、今のところはほぼ全員が処刑された様子であります。現在確認されている生存者は、八木熊さん七十四歳、『熊』と書いて『ゆう』と読みますが、彼女ひとりだけしか生きている対象者はおりません。彼女によれば、津保山で撃ちあっていた猟友会の男たちの最後のひとりを、鎌《かま》で処刑したそうであります。さて、次は、大阪西成区、反町地区のバトル状況です」なぜかテレビのアナウンサーは、ここから一段と声を張りあげ、急に陽気になって喋《しゃべ》りはじめる。「この地区では今しも、『爺《じい》さん婆《ばあ》さんシルバー・バトル勝者決定戦』というものが行われようとしております。これはそもそもバトル対象者の、ご老人たちの提案によるもので、どうせ死ぬのであれば、日時を決めて全員が一ヵ所で殺しあい、それを見世物にして客から観覧料を取り、少しでも金を子供や孫に残そうではないかという、まことに大阪人らしい思惑から企画されたもので、バトル対象者たちの親族によってプロデュースされ、急遽《きゅうきょ》ちらしが配布され、ご覧の、このようなポスターが張り出され、チケットが売られ、そのチケットがほとんど売切れとなって、バトル最終日より一日早い今日を迎えたのであります。あとの一日は、複数の対象者が生き残った場合、生き残り誰かひとりを選ぶためということであります。試合の場所はここ、西成東運動公園内の特設大競技場で、ご覧のように、すでに一万二千人を越える大勢の観衆が集っております。ちなみに料金はといいますと、特等席が二万五千円、一等席が一万円、二等席が五千円で、ただしこれには家族割引、親戚《しんせき》割引、友人関係割引、お得意先・取引先関係割引などもあるということです。また、この催しに関しては、われわれマスコミの取材も、CJKが許可したことによって公《おおやけ》に認められることになっております。現地にはレポーターの榊《さかき》マリナさんが行っております。マリナさあん」

「はあいはい。榊マリナです。こちらは決定戦の会場です。只今西成区長による、挨《あい》拶《さつ》と申しますか、弔辞と申しますか、決勝戦開始宣言と申しますか、そういうものが行われておりますが、ここは競技場地下の出場者控室です。出場して戦われるご老人がたくさん、戦いの準備をなさっておられます。この地区のバトル対象者の皆さんは、あとに残される家族のため、この催しに参加して戦おうという方がほとんどです。からだの不自由なお年寄りや病身の方まで参加されていて、今日参加されていないのは、もはや臨終の床にある数人の方だけだということを聞きました。ですからこの地区、今までまったくバトルがなくて、ほんとに静かだったんですよね。この控室にはお爺さん、お婆さんが、親族の方に手伝わせて、もうこのお齢《とし》ですから男女の別なく、戦闘服や紋付き羽織袴《はかま》、晴れ着に襷掛《たすきが》けなどの着替えをなさっています。訪問着のかたもおられますが、どこを訪問されるんでしょうか。中には死に装束に着替えておられる方もおられますが。あっ。あそこにはなんと、鎧兜《よろいかぶと》に身を固めて幟《のぼり》を背負ったお爺さんもおられます。さっそくお話を伺ってみましょう。お爺さん。お爺さん。これはまた大変な衣裳《いしょう》ですね」

「これ、先祖伝来の鎧兜やねん。この太刀もこの槍《やり》も、この幟もそうや。わいの先祖は侍大将でな」

「ありがとうございました。頑張ってくださいね。あっ。こちらにはお坊さんがおられます。あのう、錫杖《しゃくじょう》をお持ちなのは武器になさるのでしょうが、どうしてまた墨染めの衣なんですか」

「こういう衣裳であれば、誰しも襲うのに躊躇《ちゅうちょ》いたしましょう。『坊主《ぼうず》殺せば七代祟《たた》る』と申しますからな。ためらっておる隙《すき》にこの錫杖で、えい、と、こうやって、片っ端から引導を渡してやりますのじゃわい」

「なるほどなるほど。ずいぶんお強そうですね。他にも強そうな方がたくさんおられて、刀を持った方、拳銃や空気銃やライフルなどの銃器を持った方、薙刀《なぎなた》や小太刀や鎖鎌《くさりがま》を持ったお婆さんもおられます。聞くところによりますと、ご町内では早くから誰が勝つかというトトカルチョが、予想屋も出たりして、始まっているそうです。あっ。いよいよ出場行進だそうです。皆さん一列にお並びになっています。上からは行進曲が聞こえてきました。さあ。競技場に向けて、皆さん、勇んで出発です。中には歩くのがやっとというお爺さんやお婆さんもおられますが」

「あっ。あれや、あれや。今出てきよった、あの日本刀持った爺さんや。あのおじん北辰《ほくしん》一刀流らしいで。わい、あの人に賭《か》けとるねん」

「なんや米屋の吉さんやないか。あっ。そのうしろの婆さん、倒れよったで。なんやまだ始まってもおらんのに」

「担架で担《かつ》ぎ出されよった。心臓麻痺《まひ》でも起したんやろ。今出てきたあの槍持った爺さんはまた、よぼよぼやなあ。大丈夫か」

「と、思うやろ。ところがあれ、骨董品《こっとうひん》店の主人で、宝蔵院流免許皆伝や言うてるで。自分で言うてるだけかもしれんけどな」

「もしもし、あんさん。あんさんはなんでまた、そないに泣いたり笑《わろ》うたりしてはりまんねん」

「あの短刀持った憎たらしげなお婆さん、あれうちの姑《しゅうとめ》やねん。どうせ殺されよるさかいに、うちは嬉しいんやけど、あっちで親戚が見とるさかいに、ちょっとは泣かなあきまへんねん。ややこしいてすんまへんな」

「皆さん、誘導員によって、円形競技場の壁ぎわに沿って行進なさっています。先頭はもちろん、あの鎧兜に幟を背負ったお爺さんです。まことに威風堂堂、トップを行くに相応《ふさわ》しいお爺さんです。男性二十一人、女性二十九人、ひとり脱落者が出て、総勢四十九人の大バトルです。さあ。行進が終りました。皆さん競技場の壁ぎわに円形に立って向かいあいました。立っていられない方もおられて、介添えの人が支えていますが、バトルが始まれば、誘導員も介添えの人たちも場外へ退出するそうです。マーチが終りました。ファンファーレが、高だかと鳴り響いております。さあ試合開始のホイッスルです。いよいよ試合開始です。試合開始です。お爺さんお婆さん世紀の大バトルがいよいよ始まりました。競技者はそれぞれの場所から、ゆっくりと前進しはじめました。まったく動かない方もおられますが、耳が聞こえないようです。あるいはひとりでは歩けないのでしょうか。そのまま倒れてしまう方や、二、三歩歩いただけで倒れている方もおられます。あっ。競技場の中ほどへ、皆が接近しはじめました。全員が近づきはじめました。あっ。今、鎧兜のあのお爺さんが、横から拳銃《けんじゅう》で撃たれて倒れました。バトルが本格的に始まりました。わあっ。これ、面白ーいっ。あっ。面白いなんて言ってはいけませんね。皆さん真剣に戦っておられます。今、鎖鎌を振りまわしたお婆さんが、鎖を自分の首に巻きつけて、分銅をご自分の顔面に叩《たた》きつけてぶっ倒れました。恐らくお亡《な》くなりになったのではないかと思われますが、それから、それから。ああっ。これ、同時にあっちこっちで、目茶苦茶面白いことがいっぱい起っていて、一度にご報告できないんですよねー。カメラは一台だし。あっ。

あのお爺さんは、槍を振りまわしているのか、振りまわされているのか、とうとう自分で倒れてしまって、小太刀を持ったお婆さんに首を切られて成敗されてしまいました。皆さん、銃声がお聞きになれるでしょうか。派手に撃ちあいも行われています。あっ。和尚《おしょう》さんの振りまわした錫杖が、今、お婆さんの頭の後ろに当たりまして、お婆さんの顔から、何か飛び出しました。あのう、あれはおそらく眼球だと思いますが。それからあの、日本刀を持ったお爺さんの鼻が今、横からお婆さんの振りおろした薙刀で、もげました。お爺さん落ちた鼻を探しています。弾丸を撃ち尽したらしくて、もう銃声は聞こえなくなりました。わあっ。これは、だんだんひどいことになってきました。もう、面白い、なんてことはとても言っていられません。バトル開始後たった五分で、たくさんのお爺さん、お婆さんが地面にぶっ倒れ、芋虫みたいにもぞもぞと動いているだけになってしまいました。地面は血だらけです。酸鼻を極める、って言うんでしょうか。うわーっ。こんなひどいことになるなんて、この催しを企画した人たち、予想もしていなかったと思います。ひどーい。和尚さんが泣きながら、錫杖を振りまわして、何か叫んでいます。『南無阿弥陀仏《なむあみだぶつ》』とか『南無妙法蓮華経《なむみようほうれんげきよう》』とか『オンアボキャーベーロシャ』とか叫んでいます。犠牲者の宗旨によっていろんなお経をあげているんじゃないでしょうか。あっ。今、『アーメン』なんて言いましたよ。

もう、目茶苦茶です。観客の皆さんも泣いています。家族の方だけではなく、全員が泣いています。わあわあ号泣している方もおられます。わたしも泣いています。何かわめきながら泣いている方もおられます。『馬鹿《ばか》あ。馬鹿あ』とおっしゃっています。『馬鹿あ。政府の馬鹿あ。わしらの馬鹿あ』とおっしゃっています。和尚さんは振りまわしていた錫杖を、自分の頭にぶち当てて倒れてしまいました。もう、立ちあがってよろよろとさまよっている方がほんの二、三人になってしまいました。その方たちも次つぎに倒れて、今はもう、皆が倒れてしまって、何人かが倒れたままでもそもそ蠢《うごめ》いているだけになってしまいました。ああ。救急車なんて来ないんですよねえ。皆さん、このままご臨終ということになるのでしょうか。これで戦いは終ったようです。生き残っているのは誰なのか、ここからではわかりません。亡くなった多くのお爺さん、お婆さんに慎んでお悔みを申しあげます。そしてお爺さん、お婆さん、ご苦労様でした。ほんとにありがとうございました。わたしたちをこんなに楽しませてくださって、そしてわたしたち若い者のために、こんなに面白おかしく死んで行ってくださったのですね。ありがとうございました。そしてさようなら。お爺さんお婆さん、さようなら。さようなら」

午後十一時、常盤《ときわ》家の裏庭に是方昭吾、塩田そで、相沢泰子、西川ハル、琴田えり子が集まった。この家の主婦、常盤安菜《あんな》は、夫の東平を睡眠薬で眠らせてから、飛び火に備えるため消火器を抱えて縁側で待機している。是方はすでに庭の奥の、黒崎邸との境の塀の下で、ドラム缶へ入れた薪《まき》を燃やし、松明《たいまつ》を作っていた。ドラム缶のまわりの老婆《ろうば》四人に彼は言った。「決行する」

神父を殺して以来、地獄行きの覚悟ができて度胸のついた四人が、無言で頷《うなず》いた。

「国道に面して駐車場がある。その駐車場のいちばん奥に管理人小屋があるが、夜は誰もいない」是方は琴田えり子に言った。「琴田さん。あんたはこの松明を一本持って、東側の、不動産会社の横の道路からぐるっとまわって、国道まで出て駐車場に入って、その管理人小屋まで行ってくれ。小屋にはおれが、梯子《はしご》を立てかけておいた。小屋の屋根からは黒崎の邸《やしき》の塀にあがれる。塀に接して裏庭の木があるが、この裏庭の木というのが、棕櫚《しゅろ》やら羊歯《しだ》やら、からからに乾燥した熱帯樹ばかりだ。ジャングルみたいに生い繁《しげ》っているから、そいつらに火をつけてもらいたい。たちまち燃えあがるだろう。ほんとは庭におりて、火をつけてまわってほしいんだが、そうするとあんたの逃げ道がなくなるから気の毒だ。それはしなくていい」

「まあ。ご親切に」皮肉たっぷりに琴田えり子は言う。「でも、邸の中から機関銃で撃たれたら、どうするの」

是方はちょっと苛立《いらだ》って、頭の悪い部下に説明する口調になる。「言っただろ。だからこそ、全員でいっせいにやるんだ。機関銃は一挺《ちょう》で、撃つやつもひとりだ。こっちは五人だ。誰かが死んだとしてもひとりですむ筈《はず》だろうが」

「わたしはどこへ行くの」火に顔を赤く染めて、塩田そでが訊《たず》ねる。面白がっているらしく、眼がきらきら輝いていた。

「あんたは西側の塀だ。おれが乗り越えて入って、えらい目にあった場所だが、おれが一緒に行って、塀を乗り越えさせてやる。槙《まき》の木が降りる足場になる。そこは洋館のテラスの前だ。テラスの下に火をつける。たちまち建物が燃えあがる。そのあと、庭の木に火をつけてまわる」

「そんなにうまくいくの。逃げ道はどうなるの」

「槙の木に足をかければ、塀を乗り越えられる」

「ほんとかなあ」あまり信じていない口調ながら、なんとなく嬉《うれ》しそうに彼女は笑った。

是方は西川ハルに言う。「あんたは正面玄関だ。門の鉄柵《てっさく》の鍵《かぎ》は、さっきおれが壊してきた。押せば開くから、玄関やその左右に火をつけてくれ。玄関のドアを叩き壊して、中へ松明を抛《ほう》り込んでもいい」相沢泰子に向きなおって言う。「あんたはここだ。この梯子でこの塀にあがると、この向こうには邸の広間だか、応接室だかの窓がある。できれば窓ガラスをぶち破る勢いで松明を投げ込んでほしい。何度も梯子をあがったり降りたりで大変だが、このドラム缶に残っている松明、全部投げ込んでしまってもいい。ここから見える二階のあの部屋は寝室で、あの下には張り出した屋根もあるから、屋根の上に火を投げてもいい」

「いっせいにやるんですか」

「いっせいにやるから、火を放つ時間を決めておこう。時計は持ってるか」

時計を持っていないのは琴田えり子だけだった。

「まあいい。あんたは迂回《うかい》に時間がかかるから、持ち場に着いたらすぐ庭に火を放ってくれ。今は十一時十二分。十一時十五分から戦闘開始だ。さあ。行くぞ」

相沢泰子を残して四人がそれぞれ松明を掲げ、常盤家の庭を出た。琴田えり子は道路を東へ、あとの三人は西へと別れる。

バトル最終日の前夜だというので、宮脇町五丁目地区のたいていの住人は襲撃などに備え、眠らずにいた。バトルと無関係の家の者も何が起るかと怯《おび》え、起きていた。

黒崎邸の江田島松二郎もまた、黒崎しのぶを二階の寝室に寝かせたあと、屋敷の中央部、裏庭に面した食堂の椅子《いす》に掛けたまま、襲撃を警戒して不寝番を務めていた。眠気が出るといけないので酒は飲まず、夕食もほどほどにしておいたのだが、十一時を過ぎるとさすがに睡魔に襲われ、少しうとうとした。

ぱちぱちというかすかな音に眼を醒《さ》まし、長いテーブルの彼方《かなた》を見ると、裏庭を望めるガラス窓の向こうに火が見えた。

「くそお。放火しやがった。焼打ちだな」松二郎は立ちあがり、窓際《まどぎわ》に寄った。今夜襲われるとすれば、恐らく裏庭からであろうと予想していて、機関銃は窓際に設置していた。実際、バトル五日目の侵入者も裏庭の塀を乗り越えて侵入してきたのだ。窓の掛け金をはずして庭に銃口を突き出すと、すでに赤あかと燃えさかっている樹木の彼方の塀の上に、松明らしきものを持って左右に動いている人影が見えた。松二郎は機関銃を撃った。

ばりべりぼりばり。

塀の上の琴田えり子は穴だらけになり、管理人小屋の屋根に落ち、一度バウンドして駐車場のコンクリートに身を叩きつけた。彼女は即死した。

松二郎の目の前のテラスが、突然燃えあがった。右手のサンルームの方から、すぐ目の前を塀の方へ走っていく女の姿があり、彼女も松明をかざしていた。松二郎は機関銃の向きを変え、塀にたどりついて槙の木を足場に乗り越えようと焦《あせ》っているその女に銃弾を浴びせた。

ばりべりぼりばり。

塩田そでは槙の木にすがったままでのけぞった。銃弾の一発はすでに頭部を貫通していたが、枝に支えられて彼女は木から落下しなかった。これを生きていると勘違いし、松二郎はしばらく撃ち続けた。

「しまった」

やっと敵が死んでいることに気づき、松二郎はあわてて撃つのをやめた。銃弾が残り少くなっていた。

各部屋に消火器は用意してあったが、火を消している余裕はなかった。玄関のドアを破壊している音が聞こえたからだ。それにそもそも松二郎に、火を消そうという気はなかった。死は覚悟の上、それよりもできるだけ多くの下賤《げせん》の老人を殺してあの世への道連れにすることが、江田島松二郎の至上のテーマであったのだ。

「どーれーい」と叫んで、彼は機関銃を抱えあげ、玄関ロビーへと走る。

玄関のドアが破壊され、燃えあがっている火を背景に、松明を持った女らしい黒い人影が入ってこようとしていた。どん、とロビーの床に重い旧式の機関銃を置いた松二郎は、ドアめがけて撃ちはじめた。

ばりべりぼ。

銃弾がなくなった。人影は消えていた。くそ。逃がしたか。松二郎は腰のオートマチックを抜き、二階への階段を駈《か》けあがった。踊り場で振り返り、彼は身を低くして燃えている玄関ドアに銃口を向けた。

是方昭吾は黒崎邸の南西の角に立ち、成りゆきを見守っていた。玄関の方で、響きはじめたばかりの機銃の音が突然やんだため、彼は銃弾がなくなったのだと判断した。

「しめた」

是方は肩からライフルをとって構え、正面入口から玄関へと突進した。ポーチには仰向けに倒れて、胸からまだ血をごぼごぼと噴出させている西川ハルの死体があった。

玄関ロビーに入るなり、銃弾が耳をかすめた。ライフルを階段の踊り場に向けて撃ち返すのがせいいっぱいで、是方はすぐに外へとんで逃げた。

「くそっ。なんてこった。オートマチックまで持ってやがったか」

すでに屋敷は燃えあがっている。このドアしか逃げ場はない筈だった。逃げ出て来るのを待って、狙《ねら》い撃ちするしかあるまい。彼は門まで後退し、塀に身をひそめ、ライフルに弾を充塡《じゅうてん》した。

邸内に煙が充満してきた。松二郎は二階へ行き、しのぶの寝室に入った。彼女はべッドに起きあがっていた。松二郎を見るなり、彼女は叫んだ。「これは何。あの音は何。わたし怖いわ。怖いわ」

「しのぶ様。いよいよ最期《さいご》の時がやってまいりました。さあ、参りましょう」松二郎はしのぶを抱えあげた。「華やかな終焉《しゅうえん》の時を迎えて、わたしたちは幸福な死を死ぬのでございます。ああ。なんと楽しいことではありませんか」

「どこへ行くの」

「展望室に参ります。あそこでこのお屋敷の崩壊と、運命を共にいたしましょう」

展望室は二階からさらにもう一階、狭い階段を昇ったところにあって、この邸宅の大屋根から突き出た尖塔《せんとう》である。一坪しかない狭い部屋で、そこには天体望遠鏡が一台置かれているだけだ。

バトル地区から道路を挟んで西側、宮脇町四丁目地区の住民が、黒崎邸炎上に気づいたのは十二時を二、三十分過ぎてからのことだった。通報を受け、消防車が出動し、現場に到着して消防活動を開始するまでのレスポンス・タイムは約三十五分だった。消防車は国道から黒崎邸西側の道路に次つぎと三台やってきた。三丁目、四丁目からわらわらと蝟集《いしゅう》してきた野次馬たちは、地区内に入ってバトルに巻き込まれることを恐れ、道路の西側から見物している。

展望室の大きな窓を開け、窓枠に片足を乗せた江田島松二郎は、純白のネグリジェを着た黒崎しのぶをしっかりと両腕に抱きかかえていた。しのぶは地上を見て眼を輝かせ、娘のようにはしゃいでいる。

「まあ。サイレンだわ。大騒ぎだわ。賑《にぎ》やかだわ。綺麗《きれい》だわ。ぱちぱちと赤い火の粉が飛んでるわ。燃えてるのね。燃えてるのね。綺麗だわ。綺麗だわ」

「しのぶ様。ご覧ください。下賤なる野次馬どもが、わたしどもを見あげて騒いでおります。この江田島松二郎としのぶ様の最期を見届けようとしておるのでございます。しのぶ様。私、江田島松二郎は幸せでございます。あなたさまと死を共にすることは、私の願いでございました。さあ、共に天国に参りましょう。天国には、ご主人の喜久雄さまが、しのぶ様をお待ちになって。いいえ。いいえ。天国には、喜久雄さまなどはおられません。天国にいるのは、この私としのぶ様、ただふたりだけでございます。左様左様。そこはたったふたりの天国なのでございますぞ。あちちちちちちちちち。火の粉が頬《ほほ》に」

「熱いわ。ねえ熱いわ」

「もうしばらくのご辛抱です。もうすぐ熱くなくなります。あちちちちちちちち。やはり熱うございますな。おお。周囲は火に包まれました。お屋敷の屋根からは天をも焦《こ》がす勢いで炎が立ちのぼっております。ご覧ください。なんと美しい光景あちちちちちちちちち。これはまたなんと熱い光景であちちちちちちちち」

しのぶのネグリジェに火がついた。「ああっ。火がついたわ。熱い。熱い。ぎゃあああああっ」

しのぶの絶叫とともに、展望室は邸全体が焼け落ち、大屋根が崩落するその中へ、吸い込まれるように消えていった。

宮脇町五丁目のバトル対象者たちは、黒崎邸の焼打ちを知り、尻《しり》を浮かせた。いよいよ最終バトルの開始だと思えば、とても家にとどまっていることはできなかった。もう今までのように家に潜んで、ひたすら自分の住まいが襲われぬようにと祈り続けているわけにはいかないことを悟った。このままじっと家にとどまっていれば、家から家へと犠牲者を捜し求める殺戮者《さつりくしゃ》が必ずあらわれて、自分はその殺戮者から無造作に殺されてしまうだろうと思い、そんな家畜のような屠《ほふ》られかたはご免だと思い、それぞれが何らかの武器を手にして住まいから出た。立てぬ者さえ這《は》いずり出た。家を出ることのできない足腰の立たぬ者は、惚《ぼ》けている者を除いてわあわあ泣きわめいた。サイレンと、喚《わめ》き声と、怒号と泣き声に満ちた周囲の状況の中では、とても静かに死を待つ心境にはなれなかった。かくて宮脇町五丁目は、是方昭吾の予言通り発狂した。

ドラム缶の中の松明をすべて黒崎邸に抛り込んだ相沢泰子は、案の定飛び火によって燃えはじめた常盤家の庭の樹木を、常盤安菜と共に消火器で消していたが、周囲の喧噪《けんそう》でわれに返った。そうだ。最終バトルがいよいよ開始されるのではないか。あの喚声は戦闘開始の雄叫《おたけ》びではないのか。だとすると、自分がこんなところでのんびり消火活動を手伝っている場合ではないのだ。それにあの冷酷そうな是方昭吾が、もはや黒崎邸の焼打ちに成功し、しのぶと松二郎を処刑したとすれば、いっここへ戻ってきて自分を処刑しようとするやも知れぬ。塩田そで、西川ハル、琴田えり子がまだ戻らぬところから考えれば、是方に騙《だま》されて、すでに焼け死んでいるか、殺されているのではないだろうか。自分は早く家に戻り、バトルに備えて、孫の水中銃で武装し、生き残りを賭《か》けてバトルに参加しなければ。泰子は消火器を抛り出して怱怱《そうそう》に常盤家を立ち去った。

「だいぶ騒がしくなってきたな」

すでにタキシード姿となり、大きなデスクに向かって山際から送られてきたリストに眼を通していた津幡共仁は、表の喧騒を聞いてそう呟《つぶや》いた。

「そろそろ出発するか」彼はまたリストに眼を落した。「それにしてもあの官吏め、こんなリストをわしだけに送りつけてきたのか、それとも生き残りの全員にか」

そこには宮脇町五丁目地区の、まだ殺されていないバトル対象者の氏名、住所、そして地図、さらには本人の状態つまり寝たきりであるか、起きてバトルに参加する能力があるかどうか、寝ている部屋などの詳細が記されていた。

「まあよい。寝たきりの者から順に片づけていこう」ホルスターと銃弾のケースをベルトに装着し、リストを折ってポケットに入れ、津幡は立ちあがった。

廊下に出て、彼は志多梅子が寝ている玄関脇《わき》の女中部屋に向かった。ドアを開けると、梅子もすでに眼を醒《さ》ましていて、ベッドに起きあがっていた。彼女は津幡の服装を見るなりベッドから出て、彼に言った。

「ああ。もう、お出かけでございますか」

「出陣じゃ」津幡は頷《うなず》いた。「だが、出かける前に、やらねばならんことがある」

「わかっております」梅子はすでに覚悟している様子だった。「わたくしを処刑なさってから、ご出発でございますね」

「そうだ。誰かに襲われる前に、わしの手で殺してやろう」津幡は拳銃《けんじゅう》を抜いた。

「ありがとうございます。わたくし、もう、怖くはございません」すっかり穏やかな表情に、というか、むしろ痴呆《ちほう》的な表情になっている梅子は、白じらとした微笑を浮かべてそう言った。「恐怖の限界を突き抜けて、今は明るい晴天の海の上」

「なんだかよくわからんが」津幡は梅子に近寄り、その頭を胸に抱え込んでいとしげに愛撫《あいぶ》した。「今まで恐怖に堪えて、よくわしに仕えてくれたな」

「あなた様をお慕《した》い申しあげております」梅子は身を津幡に預け、うっとりと眼を閉じて歌うように言った。

「うむ。わしもそなたを、可愛《かわい》らしく思いはじめておったぞ」津幡も珍しく感傷的に言った。「こんなことになって残念じゃ。しかしな、こんなことがあったればこそ、身分の違い過ぎるそなたとわしが一緒にいることもできたわけだ。そうではないか」

「それはまあ、左様でございます」

「では、さらばじゃ」津幡は梅子の首に銃口を当て、発射した。

鮮血が津幡の手に飛んだ。それは思いがけず、煮えたぎっているような熱さだった。

「あちちちちちち」津幡は思わず手を振った。梅子の血がこれほど熱いとは思っていなかったのだ。

玄関横の手洗いで手を冷やし、血を洗い流してから、津幡は玄関を出、門を出た。西からは野次馬の騒ぐ声と消防車やパトカーのサイレン、東の方からは悲鳴や銃声が聞こえてきていた。向かいの家の彼方《かなた》にまだ立ちのぼっている黒煙をしばらく眺め、やはり機関銃を持つという噂《うわさ》の、あの黒崎邸は焼打ちされたかと納得し、とりあえず、北の国道に向かって彼は歩き出した。つい一週間前に老衰死したという北王富麻呂の家は津幡邸の筋向かいであり、津幡もこの爺《じい》さんはよく見知っていたが、リストによればさらにその一軒先の龍崎《りゅうざき》という家に、半分惚けた寝たきりの老婆《ろうば》がひとりいるらしい。まずはご近所からと思い、津幡はこの家を襲うことにした。

ドア・チャイムを鳴らすでもなく、津幡は門から入って、閉まっている玄関の鍵《かぎ》へ向けて乱暴に銃弾を撃ち込み、がらりと戸を開けると靴ごと座敷にあがりこみ、ぎゃあと立ち騒ぐ家族には眼もくれず、リストに記されていた老婆の寝所に入ると、津幡を見て「ほんぎゃらあんさん。ふんだあらんか」などと叫んでいる老婆の顔を無慈悲に撃ち、死んだのを見届けると振り向きもせずに玄関を出た。これで一人。津幡は自分の家の前の道を南へ向かった。次はやはり寝たきりの、南波という家の老婆だ。

もと生命保険会社の社員、風間実七十五歳は家族に別れを告げたあと、屋外のバトル騒ぎに参加しようとして雲雀《ひばり》アパート一階の住まいを出た。今までひっそりと家の中で待機していたというのに、なぜか彼のもとにＣＪＣＫの担当官から、こいつらを殺せと言わんばかりのリストが送りつけられてきていたのである。では自分にも生き残りの目はあるとＣＪＣＫでは判断しているらしい。強そうに見えるからか。若いからか。そんなことを思い、風間は急に奮起した。ではこのリストにある寝たきりの老婆から殺していこう、と彼は思った。柳葉包丁を持ち、彼は地区の南東の角にある雲雀アパートを出ると、前の道路を左折した。すぐ隣家の布施家にも、寝たきりの老婆がいる。長いこと会っていないので風間は忘れていたのだが、たしか花子とかいう二十歳も年上の婆《ばあ》さんだった。布施家の主人とは顔見知りだが、何日か前に玄関先での立ち話で、母親はもう死ぬ覚悟でいると風間は聞かされていた。小さい家で、道路からすぐの玄関を風間は開け、中に入った。

「はい。ご免よ」

入ってすぐの茶の間に、騒ぎに怯《おび》えて起きていたらしい主人と主婦がいて、風間を見て眼を丸くしたが、用向きはわかっているとでも言うように黙って頷き、あきらめ顔で奥を顎《あご》で差した。

布施花子は老臭の立ち籠《こ》める四畳半の、布団《ふとん》の上に起きあがっていた。惚けてはいないらしく、風間を見ると懐《なつ》かしそうに笑いかけた。「ああ。あんたはお隣りのアパートの、ええと、生命保険やっとった実さん」

「あれ。お婆ちゃんよく憶《おぼ》えてたな」

「あんたもわたしのこと、よう憶えとったなあ。もう十五年も寝たきりで、外へ出てないのに。お茶でも飲むかい」彼女は横の茶簞笥《ちゃだんす》に手をのばした。

「茶はいらん。あのな、お婆ちゃん」風間は花子に顔を近づけた。「わし、あんたを殺さにゃならんのだが、何か言うておきたいことあるか」

「来てくれたのが、あんたでよかった。実はな、頼みがある」花子は風間のくたびれた背広の胸のあたりを掴《つか》み、懇願するように言った。「わたしゃえらい肩凝りでなあ。もう何十年も前からじゃが、どないに強う揉《も》んでもろうても、なおらんのじゃわ。それでなあ。どうせ死ぬんなら、この肩凝り、なおしてもろうてから死にたい」

「えっ」風間は吃驚《びっくり》して身を引いた。「ど、どうすりゃええんじゃ」

「あんたの持ってるその柳葉包丁で、この両方の肩をすうっと引いて、血い出して殺してほしい」花子は寝間着の前を開《はだ》けて、両肩を見せた。「ここと、ここを、ざっくりやってくれんかのう。すっきりしたいんじゃわ」

「こういう風にか」風間は花子の右肩に刃先を当て、すうっと引いた。

赤黒い血が彼女の肩の上に盛りあがった。

「赤黒い血が出たぞ」

花子は眼を細め、心地よげに身をくねらせた。「うわあ。ええ気持ちじゃあ。そうじゃそうじゃ。その赤黒い血じゃ。そういう血をそのままにしておくと脳血栓になる。だけど実さん。そんなくらいでは、なかなか死ねんのではないかいの」

「それもそうか。ではもうちっと、強くやるか」風間は花子の反対側の肩を力を込めて垂直に切りおろした。

彼は顔に、赤黒い血の飛沫《ひまつ》を浴びた。「あちちちちちちち」

「婆《ばば》あの血とて、熱いじゃろ」花子は苦しむ様子もなく、笑った。

「時代劇で、よく返り血を浴びるシーンが出てくるが、血がこんなに熱いという表現は今まで一回もなかったぞ」ぶつくさ言いながら風間はハンカチで顔を拭《ぬぐ》った。

「ああ。これでもはや肩凝りとも、脳血栓ともおさらばじゃわい」早くも白い顔になった花子は、しあわせそうに恍惚《こうこつ》の表情を浮かべたままで意識を失い、どさり、と布団に顔を伏せた。

地区内でやくざの白幡から拳銃を買ったもうひとりは、もと業界新聞の記者で本庄《ほんじょう》雅孝《まさたか》という男だった。彼は独身で、路地の奥にある細田という家の二階に間借りをして住んでいた。この男は本来臆病《おくびょう》なので今までずっと身をひそめていたのだが、深夜、町内の騒ぎが大きくなるにつれて次第に気が変になっていった。自分など、どうせ殺されると思って万年床でふて寝をしていたのが、もしや生き残る可能性があるのではと思いはじめた時から、自分は殺人鬼であるという妄想《もうそう》にとりつかれた。拳銃を持っていながら何をびくついていたのかという後悔の念とともに彼は立ちあがり、今までの一生が不運だったのは、最後のこの時に幸運が巡ってくるからであったのだと信じた。彼はまず自室内で拳銃を一発ぶっ放し、階段を駈《か》けおり、家主一家の驚愕《きょうがく》の叫びを尻目に路地を駈け出た。路地の向かいは座間という比較的裕福な家であり、ここの主人の芳太郎という老人が、常に貧乏な自分を馬鹿《ばか》にしていたことを思い出した。たしか八十歳近かった筈《はず》だと思い、本庄は座間家の玄関を蹴破《けやぶ》って飛び込んだ。リビングルームで起きていた家族数人に、まず拳銃を一発ぶっ放して仰天させ、彼は訊《たず》ねた。

「芳太郎はどこだあ」

「お義父《とう》さん、いません」嫁と思える中年の女が顫《ふる》えながら叫んだ。「出かけています」

「どこへ出かけたあ」

「あの、あの、町内です」親を地区外へ逃がしたと思われては、自分たちが撃たれる

と思い、中年の息子が叫んだ。「宮脇ゴールデン横丁です。あと一日の命だからと言って、遊びに出かけたんです」

「なんという店だあ」

「いつも行く『早苗』です」

本庄は息子のことばを信じた。彼はものも言わずに座間家を駈け出ると、また一発拳銃を天に発射して、そのまま南へ走った。宮脇町商店街を横断すると、そこは宮脇ゴールデン横丁である。

もう午前三時に近いというのに、「早苗」ではまだ座間芳太郎が狒狒《ひひ》のような赤ら顔をして飲み続けていた。ママの早苗はじめ、カチコ、トラネ、ドドミ、メケハのホステス連中も全員残っていた。何しろ芳太郎が、今宵《こよい》限りの命というので散財していて、すでに彼女たちは一人十万円以上のチップを手にしていたのだ。彼が金を使い果たさぬうちは、店を閉めるわけにはいかなかった。地区の南にあるこの店までは、焼打ち騒ぎの喧騒も聞こえてはこない。

「帰るなよ」と、何分か置きに芳太郎は叫

本庄雅孝

ぶのだった。「誰ひとり帰るな。誰ひとり欠けてもわしゃ寂しいんじゃ。帰るなら、やったチップを置いて帰れ。さあ。もっと飲め。もっと歌え」

「歌い過ぎて、喉《のど》が痛いわよう」と、カチコが泣き声で言う。

「みんな、もっとわしの周りに集ってくれ。からだを寄せてわしを暖めてくれ。わしは寒いのじゃ。ぶるぶるぶるぶるぶる」

「じゃあ、ザーさん。ホット・ブランデーはいかが」と、ママが言う。

「それをくれ。お前たちももっと飲め」

「飲み過ぎたわ。もう、ふらふらよう」トラネが悲鳴まじりに言う。

「命短し、恋せよ乙女《おとめ》」芳太郎の好きだった歌を、ドドミが歌いはじめた。

「そんな歌、歌うな」芳太郎が絶叫する。

「おらは死んじまっただあ」メケハが歌い出した。

「お前ら、わざとやっとるのか」

芳太郎が癇癪《かんしゃく》を起した時、ドアが勢いよく開かれ、壁に当ってばあんと破裂するような音を立てた。本庄雅孝が白眼を剝《む》いて入ってきて、まず拳銃を一発、天井に向けてぶっ放した。女たちはものも言わず、ただちに床へ伏せた。

「げ。ふぬ。がほごほげほ」芳太郎はブランデーに噎《む》せながら立ちあがった。

「この金持ち爺《じじ》いが。成敗してやる」本庄は芳太郎に向けて立て続けに発射したが、弾は当たらなかった。

「何をしとる」新たに銃弾を籠めようとして焦《あせ》っている本庄に、眼を見開いて芳太郎は訊ねた。

「弾を籠めている」と、本庄は言った。「ちょっと待っておれ」

「待っておれるか」芳太郎は本庄を押しのけて外へ駈け出た。

ゴールデン横丁を商店街の方へ駈けていく芳太郎を、本庄は追いかけながら狙《ねら》い撃ちした。座間芳太郎は一瞬のけぞり、すでに閉店している近くのバーの戸口に置かれたゴミ袋を片っ端から蹴飛ばし、まだしばらく暴れてから倒れ伏した。

「座間見ろ。おれを馬鹿にしやがって」本庄はそう叫び、眼を吊《つ》りあげて夜空に咆哮《ほうこう》し、倒れた座間芳太郎にもう一発撃ち込んで、商店街へと走った。

地区の北西での騒ぎは、次第にこのあたりにまで拡《ひろ》がってきていた。商店街では老婆同士のバトルがあるらしく、「早苗」のドアからおそるおそる窺《うかが》い見たホステスたちにその様子は、下駄で走る足音や断末魔の絶叫や刃物の光の燦《きらめ》きや断続的な怒声で想像することができた。

本庄はもはや完全に発狂していた。前を走る老婆、家から駈け出てきた老婆を片っ端から撃った。命中したり、しなかったりした。彼は笑っていた。笑いながら撃ちながら、さらに商店街を駈けまわった。

是方昭吾は、いったん寝るために家に戻った。何しろ焼打ちに備えての準備に一日かかり、黒崎邸が焼け落ちるのを見届け、展望室の黒崎しのぶと江田島松二郎が炎の中に消えるのを見届けたのは深夜の一時だったから、疲れ切っていた。本来なら騒ぎが本格的になったその時こそ、起きてバトルを進行させねばならなかったのだが、眠気には我慢できなかった。睡眠不足は集中力の低下を招き、死につながるなどと自分に言い訳しながら、彼は戦闘服のままベッドにもぐりこんだ。隣のベッドには真由《まゆ》が寝ていて、その悩ましい姿態を見て強い欲情に見舞われたが、さすがにそれ以上体力を消耗することは自制しなければならなかった。すべてが終り、生き残ってからの楽しみにとっておこう、と、是方は思った。

朝、眼を醒《さ》まし、窓がしらじらと明るんでいるのを見て、彼はまだ寝ている真由をそのままに、家を出ようとした。郵便受にＣＪＣＫからの封書が入っていた。山際からのリストだった。ざっと眼を通してからポケットに入れ、彼はまず昨夜の焼打ちの現場を見に出かけた。まだあちこちで騒ぎは続いているようだった。

宮脇公園の角まで来たとき、左側の家のブロック塀の上の白いものが、すっと消えた。是方は緊張した。そうだ。自分はバトルの中心人物と思われていて、皆から狙われているのだ。そう思った途端、ブロック塀の中から黒いものが飛んで出てきて、足もとに転がった。信管を抜かれた手榴弾《しゅりゅうだん》だった。頭を引っ込めてから投げられるまでのタイミングが短かったので、是方は落ちついて手榴弾を拾いあげ、ブロック塀の中に投げ返した。

松浦美也《みや》はその家の家長だった。白幡から手榴弾を一個だけ買い、生き残り候補ナンバーワンと言われている是方が家の前を通るのを待ち構えていたのだった。何度か機会を逸し、今度こそは絶好のチャンスと思い、手榴弾を投擲《とうてき》したのだ。顔を出さなかったので、どのあたりに落ちたのか、確認することができなかった。だが、すぐに投げ返されてきて足もとに転がった。

美也は狼狽《ろうばい》した。こんなことをされるとは予想もしていなかったのだ。さすが陸自OBなどと感心している場合ではなかった。あわてて右手で拾いあげようとした。だが、手が滑った。

おっとっとっとっとっと。

両手をのばし、顔の前で支えようとしている時、それは炸裂《さくれつ》した。美也の両手と頭部が吹き飛んだ。ブロック塀の一部が壊れたために、是方には頭と両手のない美也がまだ立ったままでいる姿を見ることができた。彼女はそのままの姿勢で約三分、立っていた。

津幡共仁は地区内の寝たきり老人を処刑にまわっているうち、自分以外にも家家を訪れては処刑してまわっている者がいることに気づいた。南波という家の惚《ぼ》けている老女を射殺したあと、今度はマツバラ薬局の裏手にある島という家の老婆《ろうば》を殺そうとして押し入ったのだったが、家人たちは津幡を見て顫えあがりながら、一様に大きくかぶりを振って叫んだのである。

「あの。先生。もう、すみました。すみました」

「あの。もう終っていますので。終りましたので」

「何。終ったとは、どういうことか」

「死んでいます。もう、死んでいます」

死体を見ると、額が撃ち抜かれていた。どんなやつがやったのだと訊ねると、よく知らぬ、気ちがいじみた男だったと言う。島家を出てその筋向い、商店街の並びにある角の喫茶店「ルーラ」に押し入り、朝沼という経営者が住んでいる二階にあがると、ここでも経営者の母親の老婆は首を切られてすでに絶命していた。

処刑してまわっている者が二人いるらしいと津幡は知った。ひとりは拳銃《けんじゅう》を持ち、もうひとりは刃物を持っている。拳銃を持つ気ちがいじみた男というのは蔦屋《つたや》の隠居ではなさそうだから、隠居以外にも拳銃を持っている者がいることになる。まあよい。そんなに処刑の好きなやつがふたりもいるのだったら、何もわしが処刑してまわることはなかったのだ。津幡はそれ以上町内を殺してまわることをやめ、何やら騒がしくなっている商店街に背を向け、また道路を北へ歩いて、黒崎邸の焼け跡を見にやってきた。

黒崎邸は焼け落ち、炎もおさまり、あちこちから黒煙が立ちのぼっているだけだった。救急隊員たちが、黒崎しのぶと江田島松二郎の焼死体と思えるものを担架で担《かつ》ぎ出していた。

死体の確認に来ていたらしいＣＪＣＫの山際が、声をかけてきた。「先生」

彼のうしろにはもうひとり、若い担当官がいた。

「お前さんたち、ちょうどいい所で会った」と、津幡は言った。「わしの邸《やしき》で志多梅子が死んでおる。わしが処刑した。確認して、死体を処理してもらいたい」

「かしこまりました」山際が嬉《うれ》しげに声を弾ませた。「先生さえおよろしければ、これからご一緒願えますか。ここはもう、すみましたので」

「よかろう」津幡はふたりを自邸に伴いながら、さらに龍崎家と南波家の老婆を処刑したことも話した。

「さすが津幡先生ですな。すばらしいご活躍です。わたしどもの期待通りのご活躍です」山際は褒めちぎった。「それもすぐ、確認に参りましょう」

津幡はさらに、島家の老女と喫茶店「ルーラ」の経営者の母親が、すでに殺害されていたことを彼らに教えた。夜が明けはじめていた。

「お前さんがた、腹は減っていないかね」自邸に戻った津幡は、志多梅子の死体を確認し終えた担当官ふたりに訊ねた。

「はい。それはもう、何も食わずに徹夜をいたしましたので」

「わたしもだ。では、一緒に食べていきなさい」

津幡はふたりをダイニング・キチンに案内した。彼らに手伝わせてパンを焼き、コーヒーを淹《い》れてから、津幡は自分が発明した白魚の冷製スープを作って食卓に出した。

担当官ふたりはスープ皿を覗《のぞ》きこんで眼を丸くした。

「生きた白魚が、泳いでおりますな」

「一種のインスタント食品だが、スープ皿に入れて微温湯《ぬるまゆ》を注ぐと白魚が生き返り、スープを少し冷やすとぴちぴちした生きたままの白魚が食える。まあ、わしにはその程度の発明なら五十いくつあるが」

「ははあ。それで大金持ちに。さすがはグルメの先生らしいご発明で」

山際は大喜びで食べたが、若い担当官は気味悪そうな顔で遠慮した。

食事を終えた頃、すぐ近くで、ぼうん、というくぐもった音がした。

「あれは何だ」と、津幡が訊ねた。

「手榴弾の炸裂音のようですな」と、山際は答えた。

松浦美也の頭と両手が吹っ飛んだ音であった。

「そうだ」津幡は立ちあがった。「やらねばならんことがあったわい」

風間実は布施花子を処刑したあと、バトルさなかの商店街を通り抜けて、喫茶店「ルーラ」の経営者の母親を処刑し、さらにリストを見ながらあちこちの家に押し入って処刑を続けようとしたが、戸締りが厳重で入れなかったり、誰もいなかったり、あるいはすでに処刑されていたりして、これ以上は無駄足ではないかと思いはじめていた。

地区のいちばん東にある南北の道を北へ歩いている時、横の道からひとりの老女がふらふらと彷徨《さまよ》い出てきた。バトルの恐怖からいささか気が触れているらしく、彼女は風間を見てにっこりと笑いかけた。その顔に見憶《みおぼ》えがあった。

「華子さん」

ピアノ教師の諏訪《すわ》華子だった。その清楚《せいそ》な美貌《びぼう》はまだ失われていなかった。彼女はステージ用の衣裳《いしょう》と思えるピンクのドレスを着ていた。彼女は風間の初恋の人だった。だが見識の高い彼女は風間の如《ごと》き市井《しせい》の常識人を嫌い、未《いま》だに独身だった。

「あなたが、わたしを、殺しますか」華子は歌うように言った。風間を、曾《かつ》て自分に求愛していた男であると認識している様子はなかった。

気が触れているのであれば、ちょうどいいと風間は思った。「わたしは昔、あなたに恋していた男です」と、彼は遠慮なしに打ち明けた。「そして振られた男です。実につまらぬ男です。あはははははは」

「まあ。第一ヴァイオリンの方かしら。それともあの、花束責めにしてくださった実業家の」

「そのような天上の方ではなく、わたしは言わばもぐらであります。あはははあはあはあはあ」

「あはああはあはあ」華子は風間を真似《まね》て笑った。「もぐらさんはお空を飛べない。お気の毒。ああ。そしてあなたは、わたしを殺すのですか。殺すのですね」

「美しい人よ。できればわたしに殺させてください。初恋の人をこの手で殺したというロマン、及び、納得のいく生涯をわたしに与えてください」

「それではちょっと、お待ちください」しとやかにそう言ってから、彼女は道端まで行って、電柱の下でくるりと長いドレスの裾《すそ》を腰までまくりあげ、純白のパンティを膝《ひざ》までずりおろした。そして風間に背を向け、白い尻《しり》を見せてしゃがみ込んだ。

「ああ。わが初恋の人よ。薔薇《ばら》の乙女よ。何をなさっておられますか」

「この世の名残りのマーキング」と華子は言った。

風間は彼女の背中に、柳葉包丁を深ぶかと差し込んだ。諏訪華子はのけぞって、風間の顔を上下逆に眺め、横倒しになって細長く白い足をひくひくさせた。

昭和荘に住む独居老人の中でただひとりの男性、渡部捨三はベッドで眠っていた。誰かに処刑されることは覚悟していて、それでもそこいら辺の力のない老女などにじわじわ殺されるのは厭《いや》だったから、一応は包丁を枕《まくら》の下に置いていた。昨夜、外が騒がしくなった頃から起きていたのだが、明け方、ついうとうとしてしまったのだった。からだはまだ、なんとか動かすことはできた。それでもアパートでただ一人の男性なので、周囲の老女たちからちやほやして貰《もら》い、何くれとなく面倒を見てもらってきたので、不自由はなく、捨三は今までかなり幸せだった。その隣人たちもひとり減り二人減り、今では篠原セツ子と大月艶《つや》の二人だけになってしまっている。大月艶はコンビニ前で同じ昭和荘に住む船村トシが射殺されているのを見て以来、大いなる死の恐怖に見舞われて、部屋に引き籠《こも》ったままである。篠原セツ子は何の用があるのか、危険も顧みずいつも出歩いている。彼女の顔が次第に般若《はんにゃ》に似てきて、時には羅刹《らせつ》にも見えたりするのを、捨三は一種の怯《おび》えとともに見守っていた。捨三は以前から、ヒステリックだった彼女が大嫌いだった。

だが、その彼女が突然、捨三の部屋に入ってきた。捨三が気がついた時、なんと彼女は長襦袢《ながじゅばん》を腰紐《こしひも》一本で締めたままの姿で彼と同衾《どうきん》していたのである。たちまち眼が醒め、わっと叫んで捨三は起きあがろうとした。しかしセツ子は彼を押さえ込んだ。

「ねえ。捨さん。わたし、怖いんだよ。殺されるのが、死ぬのが、怖いんだよ。だから抱いておくれよう」彼女は捨三の胸にすがり、鼻声でそう言った。

捨三はぶるぶるぶると顫《ふる》えた。「お前さんを抱くなんて、そんなこと、でで、できないよ」

「わたしが嫌いかい。そんなこと言わずにさあ。今生の名残りに抱いておくれ。わたしは前から、あんたが好きだったんだよう」

「出来るわけ、ないだろ。わしはもう八十一歳で、耳もよう聞こえんぐらいに老いぼれとる」

「嘘《うそ》だよう。ちゃんと聞こえてるし、それにここだって、ほうら、こんなに大きくなってるじゃないのさ」セツ子は捨三のブリーフに手を突っ込み、硬くなっている彼のペニスを握りしめた。

「ああっ。それは違う違う違う。それは朝立ちと言うて、男なら誰でも」

「知ってるよう、それくらい」セツ子は笑った。「だからさあ、せっかく硬くなってるんだからさあ」

「しかしお前さんだって、どうせからからだろうが」

「ちゃんと用意はできてるんだよう。ほうらね。濡《ぬ》れてるだろう」

「おお」いささかその気になったものの、捨三はやはりセツ子が恐ろしく、どうにも顫えがとまらない。

渡部捨三

捨三にその気がないと知り、セツ子の顔がたちまち般若になった。もともと情交を迫って油断させようというだけのつもりだったから、彼女はすぐさま腰紐のうしろに差していた包丁を抜き取ると、振りかざし、捨三の喉《のど》に突き立てた。「これでも食らえ」

捨三の首から鮮血が噴出した。セツ子の顔が赤く染まり、彼女はその熱さに驚いてベッドから転落した。

「あああちちちちちち」

「ひやあぁぁぁぁぁぁ」

セツ子の大声にドアを開け、室内の惨状を見た大月艶が驚愕《きようがく》してそう叫んだ。

セツ子は立ちあがり、血に狂った眼を艶に向け、包丁を振りかざした。ざんばら髪で赤い長襦袢一枚の彼女の姿たるや、もはや血みどろ砂絵のモデルと言うに相応《ふさわ》しい壮絶なものだった。

「お前も殺してやる」彼女は艶に斬《き》りかかった。

「どぎゃあまあまあまあまあ」艶はうろたえ、がに股《また》になり、廊下のバケツを蹴《け》飛《と》ばして逃げ、アパートの出口へまっすぐ走り、道路へ駈《か》け出た。その背中すれすれに、何度も包丁を振りおろしながらセツ子が追って駈け出る。

これより少し前の午前七時、テレビの報道による現況と、山際から送られてきたリストを見比べながら、宇谷九一郎と猿谷甚一は茶の間でゆっくりと腹ごしらえをしていた。

「商店街で、撃ちあいだの、刃物での殺しあいだの、ずっとやってるようですね」猿谷が言う。彼はじっとしているのがもはや限界にきているようだった。「そろそろ、わしらも行きませんか」恨めしげな眼で、もう何回めか、彼は同じことを九一郎に言った。

九一郎は他のことを考えていた。「なあ甚さん。あの乾志摩夫という男のことだがね。あいつ、この間新聞に出た記事、読んでないんじゃないだろうか」

「ああ。コビトはバトルを免除、って記事ですかい」なんであんな男のことなどをと、猿谷は不思議そうに九一郎を見た。「どうしてそう思うんです」

「山際からの電話では、あいつ、自分のマンションにまだ戻っていないらしい」

「ははあ。するとまだ、下水道の中に」

「ああ。下水道の中にいたから、新聞を読んでないんだ。だからまだ自分をバトルの対象だと思っていて、警戒してマンションにも戻らないんだろう」

「教えてやる必要がありますか」

「あると思う。あいつが下水道にいるらしいことは、わしらしか知らんと思う」九一郎は立ちあがった。「行こうか」

「へい」猿谷は喜んで立ちあがった。「わたしの車で行きましょう。撃ちあいになった時には、わたしはライフルだから、弾を籠《こ》めるのにいちいち遮蔽物《しゃへいぶつ》を探さなきゃならない。車だと、その必要ありませんからね」

「じゃあ、そうしよう。だが、バトルに巻き込まれたら、車が目茶苦茶になるかもしれんぞ」

「そうなりゃご隠居さんにまた、新しいのを買って貰いまさあ」

そんなことを言いあいながら、ふたりは調理場からガレージに入り、猿谷の車に乗って出発した。近くの道路には誰の姿もなかったが、遠くからは悲鳴や叫喚が切れぎれに聞こえてくる。前の道に出て南へ数メートルも行かぬうち、九一郎は運転している猿谷に停車させた。マンホールの蓋《ふた》が眼についたのだ。普段はまったく意識していない道路中央の丸い鉄蓋である。

「来てくれ」九一郎はそう言って車を降り、マンホールに近づいた。

猿谷も車を降り、ライフルを構えて周囲を警戒しながら九一郎に続く。

二人はマンホールの鉄蓋をあげた。

「やはりそうです」猿谷は底を覗《のぞ》きこんで言った。「下水道にいるんです。寝起きした痕跡《こんせき》があります」

「ようし」九一郎はせいいっぱいの大声で、下水道に向けて呼ばわった。「おうい。乾さあん。聞いてるかあい。あんたはもう、バトルを免除されたんだよう。新聞に出てたんだよう。知ってるかあい。乾さあん」

この声を、乾志摩夫はすぐ近くの、宮脇公園の下を走っている暗渠《あんきょ》の中で聞いた。しかし反響が激しく、何を言っているのかわからなかった。ラジカセの電池が三日前に切れたため、彼は自分がバトルを免除されたことを知らなかった。自分の名前を叫んでいるらしいことだけはわかった。畜生畜生。地下に潜んでいることを悟られたか。ここにいては危険だ。もう、出ていくしかあるまい。彼は横の狭い下水道に入り、公園内にあるマンホールの鉄蓋を押しあげた。

是方昭吾は商店街近辺のバトルが大きくなってきたのでこれを避け、宮脇公園まで いったん退避してきた。公園の入口で、彼は園内の立ち木の蔭《かげ》から出てくる乾志摩夫の姿を眼にした。乾も立ち止って彼を睨《にら》んだ。いったんはライフルを構えた是方だったが、彼は新聞で、乾がもはやバトル対象者ではなくなったことを知っていた。

「やあ」是方はライフルの銃口を下げ、乾に笑いかけた。「よかったな。あんたはもう」

死ななくてすむんだ、と、言うつもりだった。しかし、乾は意外にもポケットから拳銃《けんじゅう》を出した。さすがに是方は一瞬たじろいだ。こいつ、状況を知らんのだ。そう思い、すぐさまライフルを構えた。しかし、乾の発射した銃弾がすでに彼の胸を貫いていた。

「馬《ば》、馬鹿《ばか》っ」叫びながら是方も引き金を引いた。

乾の額に黒い穴があいた。それはすぐ赤い穴になった。

このふたつの銃声を、風間実は公園の植込みの中で聞いた。彼は初恋の君、諏訪華子を刺殺したあと、いったんこの宮脇公園まで来て、植え込みの中に疲労した身を横たえ、仮眠していたのである。

是方昭吾と乾志摩夫が相討ちになったのを見て近くへ寄り、二人の死を確認し、風間は狂喜した。何しろライフルと拳銃が手に入ったのだ。無敵！　風間は二人の衣服や装備から予備の弾丸をすべて奪い、身につけ、右手にライフル、左手に拳銃を持った。実際に撃ったことこそなかったが、大好きだったギャング映画や戦争映画によって扱いは心得ている。彼は咆哮《ほうこう》した。まず拳銃を一発撃ち、彼は公園から走り出た。

篠原セツ子が包丁を振りかざし、大月艶を追って昭和荘から駈け出てきたのは、ちょうどその時であった。

風間はよき獲物とばかり、彼相応の軽薄さで西部劇の主人公を気取り、ライフルでセツ子を狙《ねら》い、拳銃で艶を狙って両方を同時に発射した。猛烈な反動の衝撃があることを彼は予測していなかった。彼は仰向《あおむ》けに引っくりかえった。当然のことながら、どちらも命中しなかった。

宇谷九一郎と猿谷甚一は、さらにふたつのマンホールの鉄蓋をあげて乾に呼びかけながら、道路を南に進んで商店街にまでやってきた。やや広い商店街へ出るなり、ライフルの銃弾と思えるものが車のフロントガラスに命中した。

「やばいっ」猿谷は急いで右折し、撃ってきた方向へ車の尻を向けた。

ふたりの眼の前に拡《ひろ》がるのは、猛烈なバトルだった。すぐ前に、撃たれた首から血を流して、蕗屋《ふきや》妙子の死体が転がっていた。長襦袢一枚の篠原セツ子が、刃物を振りかざして大月艶を追っていた。ひとりの老女が刃物を持ち、相沢泰子が水中銃を持って走りまわっていた。そのさらに彼方《かなた》では、誰かが手榴弾《しゅりゅうだん》を投擲《とうてき》したらしく、今しも松前屋のシャッターが爆破されたところだった。

「コングさあん」

「コングさあん」

シャッターのおりた洋品店の庇《ひさし》の下から、「早苗」の女たち五人が走り出てきて、車に駈け寄り、助手席と後部座席の窓ガラスを必死の形相で激しく叩《たた》いた。

「コングさんって何だ」

眼を丸くして訊《たず》ねる九一郎に、猿谷は言った。「わっしのことです」

女たちは座間芳太郎が殺されたあと、恐ろしくて店外へ出ることができず、やっと朝方になり、たまに商店街へ入ってくることがあるタクシーを拾おうとして、ゴールデン横丁の入口にある洋品店までやってきたものの、バトルの凄《すさ》まじさに足がすくみ、行くも戻るもならず、シャッター前の柱の蔭で顫えていたのだった。

「乗せて。乗せてえ」

「お願い。乗せてえ」

女たちの迫力に押されて、彼女たちを見知っている猿谷が、うかうかと助手席のドアを開けた。まず和服姿の早苗ママが乗り込んできた。メケハが乗り込んだ。ドドミが乗り込んできた。

「早く。早く乗って」ドドミがそう叫びながら、手を伸ばして後部座席のドアを開けようとした。

九一郎は後部座席にいた。助手席にいると猿谷がライフルに弾を充塡《じゅうてん》する邪魔になると思ったからである。彼はしかたなく、後部座席のドアを開けてやった。トラネが乗り、カチコが乗り込んできた。

「早く出して」

「早く逃げて」

女たちが口ぐちに叫ぶ中、またしても今度は車の右手から拳銃の銃弾が飛んできて、運転席の窓ガラスを破った。

「車を出している暇はない」

猿谷は首をすくめたままでライフルを取り出し、敵の所在がどうやらうどんの阿波徳の店の中と見定めて、ガラスの破れた窓から銃口を突き出して応戦した。だが、一発撃つごとに弾を充塡しなければならず、女たちがいるので運転席の下にもぐり込むことができなかった。

「お前ら、うしろへ行け」猿谷が喉も裂けよとばかりに大声で叫んだ。

大声に驚いて、メケハとドドミが背凭《せもた》れを乗り越えようとし、メケハは九一郎の右側に落ちてきてスカートをまくり下げ、パンストで大股開きをしたままの姿勢になり、ドドミは九一郎の膝《ひざ》の上になだれ落ちてきた。九一郎も応戦しようとして、なんとか窓の上部を開けて銃口を突き出したものの、尻《しり》の下へ恐怖に顫えるトラネとカチコが潜り込もうとしていて、膝にはドドミを抱え込み、メケハの股の間から手をのばして撃つ状態では、とても狙いが定まらない。前部では猿谷がライフルを撃ち、弾を籠《こ》めるたびに、振りまわされるライフルの台尻で身体《からだ》に衝撃を受けたママが、「ぐ。どは」などと呻《うめ》いている。さっき後方から撃ってきたライフルは、さいわいもう撃ってはこない。後部座席を狙われたら惨劇になってしまう。阿波徳から撃ってくる拳銃も、めくら撃ちに近いので助かっている。女たちは悲鳴も出ないほど怯《おび》え切っている。ドドミが失禁したらしく、九一郎の膝が暖かくなった。

大月艶を滅多斬《めったぎ》りにして処刑した篠原セツ子は、血まみれになり、血に狂い、新たな血を求め、眼を吊《つ》りあげて、手榴弾でシャッターを爆破された松前屋の店の土間に入ってきた。包丁を逆手に構えている彼女に大人たちが何もできないのをいいことに、セツ子は泣き叫び、逃げ惑う幼い子供たちを店の間にまであがってきて追いかけ、次つぎと斬り、刺した。

「わあっ。やめろ。やめろ」

「やめて。子供に罪はないのよ」

遠巻きにしている親たちが喚《わめ》き叫ぶと、セツ子は羅刹《らせつ》の顔を見せて周囲を睨みまわす。「あたしにだって罪はないんだ」

「あなた。孫たちが殺されています」奥の間で、三矢喜代は夫に訴えた。「助けてやってください」

「駄目だ。わしはここにいる。うわあ。がちがちがちがちがちがち」三矢掃部《かもん》は顫《ふる》えながら怒鳴り返した。「お前も行ってはならん。ここにいるのだ」

襖《ふすま》を開けて店の間へ出て行こうとする妻の前に立ちはだかった掃部を、喜代はしばらく睨んでいた。やがて彼女は、矢庭《やにわ》に掃部の帯に差された拳銃を抜くと、銃口を夫の腹に向け、引き金を引いた。掃部は襖を倒して仰向けに倒れた。喜代は口から血を噴き出している夫の身体を跨《また》ぎ越して店の間に出た。泣き叫ぶ大人と子供の間を抜けて、喜代は四人目の犠牲者の首に包丁を当てようとしているセッ子に拳銃をぶっ放した。胸を撃たれてのけぞり、かかえこんでいた三歳の女の子を突き放したセッ子は、前かがみになりながら恨みに燃える眼で喜代を睨んだが、喜代はたじろがず、逆にセッ子を睨みつけたままで、二発目を彼女の顔面にぶち込んだ。顔の真ん中に穴があいて顔中を深紅にしたセッ子が倒れ伏すと、その身体を踏んづけて、喜代は外へ出て行こうとした。

「お母さん。出て行かないで」

「行っちゃいけない。母さん。母さんに生き残りの目が出たんだよ」

息子や娘が叫ぶと、喜代は静かに子供や孫たちをふり返り、ゆっくりと言った。

「わたしは主人を殺したんだよ。もう、生きちゃいけないよ」

彼女は家族に背を向けた。小柄な和服姿の彼女は背筋をしゃんと伸ばし、バトルさなかの商店街へ向けて拳銃をぶっ放しながら出て行った。

阿波徳からの射撃がやんだ。

「やあれやれ。やっと仕留めた」

猿谷が言うと、女たちが口ぐちに叫んだ。

「逃げて。今のうちに」

「早く逃げて。逃げてぇ」

「出してくれ」と、九一郎は猿谷に言った。「次の通りを右折して国道まで行ってくれ。この女たちをタクシーに乗せる」

「へいへい」猿谷は車をゆっくりと前進させた。

「鉄敷《かなしき》町の人が、なんでこの町でバトルをやってるのよ」と、ママが言う。

「まあ、いろいろあってな」

「わたし、おしっこ漏らしちゃったあ」ドドミが泣きながら言う。

「お前さんでなくてよかった」九一郎はメケハに言った。「あんたの股《また》ぐらはわしの鼻先だったもんな」

マツバラ薬局の横の道を右折した時、遠くから驀進《ばくしん》してくる、何やら巨大な灰色の物体が九一郎の目に飛び込んできた。

「ひやあ。ああ、あれは何ですかあっ」猿谷が叫ぶ。

九一郎は驚愕《きょうがく》の声を張りあげた。「象だ。あれは象だ」

風間実は、北からの道路を商店街に出てきた車の後部座席に、生き残り候補の蔦屋の隠居が乗っているのを見て、シャッターの降りた八百屋の軒下からライフルで狙撃《そげき》した。フロントガラスには命中したが、隠居には当たらず、運転している見知らぬ男にも当たらなかった。車は方向を転じたが、洋品店から飛び出してきた大勢の女たちが車に乗り込んでしまったため、撃てなくなった。あきらかに若い女たちであり、間違えて撃ち殺せば殺人罪になってしまう。くそ。あんな女たちを楯《たて》にしやがって。風間は舌打ちする。運転していた男と隠居が阿波徳から撃ってくる何者かと銃撃戦を始めたので、風間は流れ弾を恐れてその場から離れた。

角の煙草屋《たばこ》まで後退し、彼はここでリストを出して、まだ生き残っていると思える対象者を確認した。

灯台もと暗し。彼の住んでいる雲雀《ひばり》アパートの二階には、蓼《たで》俊太郎という男がいたのではなかったか。その妻のよね子というのも七十一歳でバトル対象者だ。最初に彼らを避けたのは、蓼という男の正体を知らず、何となく気味悪かったからではなかったか。だが今やライフルと拳銃を持つ無敵のおれだ。何を恐れることやある。風間は通りを南へ折れ、自分の住むアパートに向かった。

「誰も来ないね、お前さん」テレビを見ていたよね子が言った。

捕鯨砲のうしろに待機したままの俊太郎が言う。「きっと、殺しやすい者から先に殺してるのさ。病気の婆《ばあ》さんとかな」

「でも、そんな人たち、もう殆《ほとん》ど殺されちまったみたいだよ」時時刻刻とテレビで報道されるので、ふたりは地区内の現況をあらまし知っていた。

「じゃあ、おっつけ来るだろう。しっ。静かにしろ」

階段を上がってくる男の重い靴音がした。よね子が怯え、俊太郎の傍まで来て夫にすり寄った。

「撃つ邪魔だ。離れてろ」俊太郎は小声で妻に言う。「足音を消しもせずに上がってきやがる。武器を持ってるに違いないぞ」

俊太郎がそう言い終わるなり、ドアが蹴破《けやぶ》られた。ライフルと拳銃を両手にかかげ、風間実が立っていた。

俊太郎は捕鯨砲を発射した。轟音《ごうおん》と共に平頭銛《へいとうもり》は四メートル飛んで風間に命中した。銛先火薬が爆発した。風間の肉体は跡形もなく飛散した。何の痕跡《こんせき》も残らなかった。だが銛はそれにとどまらず、残っているシャフトが風間の背後、アパートの外壁を突き破った。それはロープの尾を引っ張りながら猛烈な勢いで空中を飛んだ。

「お前さん」破壊力のあまりの凄《すご》さに驚愕したよね子が、俊太郎に抱きついた。

ロープは伸びるだけ伸び、床に固定していた捕鯨砲まで、一メートル四方のタイルごと引っぺがした。捕鯨砲にかじりついていた俊太郎と、俊太郎にかじりついていたよね子も引っ張られた。捕鯨砲はアパートの外壁をさらに大きく破壊して、その穴から飛び出した俊太郎とよね子を伴い、空中を飛んだ。銛は西に向かって飛んだ。俊太郎とよね子も捕鯨砲と共に飛び、居酒屋の「狐狗狸《こくり》」の上空を飛び、宮脇《みやわき》ゴールデン横丁の上を飛んだ。

スラップスティックとあらば当然、ここで俊太郎とよね子の「お前さん、どこまで飛ぶんだい」「おれに聞いたってわかるもんか」といった滑稽《こっけい》な問答があるべき場面だが、さすがにそれは割愛し、そのような問答を読者の内部に孕《はら》んでふたりは飛んだ。

シャフトはさらに先まで飛んで行ったが、捕鯨砲と蓼夫婦はタオル工場に落ち、ト

タン屋根を突き破って工場内の巨大なボイラーに激突した。ボイラーは爆発し、夫婦は壮烈な爆死を遂げた。

象の団五郎は、国道から南への道を驀走していた。その背中に乗った山添菊松は、紐《ひも》で自分のからだを団五郎の首に結わえている。不動産会社の横の道では、一度菊松の自宅へやってきたことのあるCJCKの、若い方の担当官を踏み潰《つぶ》した。国道では取材中のテレビのクルーの、カメラマンの男とレポーターらしき女を踏み殺したようである。いずれもバトル対象者ではないから殺人罪になるが、菊松はご機嫌だった。何の抵抗もできずに殺されるものとばかり思っていたのに、これだけ暴れることができ、皆を驚愕させたのだから本望であり、もういつ死んでもいいと思っていた。

「なんで象が来るのよう」

「逃げて。逃げて」

車の中で五人の女は悲鳴をあげ続けた。

「逃げましょう」猿谷甚一は車を後退させ、また商店街へ戻った。いったん後部を西に向け、東へ逃げようとした。

その時、マツバラ薬局の窓から、何者かが黒い物体を投擲《とうてき》した。転がってくる不吉な物体を見て、猿谷は叫んだ。

「手榴弾《しゅりゅうだん》だ」

それは車体の下へ転がりこんだ。

「突っ走れ」と、宇谷九一郎は叫んだ。

しかし猿谷は運転をあきらめ、ものも言わずに運転席から飛び出して、南側にあるコンビニの横の道路に逃げ込んだ。九一郎はしかたなく、女たちに叫んだ。

「みんな、逃げろ」

女たちは絶え間なく泣き声をあげ続けながら、後部の両側のドアを開けて、我勝ちに逃げようとした。まずカチコが左側へ飛び出した。早苗ママも助手席から飛んで出た。女たちの押しあいへしあいで、九一郎はなかなか逃げ出せなかったが、ようやくトラネのあとから右側へ逃げ出た。ドドミが出ようとしている時、手榴弾は車体前部の下で炸裂《さくれつ》した。車体が浮きあがり、ドドミは道路に転がり落ちた。メケハは車内に残されていたが、九一郎が引きずり出してやると、どこにも怪我《けが》はなかった。

猿谷が戻ってきた。「ご隠居。お怪我は」

「車が目茶苦茶だぞ」

九一郎がそう言うと、彼は愛車の惨状を見て眼をいからせ、ライフルを構えてマツバラ薬局へ突進した。九一郎が彼に続こうとした時、団五郎が地ひびき立てて商店街にあらわれた。巨象は前部の破壊された猿谷の車を蹴飛ばし、こけつまろびつ逃げ惑う女たちを追い散らしながら商店街を東に向かった。文具店の前にいた三矢喜代が踏みつけられそうになり、象の顔めがけて拳銃《けんじゅう》をぶっ放したが、むろん致命傷にはならない。

団五郎のうしろから、同僚を殺されて怒り狂っている山際が、象の尻《しり》に向けて拳銃を撃ちまくりながら追ってきた。

象の行く手にいた相沢泰子は、今しも光本喜久絵を水中銃で魚屋の戸板に縫いつけたばかりだった。象を見て驚愕し、彼女は逃げようとした。だが、道路の中央、彼女は金縛りにあったように逃げられず、団五郎の巨大な足で腹部を踏み潰された。内臓が口から出て風船のように膨らみ、眼球が視神経の白い糸を引いて眼窩《がんか》から飛び出した。

マツバラ薬局の中にいたのは、商店街の東端に近い荒物屋の老婆《ろうば》、日高澪《みお》だった。たった一個の手榴弾を虎《とら》の子のように持ち、最も効果的に使おうとしたのだが果せず、彼女は猿谷のライフルによって処刑された。

何発かの銃弾で手負いとなり、凶暴になった団五郎は、ぷあおなどと咆哮《ほうこう》しながら、さらに商店街を東へと突き進んで行く。それを追いながら、山際は象の背中に乗った山添菊松を狙《ねら》い撃ちにした。菊松は頭に弾丸を受けてのけぞったが、おのれのからだをくりつけているため落ちることはなく、象の胴体にだらりとぶら下がった。

このあと団五郎は隣接する地区のビル工事現場に暴れ込んだ。菊松の射殺を確認した山際は、もうそれ以上団五郎を追おうとはせず宮脇町にとどまった。かわって警察機動隊が出動し、工事現場のクレーン車に体当りして何人かの工事夫たちに重傷を負わせた団五郎に向け、強力な麻酔銃を何発も撃ちこんだ。巨大な凶獣は地響き立てて横倒しとなり、眠り込んだ。

一方、象が地区外へ去ってしまったあとの商店街は、急に静かになった。あたりには硝煙の臭気が立ち籠《こ》めていた。九一郎は猿谷と共にうつけた表情で、老婆たちの死体が転がる周囲の惨状を見まわした。「早苗」の女たちは全員へとへとになり、道路ぎわに蹲《うずくま》ってしまっている。

「蔦屋のご隠居さん」三矢喜代がそう言いながら、静かに彼の前に立った。

九一郎は、もう弾丸を撃ち尽してしまっていると知りながら、思わず銃口を彼女に向けたが、喜代も弾丸を撃ち尽していて、自分の拳銃をだらりと右手にぶら下げているだけだった。

「松前屋のお内儀《かみ》さん」と、古くから顔見知りの彼女に、九一郎も言った。

喜代は言った。「すみませんが、わたしを始末してくれませんか。弾丸《たま》がなくなっちまって、わたし、自分の始末もつけられないんですよ」

「実は奥さん、わたしも弾丸を撃ち尽していましてね。家に戻ればまだあるんだけど」

九一郎は弾倉を見てそう言った。困った顔をあげ、喜代の横に立っている猿谷をちらと見て、彼は頷《うなず》いた。

猿谷はすぐさまライフルの銃口を喜代の頭に向けて発射した。喜代が横ざまに地面に倒れると、「早苗」の女たちがまたいっせいに悲鳴をあげて抱きあった。

「さっき、うどん屋から撃ってきたやつですがね」今何人か殺したばかりとは思えぬ無表情で、猿谷は言った。「やっつけたとは思うんだが、とどめを刺しに行かなくていいですかね」

もう返事する気力もなく、女たちの横にへたり込んだ九一郎を残し、猿谷はひとり商店街を走り、阿波徳まで行って戻ってきた。

「死んでました」と彼は言った。「本庄という、もと業界新聞の記者です。白幡から拳銃を買ってました」彼はちゃっかりと本庄の拳銃を手にしていた。

「この奥さんの拳銃は、取らないであげてくれ。魔除《まよ》けだ」

九一郎が喜代の手の拳銃を指して言うと、猿谷は黙って頷いた。

「じゃあみんな、いったんわしの家に引きあげよう」

九一郎はそう言って、のろのろと立ちあがった女たちを引き連れ、薬局と喫茶店の間の道を北に向かった。腰が抜けた早苗ママはひとりで歩くことができず、猿谷の肩を借りている。

公園の前の家の、崩れたブロック塀の中には松浦美也の首なし死体があった。さらに公園には是方昭吾と乾志摩夫の死体があった。ふたりとも、武器を奪われていた。

蔦屋に戻り、女たちを応接室に落ち着かせてから、九一郎と猿谷は茶の間でテレビの報道を見て、地区全体の現況を知ろうとした。山際が団五郎ばかり追いかけていたためか、ＣＪＣＫはまだすべての状況を把握していないようだった。それでも、ふたりが確認した死体と報道を照らしあわせれば、津幡共仁以外はほとんど処刑されたようであった。

「リストを取ってくる」

九一郎は立って応接室へ行き、女五人がソファや肘《ひじ》掛《か》け椅子《いす》や床にごろごろ転がって眠っている中、バトル対象者のリスト、及び住宅地図を書物机から取って戻った。

夕刻までには、ほとんどのバトル対象者の死亡が確認された。風間という男の死体だけがなかったが、ライフルと拳銃が落ちていたところから、蓼俊太郎に銛で撃たれて、銛先火薬の爆発で飛散したのであろうと報道された。ふたりはリストの名前を消していき、住宅地図の赤丸と青丸を剝《は》がしていった。生き残っているのは宇谷九一郎と津幡共仁のふたりだけになっていた。

　電話が鳴った。九一郎が出ると津幡共仁だった。

「これは先生。まだご無事で」

「ご隠居。いよいよあんたと決着をつけねばならん時が来たようだ」

「そのようで」九一郎の声が顫《ふる》えた。「いよいよですなあ」

「あんたには家族がいて、わしにはおらん」

「はい」

「わしが殺されてやってもよいが、それでは最後のゲームを楽しむことができん」

「はあ。それもまあ、そうですな」

「言っておくが、たとえわしがあんたにやられても、とどめは刺さないで貰《もら》いたい。せっかく生きてきたんだから、人間が死ぬ時の、断末魔の苦しみというものをたっぷり味わって死にたいのだ」

「へえ。それは承知しました」

「じゃ、今夜十一時、宮脇公園で会おう」

「わかりました」

「じゃあな」

変な人だなあ、と、つくづく思いながら九一郎は受話器を置いた。それからは、是非助太刀させてくれという猿谷と議論になった。あんな気ちがいじみた人物に対して、フェアで臨むことはないと言い張る猿谷に、九一郎はあくまでこれは自分自身に対する信義の問題だと言い、ふたりは言いあいを続けた。

議論に決着がつかないまま、猿谷が空腹を訴えたので、九一郎は地区外の松前寿司《ずし》から上握りを七人前取った。応接室で、しばらくの間ではあったが生死を共にした女たちにも食べさせたのだったが、九一郎だけはさすがに食欲が湧《わ》かなかった。

元気を取り戻した女たちが、バトルを見聞した体験による興奮から賑《にぎ》やかに話す横で、九一郎は黙ってさっき津幡教授が言ったことを考えていた。そのうちふと、菊谷いずみのことに思い当たった。

「なあ。甚さんよ」

「へい。何ですか」

「菊谷いずみのことだがね。お前さん、リストにあった彼女の名前、消したかい」

猿谷は怪訝《けげん》そうな顔を九一郎に向けて言った。「いいえ。あれはご隠居さんが消したんじゃなかったんですか」

「わしじゃない。だいたい、彼女の死亡はテレビで報道されたかい」

「そう言やあ、聞いた憶《おぼ》えがないですな」

「住宅地図の方はどうなってる」

ふたりは慌《あわ》てて住宅地図を拡《ひろ》げた。菊谷いずみの家の青丸は剝がされていた。

「おいっ。彼女がひとりでこの応接室にいたことがあったな」

「ありました」猿谷が興奮して立ちあがり、叫んだ。「三人組の襲撃があった晩だ」

「あいつ、このリストと住宅地図を見やがったんだ」九一郎も叫んだ。「それで、赤の筆ペンで名前が消してあるのを見て、それからこの青丸の意味にも気がついて、自分で自分の名前を消して」

「青丸を剝がしやがったんです。大変だ」猿谷は時計を見た。「もう十時ですぜ。バトルの期限はあと二時間だ」

女たちは突然のふたりの激昂《げっこう》に驚いて、眼をぱちくりさせている。

「行こう」

九一郎と猿谷は慌ただしく出かける準備をはじめた。

「家の中のどこかに隠れてるんだろう。いずみのやつ、わしと教授が共倒れになるのを狙ってやがるんだ」新しいケースから銃弾を取り出してワルサーに装塡《そうてん》しながら、九一郎は言った。

あとは帰るなりなんなり、好きにしろと女たちに言い置き、ふたりは蔦屋を出た。南へ真っすぐ、歩けばほんの三分で菊谷いずみの家である。すでに誰かに襲われたのか、玄関の戸は鍵《かぎ》を壊されて開いたままだった。猿谷はライフルを構え、九一郎はワルサーを構えて玄関から入り、明りの点《つ》いたままの廊下を奥へ進んだ。

寝室と思える突きあたりの部屋は、ドアが閉まっていた。猿谷が九一郎に眼で合図してから、ドアを蹴《け》り開けた。ベッドがあり、いずみが横たわっているらしい膨らみを白い毛布が覆《おお》っていて、毛布には弾痕《だんこん》があり、血が滲《にじ》んでいた。

「処刑されてる」

ほっとして、ふたりが顔を見あわせた時、毛布が下から跳ねあげられ、げらげら笑う津幡の顔があらわれた。彼は寝たままで、手にしていた拳銃を猿谷めがけて発射した。猿谷はあっと叫んでのけぞり、倒れた。次いで津幡は銃口を九一郎に向けた。九一郎が僅《わず》かに早くワルサーを発射した。津幡は天井に向けて撃つと同時に、呻《うめ》いてベッドの上で身を躍らせた。拳銃を握っている彼の腕が、だらりとベッドから垂れ、拳銃は床に落ちた。

「大丈夫か」九一郎は上半身を起した猿谷に訊《たず》ねた。

「胸をやられましたが、大丈夫のようです」

「ご隠居」と、津幡は苦しげに言った。「そっちはふたりだから、わしがやられちまったが、作戦としてはわしの勝ちだよ」

「そうですな。騙《だま》されました」と、九一郎は認めた。「いずみはどこです」

「わしが少し前に射殺した。この弾痕がそうだよ。死体はベッドの下だ。早くから来て、彼女が誰にも処刑されないよう、わしが守ってやっていたんだ」そう言ってから、津幡はまた呻いた。「電話じゃ、あんなことを言ったが、やはりこの、死の苦しみというものはただごとではないな」笑った。「痛いのはまだよいが、この、からだが冷えていく気分なんてものは、実にこの、いやなもんだ。あはは。すまんが、とどめを頼む。頭に一発、お願いしよう」

「へい。わかりました」九一郎は津幡の頭にワルサーを発射した。

そして津幡共仁は死んだ。

「ご家族の皆さんは、もうお戻りで」病院の一室、個室のベッドに上半身を起こして、猿谷は九一郎に訊ねた。

「ああ。みな戻った」見舞いに来ている九一郎が答える。「使用人も戻った。商売も再開して、うまくいっている。それから、目茶苦茶になっていた家の中も全部修繕した。ずいぶん金がかかってしまったがね」

「まあ、命があったんだから、それくらいのことは」

「そうだとも。御の字だ。近所の葬式もほとんど終った。老人がいなくなって、五丁目はつまらない町になってしまった。わしにとっては実につまらない町になったよ。それより、あんたの具合はどうだね」

「ここへ来てもう二週間、だいぶよくなりました。弾丸が、心臓も肺も避けてくれましてね」猿谷は陽気にそう言った。

「そいつはよかった。それにしても、頑丈なお人だなあ」

ふたりだけだった個室に、看護師に案内されて、ひとりの男が入ってきた。鶴《つる》のように痩《や》せた上品な老人で、どこかで見た顔だと九一郎が思っていると、彼は自己紹介して言った。

「お邪魔します。わたしは砂原仙太郎と申します。蔦屋さんのお宅に電話して、おふたりともこちらだと伺いましたので、突然ですが押しかけてしまいました。実はわたし、老人ホームの、ベルテ若葉台地区の生き残りでして」

九一郎は膝《ひざ》を叩《たた》いた。「ああ。あなたでしたか。存じております」

「わたしも、テレビでお顔は拝見しました」と、猿谷も言った。「まあ、そこへお掛けください」

「失礼します」椅子に掛け、砂原は看護師が部屋から出るのをちょっと待つ様子だった。

内密の相談だな、いったい何を言いにきたのか、と、九一郎は思い、猿谷と顔を見あわせた。

看護師が猿谷の熱を計って出ていくと、砂原は椅子をふたりに近づけ、声を小さくして話しはじめた。「いったい何の用だとお思いでしょうが、まず、お聞きください。わたしは地区で生き残りはしましたものの、反則がらみの情けない生き残り方をしてしまいました。それと申しますのも、生き残ったあとで是非やりたいことがあったからです。バトルが開始されてから、わたしは身に迫った死をいろいろと考えました。さらにこのバトルという制度についても考えました。おふたりがどうお考えかは存じませんが、わたしはこの制度に大きな疑問を持ちました。この制度についてはいろいろな人が議論していますが、わたしの考えでは、これは日本の過去を葬《ほうむ》ろうとする愚挙であると考えます。政府は相互処刑などと称していますが、実は政府による老人の処刑、殺害にほかならぬことは、言うまでもないことです。老人を殺すことは過去を殺すことです。これはつまり子供を殺すことが未来を殺すことになると考える考え方と同じです。理屈っぽくなってすみませんが、わたしの癖なのでお許しください。手っ取り早く申しますと、わたしは政府に、これ以上この制度を続けさせてはならないと思いました。しかし、この制度に対する非難は、今までだってあらゆる人が声を大にして叫んでおられます。中には誰もがもっともと納得する立派な論陣を張られた有名な評論家もおられます。今さらバトル対象だったわたしのような者が、どんな議論を提示したところで一笑に付されてしまうでしょう。わたしは、政府に考えを改めさせるか、または少くとももう一度この馬鹿《ばか》げた制度を見直す機会を与えるためには、実力をもって逆襲するしかないと考えるに到《いた》りました」

「逆襲。どこへ」猿谷が眼を光らせた。

砂原は冷静な表情を崩さずに言った。「政府ですが、差しあたりは一階にＣＪＣＫ本部を置いている厚生労働省ということになります」

「襲撃ですか」考えないでもなかった、と、今さらのように九一郎は思った。誰かを殺すたび、自分にこんなことをやらせる何者かに対して、いつか仕返ししてやらなければ、などと思っていたのではなかったか。

「わたしはこのことを、各地区の生き残られた皆さんにお話しし、協力を求めました。皆さん、多くの同年輩の人を殺した屈託から、生き残った喜びなどはなく、意気消沈しておられましたので、もはや惜しくもない残りの命を、この制度の廃止に向けた行動に捧《ささ》げようと同意してくださいました」

「そこまで、やっておられたのですか」九一郎は感心して唸《うな》った。「で、すべての人が賛同を」

「いやいや。一部の方は拒絶なさいました。例えば広島県熊谷地区の生き残りで、八木熊さんという女の方は、貧乏な子供や孫のためにまだまだ働いてやらねばならんとお考えでしたから」

「ああ。あの婆《ばあ》さん」九一郎と猿谷はまた頷《うなず》きあった。

「で、今のところ、総勢何人ですか」

「三十人以上になります」九一郎の問いに、砂原はそう答えた。

「ちょっと待ってください」猿谷は心配そうに言う。「参加を拒否した人たちが、密告するとお考えにはならなかったのですか」

「まず、それはないでしょう。拒絶なさった方も、皆さんわたしの考えを支持しておられましたから」

「そうでしょうな」九一郎は納得した。「わたし自身、自分が殺した人たちに申し訳ない気持でおりますから、自分が参加するかどうかにかかわらず、あの死者たちのためにもあなたのお考えを支持しますよ」

「ありがとうございます」

頭をさげた砂原に、猿谷は叫ぶように言った。「面白いっ。わたしは参加します。是非やらせてください。殴り込みだ。あはは。わたしにも参加させてください」

「大丈夫かおい」猿谷のあまりに早い決断に驚いて、九一郎は言った。

猿谷の決意は変わらなかった。

返事を数日待ってもらうことにして、九一郎は砂原の連絡先を教えてもらい、家に帰った。それから数日間、九一郎は悩み抜いた。せっかく拾ったこの命、そんなことで落していいものか。しかし考えてみれば、何も死ぬと決っているわけではない。CJCKでは老人の襲撃があるなどと予測してもいないだろう。急襲して、あの憎たらしい各地区担当官を何十人か殺して退散すればいいのだ。おれたちの怒りを政府にわからせさえすればいいのだ。あとで逮捕されるかもしれんが、その時はその時、おれたちの味方をする世論だって高まるだろうし、おいそれと死刑にはできない筈《はず》だ。

そんなことを考えるうち、九一郎はだんだんその気になってきた。深く考えることの苦手な彼は、ただ仕返ししたいというだけの気持から、ひたすら楽観的にのみ考えをさまよわせたのだ。彼は砂原に電話して、ＣＪＣＫ本部への殴り込み＝襲撃に参加することを承諾した。

一週間のち、猿谷甚一は退院し、さらに四日後、砂原から会議を招集する旨《むね》の電話があった。都内の小さなビジネスホテルで、明後日《あさって》開かれるということであった。

家族には何も言わず、その日、九一郎は家を出た。ニュー・リバーホテルというそのホテルの二階の集会室が借りられていて、九一郎が行くとすでに三十人ほどの男たちが集っていた。猿谷も来ていた。最初に砂原が立って、全員を順に紹介していった。バトルのあった、北は青森から西は福岡までの、主に各都市から一人か二人ずつ、生き残った連中が集ってきていた。もとオリンピックの射撃選手がいた。有名な軍事評論家もいた。芸能プロダクションの社長もいた。工務店の社長もいた。漁船の船長もいた。キャバレー王と言われている男もいた。資産家が多く、いずれも修羅場をくぐり抜けてきたと思える面魂《つらだましい》の持ち主ばかりで九一郎は圧倒されたが、一方では和服姿の九一郎はじめ砂原や、その他とてもバトルで勝ち残ったようには見えぬ人物も何人かはいた。

何度めかの集りであり、しかも最後の集りということで、すでに役割は決まっているらしく、作戦を担当するのが軍事評論家、武器の調達に当たるのがキャバレー王だった。そしてその日、決行の日時が示された。厚生労働省の建物の向かいの日比谷《ひびや》公園に、遠方から来た者がいったん帰郷する手間暇を惜しみ二日後の午後二時に集結することになっていて、それが決行の時間だった。

「皆さん現場までは、くれぐれも武器を所持していると悟られないように願います。小銃はゴルフのバッグに入れてご持参ください。霞門から日比谷公園に入ると、ここに日比谷グリーンサロンという喫茶店があります。ここに入ってしまってはいけません」軍事評論家は貼《は》り出した地図を指しながら丁寧に説明した。「前にテラスがありますので、その周辺に集ってください。長時間たむろしていて怪しまれてはいけないので、皆さんなるべく決行ぎりぎりの時間に来てください。また、遅刻者を待つこともいたしません。午後二時ちょうど、行動に移ります。この霞門を出て前の横断歩道を渡り、左へ約三十メートルで厚生労働省の建物の前に出ます。最近はたいてい『特別警戒中』で、門の前にも柵《さく》をしていて警備員が立っていますから、ここからが突撃ということになります」

「腕が鳴りますな」工務店の社長が言い、全員がどっと笑う。

「突入後は、建物の奥へ進んでください。以前このビルは合同庁舎で、他にも内閣府や環境省が入っていましたが、バトル以後は厚生労働省だけになり、ＣＪＣＫ本部は一階の奥です。首尾よくここを全滅させた場合のみ、二階へあがる、ということになります」

そのあとも細かい説明があり、夕刻、集会は終った。

九一郎と猿谷はホテルの地下の料亭で一杯飲んだ。猿谷はキャバレー王から自動小銃を貰《もら》っていることを九一郎に打ち明けた。なるほどあの一発しか出ないライフルでは、今度のような襲撃では役に立つまいと九一郎は納得した。猿谷は昂揚《こうよう》していた。

ホテルの前での別れぎわ、猿谷はつぶやくように言った。「おれは独身だけど、ご隠居には家族がいる。なあご隠居、せっかくの決心に水をさすようだが、ご隠居は今回、来ない方がいいんじゃねえかなあ」

今さら何を、と、九一郎は笑ってかぶりを振った。

襲撃の当日、九一郎は相変わらずの着流しの帯にワルサーを差し、拳銃《けんじゅう》が見えぬように羽織を引っかけて家を出た。いつもと違う服装では家族に怪しまれてしまうからだった。タクシーに乗り、時間ぎりぎりに着くようわざとまわり道をさせたりして、日比谷公園に入ったのは午後二時二分前だった。砂原仙太郎はすでに来ていた。軍事評論家は興奮のためか鼻血を出していて、鼻の穴にティッシュ・ペーパーを詰め込んでいた。それから二分の間にほぼ全員が到着した。キャバレー王は九一郎の少しあとで車椅子《くるまいす》に乗ってやってきた。一千万円くらいはしそうな、電動の豪華な車椅子だった。車椅子の者がひとり混っていることによって、まさか襲撃とは思わず、ただの陳情の団体と思われるに違いないというキャバレー王の策略であり、車椅子の両の肘掛《ひじかけ》には銃が仕込まれていた。

猿谷の姿が見えなかった。遅刻らしい。他にも来ていない者がいるようだったが、指揮官の軍事評論家は頓着《とんちゃく》せずに全員を出発させた。九一郎は、わざと散らばって雑然としている列の最後尾についた。霞門の横断歩道を渡り、左折してからも、九一郎は猿谷が来ないかと気にして周囲を見まわし続けた。車道に車は多かったが、歩道に人の姿は少なかった。

目の前に巨大な厚生労働省のビルが聳《そび》えていた。二十六階あるその建物を、九一郎はさすがに畏怖《いふ》の眼で見あげた。

ふと、二階の窓から誰かが姿を消した。一瞬だったが、警官ではなかったか、と、九一郎は思った。悪い予感があった。建物の正面入口に近づくにつれ、その予感がますます強くなった。なぜか「特別警戒」はなされていず、警備員の姿もなかったのだ。待ち伏せされているのではと思ったとき九一郎は、猿谷が密告したのだ、と、確信を持って思った。あいつはもと警視庁の警察官ではないか。国家に対して反逆するわけがないのだ。さらに二日前、九一郎に「来ない方がいい」と呟《つぶや》いたことも考えあわせ、九一郎はもう、ＣＪＣＫの担当官たちと、大勢の警察官が建物の中で突入を待ち構えていることは確実だと信じた。

「よし。突入」

軍事評論家の低く抑えた声で、全員が建物の正面玄関めざして走り出した。軍事評論家を先頭に、砂原仙太郎が、オリンピックの射撃選手が、芸能プロダクションの社長が、工務店の社長が、漁船の船長が、車椅子から降り立ったキャバレー王が、それぞれの武器を今は公然と構え、玄関から暗い玄関ホールへ吸い込まれるように消えていった。

九一郎は動けなくなっていた。玄関ホールで湧《わ》き起った猛烈な銃声を聞き、彼は立ちすくんだ。膝が顫《ふる》えた。彼はゆっくりと後退した。建物の中の大音響とかすかに聞こえてくる喚声や断末魔に、何ごとかと気をとられて通行人の誰もが、九一郎のことを気にしなかった。もうご免だ、と、九一郎は思った。殺されるのもいやだが、これ以上人を殺すのもご免だ。帰ろう。わしは帰ろう。妻や息子や孫のいる家に帰ろう。

そして九一郎は立ち去った。

九一郎が立ち去ってからさらに二分後、遅刻した猿谷甚一があわてふためき、タクシーで到着した。彼はすでに襲撃が始まっていると知るや、タクシーを降りるなり自動小銃を構え、ほいだらうけたかなどとわけのわからぬことを叫びながら、ただひとりで建物に突撃していった。建物内ではそのあと、まだしばらく銃撃戦が続いていた。

「本日午後二時、霞ヶ関の厚生労働省のビルに、老人ばかりの集団三十一名が、自動小銃や拳銃などで武装して押し入り、前以《もっ》て通報を受け、待ち構えていたＣＪＣＫの職員や武装警察官と銃撃戦になりました。この銃撃によって職員や警察官側に死者四名、負傷者二十七名の犠牲者が出ました。また襲撃してきた老人の集団は、ほぼ全員、二十九名が射殺され、二名が重傷を負いました。ＣＪＣＫの調べによりますと、この老人グループのメンバーは、いずれも各地区のバトルで生き残った者ばかりであるということです。動機などについてはまだ、何もわかっていないということですが、この老人たちが政府のバトル制度に反対して今回の騒ぎを起したことはほぼ確実と見られ、今後、政府のバトル制度に対する見直しを含めた対応が、そしてまた、政府の老人対策に対する一般の批判や非難が高まることが予想されます」

蔦屋では、テレビを見ていた静絵が悲鳴に近い大声をあげたため、台所から華子が、店の土間にいた寛三が驚いて茶の間にやってきて、この報道を見た。二階から茂一も降りてきた。

「お爺《じい》ちゃんも、この中へ入って行ったの」厚生労働省のビルが映し出されている画面を見て眼を丸くし、茂一が訊《たず》ねる。

「父さん、何時ごろ出たんですか」

「一時過ぎよ」静絵はおろおろ声で息子に答える。「でも、普段の着物だったのよ」

「この襲撃計画は、彼らが集り、宿泊していたニュー・リバーホテルの経営者から通報されたもので、ホテルでは前前から彼らの物騒な会話を漏れ聞いていて、襲撃の全《ぜん》貌《ぼう》をほぼ把握していたということです。ホテルに宿泊していた二十四人の老人たちの身もとは現在確認中ですが、宿泊者以外にも、都内や近郊から参加していた者が若干いる模様です」

「なんで、こんな無茶な計画に、うかうかとあのお義父《とう》さんが」華子は泣き声で言う。

「まだわからん」寛三が叫んだ。「近所へ出かけただけかもしれん」

「あの人いつも、どこへ行くとも何とも言わないから」早くも泣きながら、静絵は愚痴を言った。

店の間の土間に、誰かの入ってくる足音がした。

「あの人」静絵がはっと顔をあげ、小動物のように耳を立てた。「あの人かしら」

茶の間から駈《か》け出ていった茂一が、わあっと歓声をあげて戻ってきた。「お爺ちゃんだあ。お爺ちゃんだあ」

家族全員が店の間に出た。

九一郎は痴呆《ちほう》じみた表情で立っていた。

彼は家族を見まわし、静絵を見て、気落ちしたような声で言った。「また、死に損なっちまったよう」

静絵が、足袋はだしのままで土間に駈《か》けおり、九一郎に抱きついていく。

現実直視の果ての「夢」

穂村弘

二十七日午後三時二十分ごろ、東京都渋谷区神宮前の表参道で作家・俳優の筒井康隆さん（九十六歳）が、通行中だった原宿族の若者六、七人と乱闘となり、全身打撲、内臓破裂で死去した。筒井さんは数年前より自宅近辺のこの付近を散歩し、気にくわぬ若者とみれば杖《つえ》でなぐりつけていたのだが、この日も若者のグループに襲いかかり、逆に袋だたきにされて死亡したものと見られている。

『私の死亡記事』（文春文庫）という本からの引用である。さまざまなジャンルの人間が自分自身の死亡記事を執筆する企画で、つまり、これは筒井康隆本人が自分の死に方を書いた文章なのだ。他の執筆者の頁《ページ》をみると、多くはどこかとぼけた味わいのある最期《さいご》を描いているようだ。そのなかにあって、この現実的直接的暴力的で、しかし、あっけない死のイメージは異彩を放っている。

初めてこの記事を読んだとき、私は奇妙な感動を覚えた。「九十六歳」の老人が「若者のグループ」に襲いかかるとは、未来に対するあまりにも直接的な遺言、いや、意思表明ではないか。「逆に袋だたき」にされた彼は明日への希望と絶望にまみれて死んでいったのだ。私はこれを一種の尊厳死と思うのだが、記事の内容から同様に感じるひとは少ないだろう。日常的な感覚では、どうみても非業《ひごう》の死に思えてしまう。このひとの意識は真面目《まじめ》すぎて過激、まとも過ぎて変。つまり、あまりにも文学的なのだ。

中高生の私が愛読していた頃、筒井康隆の作品は、はちゃめちゃでシュールな異次元の物語のように感じられた。だが、基本的な方向性は変わっていないにも拘《かか》わらず、近年の筒井作品はどんなに滅茶苦茶を書いているようにみえても、それがほんの鼻先にある未来の「この世界」を描いているように思える。現実世界の側が筒井ワールドに追いついてきたということだろうか。

政府が七十歳以上の国民に殺し合いをさせるシルバー・バトルの模様を描いた『銀齢の果て』(タイトルは映画『銀嶺の果て』のもじりだろうか)にもまた、そのような印象が強い。本作の場合は、登場人物の名前もその理由のひとつになっているかもしれない。この物語のなかで生き残りをかけて殺し合うのは、「宇谷九一郎」「正宗忠蔵」「猿谷甚一」「越谷婦美子」「江田島松二郎」「黒崎しのぶ」「篠原千鶴子」といった人々なのだ。どうみても、遥《はる》かな未来の老人たちの名前ではない。これはもう「今」という感じだ。

本書を読み進めながら、「はちゃめちゃでシュール」から一貫する過激さは、単なる思いつきや空想の産物などではなく、圧倒的な現実直視の果てに生まれたものであることを痛感する。例えば、登場人物のひとりにこんな台詞《せりふ》がある。

言っておくが、たとえわしがあんたにやられても、とどめは刺さないで貰《もら》いたい。せっかく生きてきたんだから、人間が死ぬ時の、断末魔の苦しみというものをたっぷり味わって死にたいのだ。

我々の日常感覚からすると異常とも思える発言だが、その背後に最後の最後まで現実世界を真っ正面から見据えたい、という願いがあることがわかる。人間の主体性への希望を込めた意思において、冒頭に掲げた死亡記事に通じるものを感じる。

この心に支えられた眼差《まなざ》しがあって初めて可能となった描写の数々に眼が吸い寄せられる。

七十歳を過ぎれば性欲が衰えるのではないかと、その若い妻のためにも心配していたのだが杞憂《きゆう》であった。若い頃はただ闇雲《やみくも》に、勢いよく放出していたものが、歳《とし》をとるにつれて輸精管を通過する精液の速度が弱まったためか、絶頂の時間が長く続くようになり、その甘美さはたとえようもなく、夢のようであった。

「死ぬ前にいくら旨《うま》いもの食べたって、味などわからんだろうと思っていたが、こんなに旨いとはなあ」

鮮血が津幡の手に飛んだ。それは思いがけず、煮えたぎっているような熱さだった。

「あちちちちちち」津幡は思わず手を振った。梅子の血がこれほど熱いとは思っていなかったのだ。

年をとってからの射精の心地よさ、死ぬ前に食べるものの旨さ、血の熱さ。いずれも命の根本に拘わる貴重な「情報」だ。にも拘わらず、作中でも「時代劇で、よく返り血を浴びるシーンが出てくるが、血がこんなに熱いという表現は今まで一回もなかったぞ」と記されているように、日常的には殆《ほとん》ど目にすることがない。社会的心理的な理由によって何重にも隠蔽《いんぺい》されているのである。知りたい。でも、知るのが怖い。でも、知らないままで死ぬのは嫌。そんな「情報」が頁を捲《めく》るごとに次々目に飛び込んでくる。私はそれらをくるくると何度も読み返してしまう。隠された「情報」の味わいはたまらないものがある。

シュールとリアルの境界線にあるような「人間の叫び」もまた、そのような「情報」の一種だろう。

「らっしゃあももんが」わけのわからぬ裏声の悲鳴をあげて、男は尻餅《しりもち》をついた。

「ほにゃらいけんか」

わけのわからないことを喚《わめ》き、彼は一発発射した。

「かんくらいってんいててててて」神父は礼拝堂の高い天井いっぱいに喚き声を響き渡らせた。

いずれも誇張されているようにみえつつ、本当の極限状況には、人間はこんな分類不能な音を出すのかもしれないと思わされる。

本作において、老人たちが根本的な誇りを失わないまま戦い続けることが、現実直視の果てに残された唯一《ゆいいつ》の「夢」なのかもしれない。彼らの武器は過去の人生そのものだ。元自衛官はライフルで、元薬剤師は薬で、元大学教授は知恵で、元鯨打ちは銛《もり》で、元女優は魅力で、元動物園園丁は象で生き残りを目指す。

反捕鯨運動が盛んになり、ついに商業捕鯨が禁止されてしまった。銛打ち頭の蓼《たで》俊太郎は失職した。銛打ち以外に何の技能も持たなかったからだ。しかし、と、俊太郎は思う。銛打ちとしては名人級だった。打てば必ず鯨に命中し、ドンガラはなかった。そんなわしに銛を打つなというのは、死ねというのと同じことだ。世界の潮流がわしに死ねと言うたのだ。そして今度は本当に死ねと言う。そうかそうか。そんなにわしは、この世界にとって余計者なのか。（略）今や年金にも所得税がかけられ、老年者控除もなくなり、個人住民税までかかる時代となった。いかにつつましい生活も許さぬと言うのならしかたがない。死んでやろう。最後に銛を打って、鯨ならぬ人間を殺して死んでやろう。

わしの武器は団五郎しかない。バトル二十五日目にしてやっと、もと動物園園丁、山添菊松はそう心に決めた。暴力団員が持ってきた武器、拳銃《けんじゅう》や手榴弾《しゅりゅうだん》を買う金はなく、手持ちの武器らしきものは包丁と金槌《かなづち》と金属バットだけであり、そんなものでは町内に何人かいるらしい銃器購入者に太刀打ちできるわけがない。(略)インド象の癖に結構気が荒い団五郎も、わしには従順だった。この間行った時もわしのことを憶《おぼ》えていた。ああ可愛《かわい》や象の団五郎。あいつを連れ出し、あいつの背中に乗って戦うしかあるまい。

それぞれの生のアイデンティティを賭《か》けた闘いは、「この世界」への異議申し立てでありつつ、同時に「夢」の波動に充ちたエンタテインメントにもなっている。笑いながら読めるのだ。

(平成二十年六月、歌人)

(この解説は「文藝春秋」二〇〇六年四月号掲載の書評に加筆したものです)

初出　「小説新潮」平成十七年一月号〜十月号

挿画　山藤章二

この作品は平成十八年一月新潮社より刊行された。

筒井康隆著

家族八景

テレパシーをもって、目の前の人の心を全て読みとってしまう七瀬が、お手伝いさんとして入り込む家庭の茶の間の虚偽を抉り出す。

筒井康隆著

狂気の沙汰も金次第

独自のアイディアと乾いた笑いで、狂気と幻想に満ちたユニークな世界を創造する著者のエッセイ集。すべて山藤章二のイラスト入り。

筒井康隆著

七瀬ふたたび

旅に出たテレパス七瀬。さまざまな超能力者とめぐりあった彼女は、彼らを抹殺しようと企む暗黒組織と血みどろの死闘を展開する！

筒井康隆著

笑うな

タイム・マシンを発明して、直前に起った出来事を眺める「笑うな」など、ユニークな発想とブラックユーモアのショート・ショート集。

筒井康隆著

エディプスの恋人

ある日、少年の頭上でボールが割れた。強い〝意志〟の力に守られた少年の謎を探るうち、テレパス七瀬は、いつしか少年を愛していた。

筒井康隆著

富豪刑事

キャデラックを乗り廻し、最高のハバナの葉巻をくわえた富豪刑事こと、神戸大助が難事件を解決してゆく。金を湯水のように使って。

銀《ぎん》齢《れい》の果《は》て

新潮文庫　つ－4－51

平成二十年八月一日発行
令和元年十月十日四刷

著者　筒《つつ》井《い》康《やす》隆《たか》

発行者　佐藤隆信

発行所　株式会社 新潮社

郵便番号　一六二―八七一一
東京都新宿区矢来町七一
電話　編集部(〇三)三二六六―五四四〇
　　　読者係(〇三)三二六六―五一一一
http://www.shinchosha.co.jp

価格はカバーに表示してあります。

乱丁・落丁本は、ご面倒ですが小社読者係宛ご送付ください。送料小社負担にてお取替えいたします。

印刷・大日本印刷株式会社　製本・加藤製本株式会社

ISBN978-4-10-117151-7 C0193

新潮文庫最新刊

小野寺史宜著
ひりつく夜の音
青年との思わぬ出会いが、孤独な中年ジャズ奏者の停滞した時を静かに回す。再出発する人生にエールを送る実力派作家の感動作。

河野裕著
さよならの言い方なんて知らない。2
架見崎。誰も知らない街。高校二年生の香屋歩は、そこでかつての親友と再会するが……。死と涙と隣り合わせの青春劇、第2弾。

月原渉著
犬神館の殺人
その館では、密室の最奥で死体が凍る——。氷結した女が発見されたのは、戦慄の犬神館。ギロチン仕掛け、三重の封印、消えた犯人。

彩藤アザミ著
謎が解けたら、ごきげんよう
晴れた日にずぶ濡れの傘、無人の懺悔室に響く声、見世物小屋での誘拐騒ぎ……。乙女の心を騒がす謎を解く、女学生探偵団登場！

山本周五郎著
周五郎少年文庫 臆病一番首 —時代小説集—
合戦が終わるまで怯えて身を隠している「違う方の」本多平八郎の奮起を描く表題作等、少年向け時代小説に新発見2編を加えた21編。

北村薫著
北村薫のうた合わせ百人一首
短歌は美しく織られた謎——独自の審美眼で結び合わされた心揺さぶる現代短歌50組100首をはじめ、550首を収録するスリリングな随想。

大江健三郎著
同時代ゲーム
四国の山奥に創建された《村＝国家＝小宇宙》が、大日本帝国と全面戦争に突入した!? 特異な構想力が産んだ現代文学の収穫。

大江健三郎著
死者の奢り・飼育
芥川賞受賞
黒人兵と寒村の子供たちとの惨劇を描く「飼育」等6編。豊饒なイメージを駆使して、閉ざされた状況下の生を追究した初期作品集。

大江健三郎著
性的人間
青年の性の渇望と行動を大胆に描いて波紋を投じた「性的人間」、政治少年の行動と心理を描いた「セヴンティーン」など問題作3編。

大江健三郎著
われらの時代
遍在する自殺の機会に見張られながら生きてゆかざるをえない〝われらの時代〟。若者の性を通して閉塞状況の打破を模索した野心作。

大江健三郎著
個人的な体験
新潮社文学賞受賞
奇形に生れたわが子の死を願う青年の魂の遍歴と、絶望と背徳の日々。狂気の淵に瀕した現代人に再生の希望はあるのか？ 力作長編。

大江健三郎著
私という小説家の作り方
40年に及ぶ作家生活を経て、いまなお前進を続ける著者が、主要作品の創作過程と小説作法を詳細に語る「クリエイティヴな自伝」。

星新一著　気まぐれ指数

ビックリ箱作りのアイディアマン、黒田一郎の企てた奇想天外な完全犯罪とは？　傑出したギャグと警句をもりこんだ長編コメディー。

星新一著　ボンボンと悪夢

ふしぎな魔力をもった椅子……。平和な地球に出現した黄金色の物体……。宇宙に、未来に、現代に描かれるショート・ショート36編。

星新一著　悪魔のいる天国

ふとした気まぐれで人間を残酷な運命に突きおとす〝悪魔〟の存在を、卓抜なアイディアと透明な文体で描き出すショート・ショート集。

星新一著　おのぞみの結末

超現代にあっても、退屈な日々にあきたりず、次々と新しい冒険を求める人間……。その滑稽で愛すべき姿をスマートに描き出す11編。

星新一著　ボッコちゃん

ユニークな発想、スマートなユーモア、シャープな諷刺にあふれる小宇宙！　日本ＳＦのパイオニアの自選ショート・ショート50編。

星新一著　ようこそ地球さん

人類の未来に待ちぶせる悲喜劇を、卓抜な着想で描いたショート・ショート42編。現代メカニズムの清涼剤ともいうべき大人の寓話。

筒井康隆著
懲戒の部屋
―自選ホラー傑作集1―
逃げ場なしの絶望的状況。それでもどす黒い悪夢は襲い掛かる。身も凍る恐怖の逸品を著者自ら選び抜いたホラー傑作集第一弾！

筒井康隆著
最後の喫煙者
―自選ドタバタ傑作集1―
「ドタバタ」とは手足がケイレンし、耳から脳がこぼれるほど笑ってしまう小説のこと。ツツイ中毒必至の自選爆笑傑作集第一弾！

筒井康隆著
傾いた世界
―自選ドタバタ傑作集2―
正常と狂気の深～い関係から生まれた猛毒入りユーモア七連発。永遠に読み継がれる傑作だけを厳選した自選爆笑傑作集第二弾！

筒井康隆著
おれに関する噂
テレビが突然、おれのことを喋りはじめた。そして新聞が、週刊誌がおれの噂を書き立てる。黒い笑いと恐怖が狂気の世界へ誘う11編。

筒井康隆著
くたばれPTA
マスコミ、主婦連、PTAから俗悪の烙印を押された漫画家の怒りを描く表題作ほか現代を痛烈に風刺するショート・ショート全24編。

筒井康隆著
ヨッパ谷への降下
―自選ファンタジー傑作集―
乳白色に張りめぐらされたヨッパグモの巣を降下する表題作の他、夢幻の異空間へ読者を誘う天才・筒井の魔術的傑作短編12編。

筒井康隆著　夢の木坂分岐点
谷崎潤一郎賞受賞

サラリーマンか作家か？　夢と虚構と現実を自在に流転し、一人の人間に与えられた、ありうべき幾つもの生を重層的に描いた話題作。

筒井康隆著　虚航船団

鼬族と文房具の戦闘による世界の終わり——。宇宙と歴史のすべてを呑み込んだ驚異の文学、鬼才が放つ、世紀末への戦慄のメッセージ。

筒井康隆著　旅のラゴス

集団転移、壁抜けなど不思議な体験を繰り返し、二度も奴隷の身に落とされながら、生涯をかけて旅を続ける男・ラゴスの目的は何か？

筒井康隆著　ロートレック荘事件

郊外の瀟洒な洋館で次々に美女が殺される！　史上初のトリックで読者を迷宮へ誘う。二度読んで納得、前人未到のメタ・ミステリー。

筒井康隆著　愛のひだりがわ

母を亡くし、行方不明の父を探す旅に出た月岡愛。次々と事件に巻き込まれながら、力強く生きる少女の成長を描く傑作ジュヴナイル。

筒井康隆著　パプリカ

ヒロインは他人の夢に侵入できる夢探偵パプリカ。究極の精神医療マシンの争奪戦は夢と現実の境界を壊し、世界は未体験ゾーンに！